力群文集

力群 /著
薛茚 /主编

山西出版传媒集团
三晋出版社

力群先生像(1912—2012)

力群小传

力群于1912年12月25日生在山西省灵石县郝家掌村，原名郝丽春，参加革命后改名力群。他自幼与农民的孩子相处，对农村生活很熟悉，这对于他后来的木刻画创作和文学写作颇有影响。1931年，力群考入国立杭州艺术专科学校，1933年2月与同学曹白等人组织进步美术团体"木铃木刻研究会"，开始从事木刻画创作。同年9月加入中国左翼美术家联盟，10月10日因"木铃"事被捕入狱。1935年出狱后，继续从事木刻画创作，木刻《采叶》《鲁迅像》等通过曹白寄给鲁迅，受到先生的指导与好评。

1937年7月7日抗日战争全面爆发后，力群从事救亡宣传工作，边搞木刻画，边写散文、小说。1938年初，曾在郭沫若领导的军委政治部第三厅美术科任少校科员。1940年初，到延安任鲁迅艺术文学院美术系教员，1941年加入中国共产党。1942年5月，参加延安文艺座谈会。抗日战争胜利后，到晋绥边区工作，任《晋绥人民画报》主编，并开始写文学评论文章。

1949年在全国第一次文代大会上，被选为主席团成员，并任中国文联委员、中国美术工作者协会常务理事。到太原后，与高沐鸿同志创建了山西省文联，被选为文联副主任，山西省美协主席。1953年调北京工作，先后任人民美术出版社副总编辑，中国美术家协会常务理事、书记处书记，《美术》杂志副主编，《版画》杂志主编等职务。

20世纪50年代，出版有《木刻讲座》《力群木刻选》《力群美术论文选集》和《访问苏联画家》等书。80年代，出版有美术论文集《梅花香自苦寒来》和《力群版画选集》以及散文集《我的乐园》、力群文学作品选集《野姑娘的故事》。《我的乐园》于1984年在上海少年儿童出版社出版后，被上海评为优秀作品，获儿童文学园丁奖。其版画作品曾多次在世界各国展出，并为英、法、苏、南斯拉夫等国家的陈列馆、图书馆和博物馆所收藏。因为力群在版画事业上的贡献，"日中艺术交流中心"于1988年12月14日特向他颁发了"贡献金奖"。1991年中国美术家协会、中国版画家协会为其颁发了"中国新兴版画杰出贡献奖"。

力群于1985年10月21日被作家协会书记处批准加入中国作家协会成为会员。1992年5月，山西省委、省政府授予力群"人民艺术家"称号，2003年9月，中国文联、中国美协授予力群"金彩奖"成就奖。力群晚年任中国版画家协会名誉主席、山西省文职名誉主席。

2012年2月10日，力群去世。

序 言

薛 芯

力群作为中国新兴版画的开拓者和奠基人，他的一生是和中国革命事业紧密联系在一起的。他早年组织"木铃木刻研究会"，用版画做武器，反映民间疾苦，揭露社会黑暗；抗战时期参加抗敌演剧队第三队到敌后宣传抗战，后来到延安鲁艺学习、教书，参加延安文艺座谈会；抗日战争胜利以后，深入晋北原平一带根据地参加土改；中华人民共和国成立之后，为新中国美术事业的开创发展、培育新人呕心沥血。这一幅幅画面像连环画串接起力群不平凡的八十年战斗历程。不论在战争年代还是和平年代，力群在紧握木刻刀的同时，还用文字做武器，写了大量的随笔、散文以及小说和诗歌。系统地归纳整理出版力群的文集，是研究版画家力群，研究我国新兴版画事业发展的重要史料。他的这些文艺作品所反映和表现的也是我党领导革命文艺力量，带领人民奋勇前进的一个缩影。

对于力群同志有关木刻方面的著作，我读得不多。但我用文物价买到中华人民共和国成立以来出版的力群同志所有的著作。并请四川大学古籍特控中心的工作人员何艳艳同志帮助，从老舍主编的《抗战文艺》、茅盾主编的《文艺阵地》上，寻找到了没有编入单行本的佚文；力群同志的二儿媳王正秦同志，从茅盾主编的《立报》副刊《言林》找到1936年鲁迅逝世之后，力群同志纪念鲁迅的几篇文章。这些文章，年代久远，字迹模糊，多亏王正秦同志仔细辨认，才能够刊用；力群同志的三媳妇金叶倩同志，也给我发来许多力群同志在中华人民共和国成立前后在各地方美术书刊发表的文章，我在众多资料里选用了一批；三晋出版社原编辑李永明同志，从中华人民共和国成立以来的多种杂志上找到力群同志未编入单行本的三十多篇文稿，补入文集。

《力群文集》共收录力群同志的十九种著作，基本按出版顺序编排，同时兼顾内容的一致，篇幅小的著作以此原则合编为一册，如此编为九册。诸本重复的内容，考虑到完整性等因素，未加删节。尾册附录力群文学的作品索引，以便读者了解力群创作的整体面貌，也便于研究者参考。此外，尚有佚文未得及时收录，以俟将来。谨此说明。

原来计划在2012年春天我去北京昌平，拜见力群同志，当面研究《力群文集》的编排事宜，不料在2012年2月10日晚上10点，力群同志在北京病逝。失去了当面探讨的机会。逝者已去，生者应当更加奋发。山西省委宣传部、山西省文联、三晋出版社鼎力支持《力群文集》的出版，就是对力群同志最好的纪念。

2017年12月5日

《力群文集》总目录

第一册
《达·杜宾斯基》《尤·甘夫》《苏联名画欣赏》《保卫和平的四十年》《访问苏联画家》

第二册
《木刻讲座》《齐白石研究》《在工作和斗争中运用辩证法》

第三册
《我的乐园》《梅花香自苦寒来》《野姑娘的故事》

第四册
《马兰花》

第五册
《力群美术文学评论集》

第六册
《力群诗选》《余晖集》《客居澳洲日记》

第七册
《我的艺术生涯》

第八册
《晚霞集》

第九册
《力群美术论文选集》《力群散文荟集》《力群文学作品索引》

目 录

达·杜宾斯基 ………………………………………… 1

尤·甘夫 …………………………………………… 57

苏联名画欣赏 ……………………………………… 111
  前　言 ………………………………………… 113
  谈基布里克的素描《列宁在地下工作》………… 117
  附录：历史和画家 ………………………基布里克 123
  赛罗夫及其《冬宫占领了》 …………………… 134
  介绍两幅苏联名画 ……………………………… 138
  雷洛夫及其《晴空万里》 ……………………… 144
  介绍《高尔基在伏尔加河岸上》 ……………… 148
  谈油画《战斗后的休息》 ……………………… 151
  谈《归来》 ……………………………………… 158
  怎样欣赏《黎明》 ……………………………… 164

谈《刚出版的车间墙报》 174
谈《垦荒者的第一个孩子》 178
一幅为儿童创作的优秀宣传画
　——谈苏联画家达茨盖维奇的《要学会什么都自己做》...... 182
谈库克雷尼克塞的两幅漫画 186
拉乔夫的动物画 190
谈几幅苏联木刻画 194
高尚的精神品质
　——谈苏联展览会中的几幅绘画作品 200
动人的英雄形象 206

保卫和平的四十年 237
一、十月革命开辟了人类历史的新纪元、
　　揭开了国际关系的新时代 239
二、国际关系中两条路线的斗争和苏联的和平政策 ... 242
三、光辉的胜利，伟大的贡献 247

访问苏联画家 281
前记 283
列宁格勒通讯 285
附录：中国现代版画在列宁格勒的展出
　　　　　　　　　　　　 普·柯尔尼洛夫 293
访问油画家梅利尼柯夫 297

访问儿童书籍插图画家科纳舍维奇	301
友谊的夜晚	306
油画家尼柯拉耶夫会见记	312
访问吉尔吉斯画家楚伊柯夫	317
拉乔夫谈动物画的创作	324
"中国现代版画展览会"在莫斯科	330
全苏美展巡礼	334
施马里诺夫会见记	349
访问茹可夫	354
附录:我们朋友的成就 ……H·茹可夫	358
访问基布里克	362
难忘的友情	365
木刻大师法服尔斯基	372
苏联动物雕刻家叶菲莫夫	376
不朽的遗容	381
苏联的小型版画印刷工厂	385
莫斯科近郊的旧日王宫	389
苏联的著名美术陈列馆	393

达·杜宾斯基

斯大林奖金获得者
达维达·阿历山德洛维奇·杜宾斯基

内容提要

本书介绍了苏联著名画家达·杜宾斯基创作面貌的形成及其主要插图作品的创作。杜宾斯基以儿童题材作品创作插图的有盖达尔的《丘克与盖克》《革命军事委员会》《祖国的远方》以及雨果的小说《加甫罗施》。在《丘克与盖克》中，杜宾斯基成功地描绘了两个具有孩子天真魅力的苏联小孩的形象。除此之外，杜宾斯基还为俄罗斯和苏联的古典文学作品作过插图。杜宾斯基为安东诺夫的短篇小说《雨》作的插图，表现了画家抒情的天才；在为契诃夫的小说《带阁楼的房子》所作的插图中，杜宾斯基在米修司法的形象上成功地表现出了契诃夫所赋予她的那种青春的魅力、纯洁以及强烈的精神力量。

每个真正的艺术家都把自己的成就贡献于苏维埃艺术，每个艺术家都具有他个人所固有的创作才能的个别特点，这些个别特点决定他在社会主义文化发展中占一定地位。

我们大家都知道并赏识作为书籍插图画家的达维达·阿历山德格维奇·杜宾斯基。他有着敏锐的想象力，对人生有诗意感受力，而主要的是，他具有深刻体会和了解文学原作的才能。

摆在插图画家面前的任务是艰巨的：他要在自己的插图中，发展作家的构思，但他不能自行虚构作品人物的性格、心理情况、情节结构，他要从书里去发现它们。虽然如此，但是这并没有减轻他的创作任务。他必须令人信服地把文学的形象用造型艺术的语言表达出来，再现书中谈到的社会环境、时代气息，有时也要表现出人物性格的发展，尤其重要的是，要揭露作品的思想。

画家要善于为他打算画的插图选择能够最典型地揭露故事中人物性格的情节场面。

通常为书籍作组画的插图画家，不仅要对插在文字中的插图每次探求新的构图,而且在书籍章前和章后的情节性装饰画中也必须如此。由于插图中包含着很多的情节,因此特别要求插图画家成为一个构图的巨匠。

苏维埃的插图画家只有掌握了现代的马列主义世界观才能够担负起自己的工作,否则他就不能表明自己对作家所描写人物的行动和事业的态度。而读者期待他的正是这一点,也不能揭露作品的社会倾向性。

插图画家的首要条件也像一切的艺术家一样,他应有对周围现实的和社会发展规律的知识,这种知识能够帮助他理解他给画插图的小说和故事中情节冲突的原因。不论给古典的或苏维埃的文学画插图,他都需要具备这种能力。只有理解了这些规律,同时理解了苏维埃社会道德的规范、人们的社会行为以后,他才有可能对作家创造的人物的性格加以正确的解释,对于自己插图中的思想意义和心理特征才能有正确的处理。

社会主义时代的画家给苏维埃作家的著作画插图时,必须揭示被作家表现的正面人物的崇高品质,鞭挞正在衰亡的世界的旧残余和它的代表人物。在古典文学里他要强调当时进步的人民思潮和作为这种思潮的体现者而出场的正面人物发展冲突性的主题时,他要和作家一同借助于肯定而又显明的人物性格的描写,明确地说出他对哪一方面表示同情和好感。

同时,他应当很好地熟读文学作品,以使他的插图不仅能揭示作家著作的内容,而且能表现作家著作的风格,同时保持自己的创造性的面貌和自己的插图艺术的笔调。

杜宾斯基的最好的书籍插图满足了读者对于苏维埃插图画家提出的要求。我们可以把他在四十年代后期到五十年代初期这一战后期间（是杜宾斯基成为成熟的画家的时期）所创造的插图看作是苏维埃书籍版画的典范。那是这样一个时代：那时候正是战后社会主义建设力量的高涨引起了苏维埃文化的新的思想高涨，艺术作品的主题扩大了，思想内容加深了，由于画家积极到生活最深处去而使他们跟现实的联系巩固了。

杜宾斯基的创作形成于这样一个时期，这时期作为和形式主义进行思想斗争的结果，社会主义现实主义方法在一切种类的造型艺术中成为主导的方法。（这样说决不是取消了同形式主义和变相的形式主义进行继续不断的斗争。）

杜宾斯基象库克雷尼克塞、C·格拉西莫夫、施马里诺夫，基布里克、德赫且列夫等巨匠一样，是在书籍插图中坚持现实主义立场而取得胜利的基础上成长为一个画家的。他从来也不模仿他们之中的任何人，他的才能成熟于四十年代末的环境中，当时符合于社会主义现实主义原则的书籍插图的观点与要求已经形成。无论是前面提到的那些较老一代的插图画家，或者是许多其他画家，都为更青年一代的插图画家（其中也包括杜宾斯基）的富有成效的创作开辟了道路。

在战后期间苏联社会非常明确而集中地要求于插图艺术家的是：揭明作家的思想意图，创造文学作品中人物的多方面而内心复杂的性格，探索为解决这些任务的最灵活和最有独创性而毫不雷同的绘画手段。

插图画家常常在文学作品中选择他自己特别接近的,重视的,感兴趣的题材,这种题材也决定了表现方法的多样性和处理插图材料的独特的方法。

年青一代的插图画家在为技巧而斗争时,首先注意苏维埃的散文和诗。下列插图画家以自己给下列作家作插图而显露头角:威雷斯基给法捷耶夫,特瓦尔多夫斯基给萧洛霍夫,高烈也夫给卡达耶夫,格列波夫给法捷耶夫,浦里施文给卡维林,克列奇柯给菲定,杜宾斯基给法捷耶夫,盖达尔给安东诺夫作了插图。

1950年杜宾斯基开始为阿尔卡嘉·盖达尔的小说《丘克与盖克》作插图,这些插图曾荣获斯大林奖金三等奖。这是他作为一个儿童书籍插图画家最初的重要创作。儿童题材是杜宾斯基最拿手的题材,他在给雨果的《加甫罗施》,盖达尔的《革命军事委员会》和他的中篇小说《祖国的远方》,卡达耶夫的长篇小说《孤独的白帆》以及很多别的书中发展了这种题材。

杜宾斯基才能中的抒情因素,画家的深入儿童人物的内心世界的才能,他在表现儿童图画中所注入的动人的天真和幽默感,使他成为一个儿童书籍或者不如说一切有关儿童书籍的优秀的插图画家。

但画家创作探索的范围并不限于这一点。由于对抒情题材的爱好,使他为儿童书籍,而首先为阿尔卡嘉·盖达尔那样充满热情的作家作插图,这使得杜宾斯基与他的同时代人谢尔盖·安东诺夫接近起来。由于当代的抒情短篇小说那么适合于他的创作方法，以致后来他也给契诃夫的小说作插图了。

杜宾斯基的才能还有极其重要的另一面：他不仅是一个抒情诗人，而且是一个讽刺家，也是一个对于资产阶级和小市民气质的、贪求蝇头小利的和一切假仁假义行为的眼光锐利的揭发者。这使他出而为萨克莱、狄更斯、马克·吐温、莫泊桑和别的外国文学的讽刺性现实主义代表者的著作作插图。

作为儿童题材的画家，作为古典的和苏维埃的抒情小说的插图画家，作为书籍插画中风俗习惯的讽刺作品的代表者，杜宾斯基走上了为苏维埃书籍作插图的岗位。他的创作特点在这里，在建设并发展苏维埃书籍插图艺术方面起了作用。

达·阿·杜宾斯基于1920年生于一个银行职员的家庭里。这个家庭起初住在诺沃罗西斯克，之后来到莫斯科。他最初和造型艺术接触就使他开始并长期地发生迷恋，这位未来的画家不仅细心地收集了出现在报纸上的鲍里斯·叶菲莫夫的讽刺画，并且进行临摹。这样一来他就临摹了三百多幅这位苏联著名的讽刺画家的作品。他住在莫斯科后，会见了成为他的第一个教员和指导者的叶菲莫夫。

如果注意到杜宾斯基的总的创作方向，那末他的天才最初是表现在讽刺画方面，他对从事这一画种的工作认真地做了准备，好象并不是意外的。

他在莫斯科中学学习时，以自己发表于学校墙报上的漫画而出名。当他打听到塔斯社画报公布青年讽刺画家优秀讽刺画竞赛的消息之后,杜宾斯基就参加了这个竞赛,并完成了一套国际题材的讽刺组画,这些画获得了奖金,因而鼓舞了青年画家更加努力于创作。

在1936年到1937年间,他参加了曾在塔斯社画报为外省报纸工作的讽刺画家们所发起的团体,因此1936年才是他作为画家而工作的开端。这个团体的领导人是H·g·拉得洛夫,他在发展讽刺画与插图画方面和他的尖锐的政治倾向方面曾给青年人的作品以良好的影响。

在1938年,杜宾斯基已经在"鳄鱼"这样重要的杂志里考验着自己的力量,他为这个杂志完成三十多幅具有显明幽默特色的国内外政治题材的图画(在后来画家的作品中这种幽默特色一直保留着),这说明鲍里斯·叶菲莫夫和H·g·拉得洛夫的指教和帮助并没有落空。

杜宾斯基着手严格作品的制作时,深感自己的专业教育的不足。他一心想到莫斯科国立美术专科学校去深造,但又觉得自己准备的很不够。所以不得不暂且放弃了入高等学校的想法,而进了早先曾同Д·H·卡尔多夫斯基在一起工作过的卓越教育家K·Ⅱ·契姆柯的画室去学习,契姆柯运用自己的教育方法培养了很多年青的画家。这方法对于杜宾斯基也显示了很大的成效。在契姆柯的画室里他获得了现实主义素描的坚实基础,这基础使杜宾斯基于1940年能够考入国立莫斯科美术专科学校版画系的第三年级。

在专科学校里学习不久即因伟大卫国战争的开始而中

断。正象一切爱国的青年一样,杜宾斯基作为一个志愿从军者走上了保卫莫斯科的前线。不久他就作为一个画家被吸收到师部报纸工作中去,后来他又到布良斯克前线去工作,在那里他成功地运用了他自己的漫画经验,在很多锋利的漫画中揭露希特勒和他的喽啰们。杜宾斯基于1944年转到莫斯科的海军出版社去工作,在这里他最初考验了自己在他整个创作生活中成为头等重要事业的插图力量。

正是在战争的年代里,在军事画家的爱国工作中,杜宾斯基的未来创作道路的初步基础奠定了。在这里他意识到被伟大的共产主义思想所团结起来的苏联人民的英雄主义,理解了在完成伟大卫国战争胜利中作为人民先锋队的共产党的作用。

杜宾斯基在1946年毕业于美术专科学校后,就完全献身于书籍插图工作。漫画家和讽刺作家的经验促使他首先为马克·吐温、奥·亨利、雅罗斯拉夫·格塞克的小说作插图,在这些小说里以日常生活中的有趣的幽默同反宗教的和社会讽刺结合起来了。莫泊桑的小说成为杜宾斯基的现实主义插图的开端。杜宾斯基也为浪漫主义作家A·别斯吐热夫—马尔林斯基的长篇小说《海军上尉别洛若尔》作了插图,在他的创作中流露了抒情的浪漫主义的气息。

画家在这时期用钢笔来描绘流利的速写般的素描,这些素描以处理任何场面的敏锐的观察力、简洁的笔法和富于动势而引人注意。但杜宾斯基在这时候要作出具有丰富内容的插图还很困难,要做到这一点还得经过几年。

在这时他常常沉醉于灵感式的线条，不适当地用简略的直线画人物的脸孔，例如给莫泊桑或格塞克的小说作的插图就是这样。有时候这种线条流于形式的表面而并不能表现形式。画家还没有掌握表达莫泊桑小说的现实主义力量的手段，而仅限于讽刺和嘲笑。在这些早期的插图里，显然地可以看出陀米埃，特别是陀莱①的创作对于青年画家的形成所起的积极的影响。

尽管有不少对于一个初学画家来说完全可以理解的缺点，但在1944—1945年为海军出版社出版的一些进步的外国作家的作品所画的插图中，就已经透露了他是一位善于抓住小说本身的精神、情调和主题的插图画家。

他给匈牙利文学家裴多菲的《古典作品选集》所作的插图，特别是以后给M·考诺普尼兹卡娅的《诗与短篇小说》制作的各章提要的插画中已经以新的方法，更鲜明地表现出他能仔细地洞察文学作品的原文并善于表现出作家文学风格的特色和他的主题的社会思想。

在俄国文学中杜宾斯基也试图以讽刺家的姿态出现在1947年由国家儿童图书出版社出版的附有杜宾斯基的插图的冯维辛的《纨绔少年》显出画家已经更加成熟：人物轮廓的刻划更加准确，更注意每幅插图内容的丰富性，对于主题的表达则更加确切了。

虽然如此，杜宾斯基给俄罗斯文学作插图的最初一些经验，并不是很成功的，这表现在画家还不善于表现十八世纪农奴制度时代的俄罗斯地主生活的气氛。此外它的讽刺作品中所描绘的事件发生场所的特点,还缺乏民族的特征。虽然在个别登场人物(如米特洛方、普洛斯达科娃、斯高季宁)的讽刺描绘中达到了无可非议的深刻的社会性。

在1947—1949年这一时期,杜宾斯基在提高自己插图的技巧方面作了努力。

杜宾斯基为普希金的《小悲剧》作插图时,用中国墨的渲染而创造了给人以富于绘画趣味印象的有调子的素描。画家觉得可以通过浓厚而柔和地溶化的阴影把普希金作品的悲剧效果令人信服地表现出来,从这些阴影中忽而在人的脸部,忽而在手上,忽而在环境的细节或者风景上出人意料地露出了光线,而强烈的明暗对比则创造出愈益加强的戏剧性的激动感觉。

与此同时,杜宾斯基也为西欧古典文学作品作了插图。

他给斯威夫特的著作《格列佛游记》作了一幅有充分动态、空气感和色彩多样的优秀封面画。这幅作品以情节处理上的创造性和构图上的浪漫主义的热情使人发生兴趣。

杜宾斯基于1948年给萨克莱的小说《虚荣市》作的插图里,回到了针对贵族资产阶级社会的讽刺,在创作的初期,这种讽刺曾经使他发生兴趣。但是这些作品远比1944—1945年的那些作品来得完美,虽然那些画同是用钢笔和墨画成的。区别不仅在于画家对这种方法的特点的理解,而在于每一根线条都起了作用,确定了人物与物象的形状,而充满信心的黑墨的渲染,或者变成夜的黑暗,或者变成深色的皱褶,或者变成森林的浓重的阴影。《虚荣市》的素描的主要优点,在于画家已经充分掌握了人的面部表情、人与人之间生动而紧张的心理联系以及在典型环境与时间中的人的形象。

萨克莱的长篇小说（这是一本与其说是没有主角，不如说是有很多主角的小说）对于正在堕落中的英国的贵族和粗野、庸俗、不学无术把金钱当作唯一上帝的十九世纪中期的英国资产阶级来说是一本辛辣而尖锐的书。如果不把那几个非常消极而无生气的埃米利、道宾和杰恩计算在内的话，那末小说中可以说没有正面人物。但反面人物却是以有力的揭露和尖锐的嘲笑描写了的。作者锐利地揭发了促使产生统治阶级代表人物思想感情上的腐化和不道德以及狂热地追逐蝇头小利、败坏人们的心灵的行为的资本主义社会的规律。

在萨克莱的小说中，这讽刺是通过日常风俗题材，通过非常丰富的各种生活事件和书中人物的冒险故事来揭露的。

画家也力图以这样的布局来表现自己的构思，主要是依靠书中人物所处的各种各样生活情况来表现的。这些情况是诞生与埋葬，结婚与旅行，成功与失败，贵族沙龙与资产阶级客厅，小事业的繁荣与破产，以及跟一个愿望与一个刺激——金钱相联系的人们的喜怒哀乐。

对一个时代的风俗和日常生活的讽刺性的揭露，这就是杜宾斯基给西欧古典作家中著名的讽刺性的现实主义代表人之一的英国文学家萨克莱的小说所作插图的主题。

值得注意的是，在这些用简朴的素描方法画成的插图中，画家善于在每章之前的多数情节性插图中，不仅准确地突出了主题，而且能够显明地确定登场人物的性格（如第一卷中乔治·奥斯朋在自己的家里），显示他生活的社会环境，以及他在某一瞬间的情绪——忧郁或快乐（如第二卷中弹旧钢琴的埃米利或是给画家作模特儿的乔治）。在杜宾斯基的插图里，始终使他的书籍插图显得突出的各种物品的象征意义的作用，在这里显得更加显明。例如象在冒险家毕克房子的内景和静物那样的插图（第2卷第64章的章前插画），这里画着的主妇乱扔在室内的东西如皮鞋，纸牌，在玻璃瓶中的残烛，翻倒的酒瓶，乱扔在地上的开着的手提皮箱，都证明着女主人的生活的混乱状况。同样，在贵族家栅栏旁的那棵高大而茂盛的橡树（第2卷第47章的章前插画）和挤满伦敦街道的马车（第2卷第68章的章前插图）也是如此。

杜宾斯基给萨克莱的作品所作的插图以一种轻快优美的笔法而迷人。画家一落笔就以正确表现登场人物的精神状态，确立形的轮廓以及它的立体的造型，或是表现透视和空间为目的的。例如在拍卖的复杂场景中就是如此（见第1卷第17章的章前插画）。在这些素描中的线条是非常多样的：画家用笔刚一触纸的时候，就利用钢笔的锐利而有表现力的粗线条表现出明暗变化。

附有杜宾斯基插图的萨克莱的小说由国家文学出版社于1949年出版，再版于1953年。

给萨克莱的小说作的插图的这种讽刺性的题材，继续出现在画家后来给查理·狄更斯的小说《马丁·切兹维特的生活与冒险》（1950年国家文学出版社出版）作的插图中。

在这套插图中，杜宾斯基以热烈爱好的心情继续采用熟练的钢笔画技术，画得奔放，而有时好象是故意疏忽，"速写般"的线条与细线条是他对素描方法不断地追求完善的结果，是敏锐的观察、手的正确动作的结果。强调与突出每一章主题的小幅的章前插画与章后插画，特别令人发生兴趣。在这些画中，那画得很小而具有生活真实的姿态的人物，使人信服地表现了小说人物的心情，而在其中注入深刻意义的那些令人鼓舞的东西，则在画中起了与读者之间发生联系的作用。我们看到在夜间那带有倾斜的路灯的小桥，两只打架的小狗，一只墨水瓶和一枝钢笔，最后还有一只钟，一辆公共汽车，一只拿着花的神秘的手。所有这些类似的描写，在这里又是作为事件与人物活动的象征而出现的。

狄更斯在他的小说中所揭露的对美国与英国的资产阶级社会，对报刊的收买，对虚伪的民主，对利润的追逐等的讽刺，在杜宾斯基的插图中没有得到充分反映，这首先是因为在两卷的长篇小说中只有极少几张插图。即使这样，杜宾斯基的这套插图还是真实地表现了时代生活的日常生活的一面，表现了狄更斯贯串在人物类型与行为中的精神，伪君子培克斯尼夫的性格表现得特别充分。

杜宾斯基为一本16世纪政治自由思想家与无神论者的书，即英国作家克里斯朵夫·马洛的《浮士德博士的哀史》所作的插图（1948年作），以其讽刺的尖锐而出众。大胆地出人意料地，但是完全合理地散在文字中间（在版面中间空白处），用钢笔所画的生动的插图，完全符合于马洛的讽刺构思。

杜宾斯基以流利的、漂亮的手法为戈登的《喜剧集》满有把握地、嘲笑地画出其中人物，他的这些优点特别表现在他为书中的《酒店女老板》《饶舌鬼西纽尔·托德罗》《费俄达》《固执的人》所作的插图中。这是一套具有尖锐的社会性而同时具有个性的肖象画。

在为《巴特林律师的三幕滑稽剧》所作的章前插画的反对教权的主题中，这位画家创作中的讽刺倾向进一步地发挥出来，在这本书中，包含着法国古代民间喜剧的愉快而强烈的幽默。

紧跟着，杜宾斯基为卡达耶夫的长篇小说《孤独的白帆》制作了插图，这是一本苏联青年最喜爱的读物。画家面向现代的俄国文学的这一转变，是响应党所提出的深入研究俄国人民生活并把它反映在艺术作品中的指示与号召的。杜宾斯基为卡达耶夫的小说画了8幅插图，当然，根据这本书的规模说来，凭这几幅插图要作到充分揭示故事的基本内容、人物的性格与行动，是完全不够的。

提到这套插图的优点时，应该指出，大体上这套插图使我们感受到小说中事件发生的时间——历史性的1905年。画家在这套插图中，善于把人民表现为历史事件的主要登场人物。例如，在加甫里克祖父的葬仪上或者渔夫与工人在海上小船中举行五一秘密集会这两个场面就可以证明。画中构图的人物安排是很自然的，情节的心理上的联系，也经过事先布置。一个充满着各种动态的市场的场面，对当时来说是很典型的，在市场中群集着肥胖的商人，高傲的女主顾与穷人。

这幅插图是全书中最好的一幅。

但是在这一套插画中，画家还不能创造出小说中人物的令人难忘的、有血有肉的性格。小孩（加甫里克与贝其），老渔夫（加甫里克的爷爷），加甫里克的兄弟（工人革命家特连其亚），超过了小说中的他们的性格描写。我们在每一幅图中，都可以看见小说的主要人物之一"波特姆金"铁甲舰的舰员水兵罗其翁·茹可夫。在敖得萨巷战时，发生在一所大楼里的战斗的插图，画得缺乏表现力，这是勇敢的革命者抵抗沙皇的哥萨克兵的最后的时刻。在这幅画中，没有把这一悲剧性事件表现得象原书作者卡达耶夫所描写的那样鲜明。

小说主人公的完整的形象的创造，是全部插图的第一个条件。正是由于掌握了这把钥匙，所以杜宾斯基在1950年完成的为盖达尔的《丘克与盖克》的插图，才在创作上取得胜利。

画家的任务，不是在于用自己的工具重复作家所说过的东西。插图画家只有当他的插图不仅使读者心中产生那种文学作品中贯串着的感情与思想，而且当这些插图能够将作者所作的暗示利用可看见的图画的手法"叙述出来"的时候，他才证明自己是有才能的。正是在这一方面，杜宾斯基为盖达尔的小说《丘克与盖克》所作的插图才显得突出。

盖达尔小说中体现出来的两个苏联小孩，完全具有孩子的天真的魅力，没有甜蜜的伤感，这两个小孩跟妈妈一起动身，去找在遥远的西伯利亚松林地带探险的父亲。对小孩的精神世界的衷心的热情与关注，使杜宾斯基为这本书所作的每一幅插图都令人感到温暖。作家与画家表现了俄国年轻的公民——热爱生活的、淘气的、可爱的苏联儿童。他们不是用旧模型扣出来的"有教养"小孩,他们打架,闹玩儿,在母亲面前隐瞒电报——因为这件事就在后来出了许多乱子。我们在杜宾斯基的插图中所见到的丘克与盖克,正是这样的:不论是他们坐在开往遥远的西伯利亚松林地带去的火车的车厢里,还是在西伯利亚松林地带车站上,他们都坐在箱子上不安地等待,在探险队守护人小屋里温暖的炉子旁舒服地睡觉,或高兴地跑去迎接父亲。画家所画的母亲的形象也是成功的,在她身上,我们很容易看到她就是我们同时代的妇女——精力饱满、温存、大胆、纯洁。

小旅行家跟妈妈一起从莫斯科到西伯利亚松林地带的车上旅行的全部场面,用画家特意选择的俄罗斯下雪的、象白毛皮一样的冬天,西伯利亚松林地带的树林,用雪包围着的山景加以陪衬。当我们看着这些风景的时候,就感觉到宁静、辽阔、多阳光,俄罗斯北部大自然的雄壮的魅力。

书中的插图很多,但是它们跟文字内容那么有机地结合在一起,跟书的整个结构那么不能分离,以致盖达尔书中没有这些插图,就很难想象。画家一面致力于故事内容的揭示,一面要照顾到在一个场面中出现的冬天树林的景色,不在另一幅中重复出现。例如老守门人一本正经地架着滑雪板冒着大雪出门的场面,或者母亲小心地保护自己的小孩睡眠的场面就是这样。这本书中的每一幅插图,对读者似乎都是必需的,因为它们不是凭空捏造的,它们的题材不是从外面加进来的,而是从故事的内部自然地渗透出来的,跟故事分不开的。

每一幅插图的构图都是富有生活气息,非常朴素而真实,甚至是按照日常生活的细节写出来的,以致好象是从现实中直接偷看到的。

杜宾斯基为《丘克与盖克》所画的插图,够得上称为现代的、苏联的风俗生活的、抒情的插图的范例。在这些插图中,没有任何稀奇的或者慷慨激昂的、英雄的东西,但是这些画中贯串着画家对人的热爱,熟悉他们的平凡的、日常的生活,对他们的兴趣、愿望、行动加以友好的注意。

温暖的幽默帮助画家发现小孩的行为、姿态、手势的有趣的特点。

小读者们为插图中情节的鲜明,事件描绘的细致,小主角在其中活动的各种不同的环境情节随着一幅插图跟着一幅插图的生动而紧张的发展吸引住了。同时应该指出构图的自然朴素,调子关系的丰富而真实,人物塑造的柔和的造型,而主要的是这些插图跟故事本身的情绪是非常适应的,这是杜宾斯基优秀的作品本身具有的基本的性质。

在杜宾斯基的作品中,继续这种创作的主题的是在1951年继《丘克与盖克》之后,为盖达尔的另一本小说《革命军事委员会》所作的插图。在为这本书所作的素描组画中,我们发现了在《丘克与盖克》插图中所确立的同样的思想特点:人道主义,现代的感情,对苏联人的爱。只是在这套插图中已经没有那种渲染着苏联和平生活时代中两个小孩的冒险故事的温暖的幽默。《革命军事委员会》中的小英雄狄姆克与齐冈在国内战争时期在乌克兰遭到非小孩所能忍受的艰苦的命运。盖达尔的小说,就其取材来说,始终是简洁的,用突出地描画出来的性格,叙述两个热心的小孩的勇敢精神与坚强意志,这两个乡下孩子帮助红军为革命而斗争。杜宾斯基的插图画描绘着两个小孩生活中的那样的时刻,那些时刻对小说的主要情节线索的发展具有决定作用。读者在画家的插图中,怀着深切的同情与激动的感情看着狄姆克跟戈洛文吵架的场面,小孩已经猜到他是一个革命的敌人;两个小孩有着完全不同的内心的性格与外部的面貌,不论在他们讨论着逃到静静的草原中的小河的河岸上去的时候,或者在他们感动地服侍受伤的红军指挥员的场面中,都可以看出这一点来。需要全心全意地细致地观察儿童的生活,才能够作到象杜宾斯基那样画出狄姆克因戈洛文打死他的狗施密尔而哭泣的场面,或者齐冈拿着指挥员的字条拼命跑过木头小桥的场面。画家所画的人物的每一个手势都是有意义的,在揭示他们内心世界的时候,作到使心理描写深刻到必要的程度——这些方法,他在早期是没有掌握住的。

如果说,杜宾斯基善于在读者心中激起对小说中的正面人物(对狄姆克与齐冈,对他们的母亲,指挥员谢尔盖也夫)的同情与同感的话,那末他们也就会对白匪戈洛文与他的喽啰,贪婪的神甫彼尔莫特里亚,绿林强盗产生严厉的、充满仇恨的与蔑视的感情。正好象是画家把所有这些革命的敌人,从阴暗的角落里拖到无情的阳光底下。同时这一切并没有被漫画化,而是一些活生生的人物,是在国内战争时代中人民跟他们斗争的真正的敌人。

在这些插图中,特别明显地表示出画家对他那种对正面与反面人物的那种率直的判断,发生强烈的兴趣。

杜宾斯基为这本书所作的插图,虽没有丢掉丰富的明暗调子,却使作品变得琐碎。画家想把一切都"说完",同时保持着形象的艺术完整性。

整套插图的构图结构,始终要使读者的注意集中在主题的最本质的方面。因此好象是偶然的"剪裁"的一幅插图,实际上是经过事先周密考虑与理所当然的。

但是遗憾的是,在这一套有成就的素描组画中,画家对普通红军战士的描绘没有给与注意,因此这些士兵画得公式化。同时也想劝告画家,要探索描绘手法的更加多样化,因为在若干插图中他已开始重复。

1953年,他再一次为盖达尔的小说《祖国的远方》所鼓舞,这就证明了杜宾斯基跟这位作家的总的倾向有着内心的接近。小孩子瓦茨加与彼茨加幻想着《祖国的远方》的有意思的生活。由于苏联人的创造性的能力,在他们的附近出现了这种生活——在荒芜的铁路小车站上开始大规模的建设。

杜宾斯基对周围现实的知识,以及他对同时代人的爱,使他为《祖国的远方》所作的插图富有诗意,由于画家对画中的人物抱着激动的态度,因此他们在读者的心里也就产生了生动的反响。

在全部插图中,注意力都集中在小说中的主要人物的身上，他们的形象在空间里明显地突现出来。根据他们脸部的表情，根据他们的手势，就可以猜想到那两个小孩在说着什么。

正象盖达尔一样，叙述自己的角色时，总使他们投入"圈子广大的生活"中去，画家所表现的瓦茨加与彼茨加也是一切发生的事件的参加者：他们参加运到建设工地来的材料的卸装，在乡村集会中听鼓动员讲话，迎接来这个地区工作的地质学家们。

画家正确地表达了作家的作品的特点（善于再现我们现实中的多样的画面，表现所发生事件中的重要的东西），而他正是在这个基础上创作了他的插图的。

杜宾斯基以儿童为题材的创作的发展，表现在他为《加甫罗施》所作的插图的第二次变体画上。这个故事是雨果的长篇小说《被遗弃的人》中的一段，画家的插图是在1951年创作的，这本书1953年在儿童出版社出版。

深入他所描写的人的生活是杜宾斯基的才能的特点，是他的作品的第一个基本的性质。

他为《加甫罗施》所作的新插图的首要任务，是发现主角的真实的正确的典型。杜宾斯基所画的加甫罗施，正象雨果笔下所写的一样，无忧无虑，快乐得象只鸟儿，机灵、大胆而善良。他是有巴黎穷孩子的那种天真，对善与恶会作本能的理解，并且天生地具有高尚的爱国感情。在杜宾斯基的插图中，当他跟巴黎的起义工人一道大胆地在街上行走时，当他把武器装上弹药奋不顾身地帮着保卫街垒的时候，当他抓住奸细而高兴的时候，或者当他把面包分给饥饿的孩子们的时候，他正是这样一个人。画家不仅把加甫罗施画在插图的各个构图场面中，而且把他摆在首要地位上，个别的地方，还把他画成"肖象画"（在扉页上），在这幅画中，画家特别令人信服地揭示了小孩的内心特性与外部面貌的特点。为儿童文学创作插图，应该有这种主角的肖象画，以便使小读者对他有更深的印象。

在杜宾斯基的插图中，不仅人物的类型、表情、姿态，而且在人物彼此思想联系上作到心理描写的深刻。画家为了要成功地完成任何一种任务，就应该具有导演的才能，不仅要仔细考虑在什么环境中，而且还要考虑怎样安排出场人物，以显示他们之间的心理上相互关系：他们的思想的一致或者他们的冲突，他们的友谊或仇恨。杜宾斯基在他所画的革命司令部里审讯奸细的场面中，这一点是作得特别成功。在这个场面中，两个敌对的阵营尖锐地对立着。反之，在表现工人游行的场面中，他表现了为自由而斗争的人民的团结一致。

在这些年中，杜宾斯基除了画儿童题材的插图以外，还为俄罗斯的与苏联的古典作品画插图。

1951年，他为法捷耶夫的长篇小说《毁灭》制作插图。为这本书画插图要求画家特别集中意志，动员创作力量，深入了解国内战争的英雄时代，画出为苏维埃政权而战斗的战士的伟大的爱自由的性格。杜宾斯基没有创造出和小说的重要意义相等的形象来，他没有掌握当时人民生活的足够的知识。尽管如此，有若干幅插图，动人地表现了人物的历史与他们在其中活动的复杂的环境。画家把英勇的战士莱奋生毁灭以后留下来的一小组人的内心情绪表现得很真实。他们停留在树林的边缘，在仔细考虑斗争的新阶段的到来；在他们的身上，可以感觉到不能摧毁的勇气，以及同时对牺牲的同志的哀悼。

在果戈里逝世100周年时，杜宾斯基为他的小说《结婚》作了插图。但是果戈里的题材没有跟画家的创作有机地结合起来。杜宾斯基为《结婚》所作的插图，有着多样的丰富的调子，在个别场面的构成上有创造性，但是没有创造出果戈里喜剧的那种气氛。

在这些插图中没有鲜明地描绘出果戈里的人物的性格：阿加菲亚·铁霍诺夫娜过于朴素与羞怯，在两个求婚者之间缺乏个别的差异；雅伊契尼查令人觉得是"钦差大人"中的市长，彼德柯列辛的性格描写得非常不充分。

在这些插图中，也感觉不到果戈里喜剧的动作的急速发展的特点。杜宾斯基的画有一些静止的味道，甚至还带着我们所习见的抒情调子，但是完全没有喜剧的特点。此外，在这一组插图中，似乎失去了在他的一些优秀插图中常常具备着的作者对人物的个人的见解。

1952年底完成的，为谢尔盖·安东诺夫的小说《雨》所作的插图，真正适合于杜宾斯基的抒情的天才。

摆在杜宾斯基面前的，看来似乎是很普通的，其实却是非常复杂的任务：把苏联作家所写的关于我们时代的短篇小说（只有20页）的紧凑、简洁和极为丰富的内容画成插图组画。

困难在于,安东诺夫所写的人物没有作出英雄的事业,没有遇到悲剧的冲突,没有显出强烈的热情。在他所写的小说中,我们只能碰到普通的、一般的苏联人,在现实中,在日常的劳动生活中,我们天天看到的人。

作家的主要主题,并不是瓦洛瓦雅河上桥梁的建筑(虽然这是小说的题材),而是人本身,他们的感情、思想,在建设的日常活动过程中他们命运的发展,当他们参加集体劳动时,就确定了他们的行为,精神活动,性格的形成。

正象安东诺夫的小说一样,杜宾斯基的插图也是表现人,鼓舞人的激情,人道主义的感情。经过仔细的阅读,画家"熟悉"了作家所描写的人物的形象。安东诺夫所描写而又为杜宾斯基所描绘的每个人物,各不雷同,而同时又是现代苏联人面貌的典型。画家所描绘的建筑工地的新首长聂别瓦达,正是这样出现在读者面前的:阔肩膀,工作时有毅力,关心别人,坚决克服在他的艰苦的道路上遭遇到的阻碍。当读者在插图中看到他重新安排工作干部去消除建筑工地上完不成计划的现象时,看到他在倾盆大雨下调配汽车运输,看到他以主人的身分视察建筑工地,看到他饶有兴趣地看墙报图画,或者匆忙地把小包裹送到车站上寄交给自己的小孩时,读者高兴地看到他,正象看到所盼望看到的同志一样。不论在他的品质上,或者从他的生活实践上看来,他是一个真正的共产党员。

集体农庄的女庄员,运输马车队长,女共青团团员库列波娃·奥尔加在安东诺夫的故事里不是中心的，但是是一个生动的与典型的形象。我们现在又在杜宾斯基的画中看到她：短鼻子，暴躁，穿着一双大皮靴，因为建筑工地首长不准她从建筑工地调到集体农庄而对他生气。

作家与画家笔下对上了年纪、诚实、但因领导不好而被免职的建筑工地首长伊凡·谢苗诺维奇都觉得可惜，特别是当杜宾斯基表现他在接到移交命令之后，悯然地、缓慢地放下自己的朴素的手提箱的时候。

粗笨而逗人喜欢的青年工人，运输科长季莫菲也夫对建筑工地秘书瓦林金娜·盖奥尔季也夫娜有隐藏的爱，她实际上也是《雨》这篇小说的主角。

作家跟画家一起小心地保持了小说的女主角的复杂、曲折的感情，表现了作为新人的瓦林金娜·盖奥尔季也夫娜的萌芽与发展，她的内心的成长。她的精神生活中的这一转变，是由于她直接地为总的建设事业所吸引，并且意识到她在争取这个事业成功中的个人责任。

画家通过一系列插图所作关于这个不十分年轻，甚至不漂亮而削瘦的妇女，即在被遗忘的潮湿的田野中的遥远建设工地办公室里工作的执行秘书的"叙述"，变成了一部揭示人的精神的多方面性与丰富的高度抒情小说，这种人的优秀品质的揭示是这样来进行的，即揭示她在共同劳动中因完不成计划而自觉地意识到自己的作用与责任的时候，当她感觉到旁边都是同志的友谊的手的时候。我们为瓦林金娜·盖奥尔季也夫娜惋惜，同情她——当画家在画中描绘她一个人单独地在倾盆大雨下披着坚硬的、沉重的斗篷,行走在泥泞的,冲坏了的道路上到邻村去完成建设工地首长交给她的火急的任务的时候。但是当我们看到她倔强地询问柯马罗夫工程师关于废弃了的采石场(因为它可以挽救建筑工地免于完不成计划)的时候,我们就开始相信她的胜利,相信她的性格的坚定与顽强。当她坐在车站上等火车的时候,我们就情不自禁地分担了她的悲思。瓦林金娜·盖奥尔季也夫娜知道,她已经不需要走,正是在这里,她发现了人们的同情的态度,这种态度是她工作中所需要的,她在生活中找到了自己的位置,获得了新的精神的力量。这样一来,杜宾斯基的组画的最后一幅插图,就自然而然地成为全书的后记:瓦林金娜·盖奥尔季也夫娜轻声地哭泣,用头巾遮着脸,孤独地挤在车厢的角落里,车子把她现在感到如此宝贵的一切都给带走了。这些眼泪,在安东诺夫的故事中是没有的,但是在这一动身的片刻,充满在这个妇女心中的全部错综的感情,说明了她的心境,这就使画家有权去作造型上那样的解释。

画家在作家的作品中领会了作家的风格与特点,然后用作家没有说出来的东西来激动我们所谓没有说出来的东西那就是侧面描写,或是复杂错综的心理,同时还有为完满地描绘形象所必需的艺术的暗示。他们把想象留给读者,使读者可以自由地补充所叙述的东西,并成为鲜明地被描绘瞬间的人物个性的全部复杂性,或者被描写事件的进一步发展的一种根据。

杜宾斯基为安东诺夫的《雨》所作的插图,放弃了外表的激动,而以他的极端朴素、真实的现实,并以那种对我们生活中的小事的集中的注意而使我们喜爱,那种小事情往往成为真正的大事,而这种小事就帮助我们去发现这种大事情。

在作家的小说中与画家的图画中,造成建设工地气氛的琐事与细节起着重大的作用,从这些小事中,使我们感觉到我们时代的空气,使我们相信他们所描写的人物在里面生活与行动的条件与环境的真实性。画家总是准确地描绘一些近景的事物:在泥泞道路上的车迹,聂别瓦达的淋湿的、坚硬的斗篷,这件斗篷显然是从建设工地回来的主人刚从身上脱下的,以及办公室桌子上的铜茶壶与锡茶杯。

在杜宾斯基的这些插图中,一幅风景,那决定建设工地全部灾难与挫折的下雨的风景,在使《雨》这篇小说角色们的情绪与一般心理状态明确化这点上具有非常重要的意义。画家描绘了在建设着桥梁的浑浊的河上不断地倾注下来的大雨,在带雨的风中摇撼着的白桦树枝,远处的田野,小雨所形成的稠密的濛雾,村道的泥泞,发亮的、被水淋湿的柏油马路,在马路上反映着窗子闪亮在潮湿的黑夜里开行的载重汽车,或者照射着美丽的风景的忽然明亮的阳光。

在这套插图中,杜宾斯基表现出自己是一个俄罗斯风景画的老练的大师,在这些风景中,渗透着充满人的感受的抒情气氛。但是这种抒情的"雨"景并没有在插图中造成伤感的情调,因为在这个大自然中行动着的是精力充沛的勇敢的苏联人,他们正在克服自然给他们带来的障碍,而画家则始终把这些人物摆在第一位。

画家进行构图时,总是把观众的注意吸引到被描绘的事件的最中心,使观众感到是每一个场面的参加者。

在这些插图中,杜宾斯基表现了特别丰富的、奔放的与优秀的水墨画手法,从明到暗,从透明的或者深暗的到洋溢着光的画面,层次的变化极富于绘画趣味。他掌握着那种轻快的笔法,使他的画显得特别有生气。

安东诺夫的文学语言与杜宾斯基的美术语言,不论在现实主义的精确性,造型的准确与简练,同时在抒情的深度与多层次方面,在表现方法的多样方面都很相似,而最主要的是两者都以对人的热爱而令人鼓舞。

从现代的抒情故事到契诃夫的《带阁楼的房子》,是画家合乎规律的转变。为俄罗斯古典作品绘制插图很困难,为契诃夫的作品画插图尤其困难:他描写人的隐蔽的与深藏的、抒情的与发自内心的感情,而他们的背景则是复杂的生活,而且往往是黑暗的、没有希望的生活。有时很难一下子猜透作家的主要思想,他的对畸形的、丑陋的、罪恶的专制制度的仇恨,他的对美好的将来的幻想,他对人民的爱。在任何一本契诃夫的小说中,总是有着侧面描写的场面,而在文字中则用半暗示与暗示说出来,但是这些东西在基本上确定了文学作品所描写的角色的思想、行为与愿望;这侧面描写控制着情节的发展,并且决定了事件的结局:"……你,除了生活,有些什么,你还感觉到那生活应该是怎样的,而这生活正束缚着你们。"契诃夫就这样确定了文学作品的性质。

《带阁楼的房子》仅仅是一本抒情小说,在这篇小说中,叙述一个画家对年轻姑娘仁尼雅（米修司是她童年时的小名）的爱情，她的形象是俄罗斯文学作品所创造的最动人与最温柔的女性的形象。

但是小说的全部内容，空虚而豪华的地主生活的全部描绘是在显明地存在着和始终感觉得到的痛苦而绝望的农民生活的背景上发展起来的，可是跟前面这种生活并行的，有另种乡村生活的描写：仁尼雅的姐姐莉达（是一个冷淡的、自高自大的自由主义者）认为她可以在乡村里进行识字教育与原始的治病工作。而在读者之间则产生这样一种信念，认为人民不能再过这种生活。

画家看到莉达想用自由主义不彻底方法使人民脱离贫困、饥饿、繁重劳动与被奴役地位的主张的荒唐。正是在这个基础上，画家与莉达之间产生了内心冲突与不和，这种不和就是后来画家跟相爱的姑娘决裂的原因。

在契诃夫的小说中，没有地主跟农民生活的直接的对立。但是画家有权把在文字里面隐藏着的作家的基本思想画出来即表现人民的生活，象杜宾斯基为了阐明每一章的主要内容的章前插图中所做的那样。这样做，并不是主观的捏造，而是说明画家对作家整个小说的构思有非常深刻的体会。

按照契诃夫的原文，莉达非常自满，坐在两匹马拉的漂亮的有弹簧的马车上，到邻近的地主家去为遭火灾的人家募款，而杜宾斯基则画了这辆马车和高傲地坐在马车上撑着阳伞的莉达，这辆马车就停在被火烧毁的房子旁边。他使一群遭火灾的人（农民的家族）迎面来迎接她，那家族手里拿着装了最后一点简陋杂物的小包袱,牵着一条饥饿的母牛。

我们在小说中读到"在上星期,安娜因分娩而死了",而画家则画了插着东歪西倒的十字架的乡村的穷人的墓地,上面孤单地种着几株白桦,穷苦的农民与农妇静默地站在墓旁,非常伤心。小说往后的文字完全符合这幅插图:"重要的不在于安娜死于分娩,而在于所有安娜、玛芙拉、佩拉盖雅这些人伛着腰一天忙到晚,劳苦得支持不住,生了病,一生一世为饥饿与生病的孩子们发愁……"

以后几幅的章前插图也正说明了这些思想,在一间矮小而黑暗的房子里,在垂死的丈夫的床旁,一个妇女悲哀得弯下腰来;另一幅是这样一个场面,当盛装的、为欢乐的夏天的阳光所照的地主们从教堂里出来,而迎上去的则是一个伸手要求布施的贫穷的残废者。这个主题也是契诃夫没有写到的:他描写刚过了一个漫长的节日,那时,盛装的、幸福的地主佛尔恰尼诺夫一家人过着无忧无虑的日子,打网球,在有圆柱的凉台上跟客人们喝茶。他有权拿这样两个阶级来对比,有权来夸张形象。

在制作这些插图的时候,杜宾斯基发现了能够表达小说的总的气氛的那种真实的调子。他在这些作品中巧妙地躲开了枯燥的教训,把自己认为现存制度不合理的思想体现在社会对比鲜明的、动人的形象中,把读者引入契诃夫所描写的环境与时代中,同时为所描绘的人物找到真正的典型环境,而且用生活的具体性使它们充实起来。

杜宾斯基是作为苏维埃时代的代表者来阅读契诃夫的

小说的,选出作家所写的为我们现代人所珍重的最主要的东西:主题的人民性与人的感情的深刻而永恒的美。这一个特点在他为契诃夫的小说所作的插图组画中,占着优势。在他为《带阁楼的房子》所画的十三幅插图中,已经把小说本身的主题展开来,并且刻画了他的角色的性格。大家可能会产生怀疑:排满十六页的一本小说,这些插图会不会太多?这种版本用这些插图是不是会过多?

杜宾斯基创作这一套契诃夫小说的组画时,没有在事先跟出版社订过合同。他找来一本自己喜爱的作品,并且以好几个月时间来探索如何在素描艺术的形象中体现小说中那么动人的那种生活真实的深度,如何来体现契诃夫在人物的感情,在事件和自然环境描写中那么简洁而充分地表现出来的完美,崇高而不重复的东西。人物本身的内部的、有机的发展,要求画家创造正是那样的插图,他不能把这个要求去迁就任何外部理由,甚至对那么重要的,如插图数量跟文字篇幅的互相关系,也是如此。

如果画家所创造的书中人物的性格以非常真实的与令人信服的力量再现了文学的形象,好象在画家的笔下重生一般,如果这些形象跟读者对他们的印象相符合,如果用造型的方法突出地表现了小说的主要思想,突出地、浮雕般表现了作家的构思,那么,画家的目的就达到了。

当画家为苏联作家制作插图的时候,他总是不仅从作家所提出的题材出发,而且还要从自己的生活经验出发,从自己对周围现实的观察出发。可是当他为古典作品画插图的时候,他总是从苏维埃时代的画家的立场出发,对人物与事件加以判断,他还要让自己的创造性的想象力起特别重要的作用,帮助读者再现过去的时代,更不必提研究过去时代的材料(建筑、服装)与那个时代的气氛的必要了,如果没有这些的话,就不可能作到形象的真实。我们认为杜宾斯基为契诃夫小说所作的插图之所以可贵,并不在于他长时间地探索俄罗斯建筑史中的"有阁楼的房子",甚至碰到文献资料上提到一间房子,正是在这样一间房子中可能发生了契诃夫小说中的事件,也不在于他的插图中女主角们穿的是当时的高领头长外衣与相应的发式,以及地主庄园的房间的室内景物也是当时的典型,而是在于他善于在米修司的性格中,在她的脸上,表现出契诃夫所赋予她的那种青春的魅力、纯洁、诚挚、强烈的精神力量。她轻松地坐在凉台的栏杆上,象一只准备起飞的鸟儿,用小孩般的快乐的心情看画家画写生画,以羞怯的沉思的神气抚摸花束,一边倾听着画家说话,或者,最后,当她依照姐姐的命令跟她所爱的人离别时掉下眼泪,这正是契诃夫小说中读者们所那么喜爱的那个姑娘,她本能地感觉到要在哪里追求生活的真理,天真地、直爽地表现自己的感情。在她的动作上,在倾斜的头部,杜宾斯基很好地表现了那种内心的妩媚,那种使人迷恋的精神的纯洁。同时,杜宾斯基则把她的姐姐丽吉亚画成是一个感情冷淡,好教训人家,纯理性的,缺乏真正的对人的爱的人。

在全部插图中,我们对小说男主角的形象,即对来到地主白洛库罗夫的庄园里避暑的著名画家的形象不是每幅都喜欢的。杜宾斯基正确地体会到他的性格,认定他是一个新型画家,现实主义者,能深刻地感受大自然,他有一颗能接受一切崇高的思想的心。杜宾斯基善于表现这个人物的内心矛盾,而同时表现他具有伟大的内心的正直,精神的丰富,对自己艺术的严格的态度。这个人物的性格特点,在他跟姑娘们在花园里谈话的场面中,在跟白洛库罗夫争辩的时候,在画风景画的时候,在俨然割断他的激动的、纯洁的爱情以后孤独的、悲伤的样子中显露出来。可惜杜宾斯基在若干幅插图中用帽子把他的脸遮住,好象要逃避表现他的感受的深浅。

《带阁楼的房子》插图的构图上的显著的特点,是杜宾斯基总是把人物画得很大,力求鲜明地表达每个人物的心理状态与情绪。他在表现眼睛,表现嘴的线条,表现手的动作的时候,努力揭示在一定情节中的人物的思想与感情的趋向,并且敏锐地揭露每一个场面中人物之间的相互关系。例如,他在表现白洛库罗夫跟画家争辩的场面中,地主的空洞枯燥的议论跟他的谈话对手显然相去甚远,而且格格不入的。

杜宾斯基的人物在其中活动的风景与室内景物,正象经常在他的插图中所表现的一样,在揭示被描写的事物的意义与内容中起着重要的作用。为人物而创造的现实的环境,无疑地是杜宾斯基的有力的一面。画着正在作画的画家(契诃夫小说中的男主角)的自然环境,清楚地说明了他对直接描绘俄罗斯抒情风景的爱好。地主房子里的粗大的柱子,使娇弱的米修司的身体在对比之下消失不见了,把她压倒了;在画家与米修司第一次接吻的场面中,天空多云,月亮从乌云后面透出不安的闪光,好象是后来痛苦地分离的预兆。失去了心爱的姑娘的画家,在荒芜了的、凄凉的秋天的花园里徘徊。在这些风景与建筑物的因素中,没有任何抽象的象征,它们只不过是更加强调了人物在其中活动的现实的环境。

杜宾斯基在这套插图中,再一次表现出他的风景画的卓越的技巧。他善于在以天空为背景的情况下表现树木的美丽的轮廓,润湿的浓密的簇叶,与长着杂草的花园的诗一般的情调,老屋前面的凄凉的、秋天的景色中点缀着不久之前刚下过雨所留下的一团团水洼。

这样一来,画家在人物周围所陪衬的东西就在所描绘的人物中间灌注进生气:抛在晾台上的米修司的白色轻便的阳伞,她那少女的发式上的大蝴蝶结,都起着这个作用。

在这套作品中,杜宾斯基用光的对比非常有表现力地塑造了物体的形。他利用柔和的明暗变化使中景远过去,使黑色的背景上得到深色的天鹅绒的感觉,在这个背景上恰到好处地把少女(坐在马车上的米修司)的脸上的光衬托出来;故意画得刺眼的轮廓,把带着一点漫画调子的阴影投到前面长沙发上坐着发表空洞议论的白洛库罗夫的那墙壁上。他使用黑白色层次的复杂变化,这样一来,就使素描具有丰富的、复杂的调子。发生在外光之下的所有场面,充满着空气与光线。杜宾斯基常常在图画中利用光来衬托出构图中基本情节的重要性:他明确地描绘以明亮的天空为背景的人物的轮廓。从明到暗的复杂的层次变化,地面与天空的色调上的相互关系,表现出在小河边上散步时的薄暮的情况,那时候白天还没有过去,而月亮却已经在晴朗的天空中发射出微弱的光线。

杜宾斯基为契诃夫小说所画的插图,通过丰富的艺术语言深刻地揭示了形象,因之特别富有诗意。

应该指出,画家在这套插图的构图中,也采用了他在为安东诺夫的《雨》所画的插图中使用过的方法:他往往代契诃夫"说完"故事,描绘那种就小说的构思来说可以推测的,或者必然会如此的场面,而不是把小说中的每一细节直接搬到画面上来。

在小说中,没有描写米修司离家外出,没有描写她告诉母亲与姐姐以后在自己的房间里哭泣,没有描写一家人在薄暮中散步,但是这一切情节都象是必要的锁链的环节隐藏在文字的背后,在这些环节的基础上造成小说的思想的与情节的结构,而画家则在插图中始终一贯地发展了这个主题。造型艺术的一个必不得已的特点是只能表现行动的一个瞬间,因之画家为插图选择情节时,应该使它们能够充分地揭示形象,应该使读者能够以每一幅画为根据而推想到画中人物在这个场面之前曾做过什么和以后将做些什么。

决不可能把小说中所有重要的场面全部搬到画上去,但是一定要作到充分地阐释人物的性格,表现他的品质在行动的一定时间中所显示出来的重要表现,使读者不仅了解他的现在,而且能预知他的可能的未来,杜宾斯基在这一方面往往做得很好。

这些优秀的插图的缺点在于:某一些人物的面貌没有塑

造完工，例如，女老地主（姑娘的母亲）的面貌，虽然作家也只是用略微几笔就交代过去了的。在晾台上喝茶的场面画得过于草率。杜宾斯基迷恋于再现灯光的效果，以及表达围着茶炊进行舒服的夜谈的总的情调，容忍了参加这个场面的人物性格描写的雷同。

画家又为契诃夫的小说《未婚妻》作了插图，作家在这篇小说中贯串着对俄罗斯美好的将来的乐观的信心。

杜宾斯基在这些插图中也作了这样的解释，他创造了小说女主角娜嘉的明朗的形象，她能够为了未来的康庄大道而抛弃事先为她安排好的可耻的、市侩的幸福生活。在这些画中，画家以社会性格的深思熟虑使作家与读者得到满足，画家通过登场人物始终一贯地表现了作家的构思。

杜宾斯基的插图的创作方法，很有意思。画家在多次精读文学作品以后，就拟定了插图的内容。他仔细地设计了全书的布局，为书中整页的插图，或者文字中间的插图，章前插图与书后的插图安排好地位，往往自己亲自为书的封面作画。然后，他就着手将每一个情节进行构图的处理，画了很多铅笔速写的构图稿，而有时也用钢笔与毛笔起稿。最后，当他画成满意的一张构图稿以后，他就用铅笔（甚至就在原稿的纸上）非常仔细地勾出铅笔的画稿，然后用钢笔或毛笔描过，大体上盖住了原来的铅笔细线条。

在构图工作中，杜宾斯基基本上运用了在生活的观察中积累起来的他那惊人的艺术记忆力，只将人物的个别动作与姿势加以写生的检查，但是从来不把画中所有形象一律依赖写生。

  杜宾斯基把他所有的创作才能与灵感都用在插图中去，创造了体现时代的先进思想的正面人物的形象，他表明自己要成为一个描绘我们生活中本质的与重要的事物的画家的愿望。

附图目次

1、普希金的《莫扎特与萨里叶》一书插图（毛笔、水墨）（1949年）

2、雨果的短篇小说《加甫罗施》一书插图（毛笔、水墨、水彩、水粉）（1949年）

3、盖达尔的短篇小说《丘克与盖克》一书插图之一（1951年）

4、盖达尔的短篇小说《丘克与盖克》一书插图之二（1951年）

5、盖达尔的短篇小说《丘克与盖克》一书插图之三（1951年）

6、法捷耶夫的长篇小说《毁灭》一书插图（毛笔、水墨）（1952年）

7、盖达尔的短篇小说《革命军事委员会》一书插图（毛

笔、水墨、水粉)(1953年中)

8、安东诺夫的短篇小说《雨》一书插图之一(1953年)

9、安东诺夫的短篇小说《雨》一书插图之二(1953年)

10、盖达尔的短篇小说《祖国的远方》一书插图(毛笔、水墨)(1953年)

11、契诃夫的短篇小说《带阁楼的房子》一书插图之一(毛笔、水墨)(1954年)

12、契诃夫的短篇小说《带阁楼的房子》一书插图之二(毛笔、水墨)(1954年)

13、契诃夫的短篇小说《带阁楼的房子》一书插图之三(毛笔、水墨)(1954年)

14、契诃夫的短篇小说《带阁楼的房子》一书插图之四(毛笔、水墨)(1954年)

1、普希金的《莫札特与萨里叶》一书插图(毛笔、水墨)(1949年)

达·杜宾斯基

2、雨果的短篇小说《加甫罗施》一书插图
（毛笔、水墨、水彩、水粉）（1949年）

3、盖达尔的短篇小说《丘克与盖克》一书插图之一（1951年）

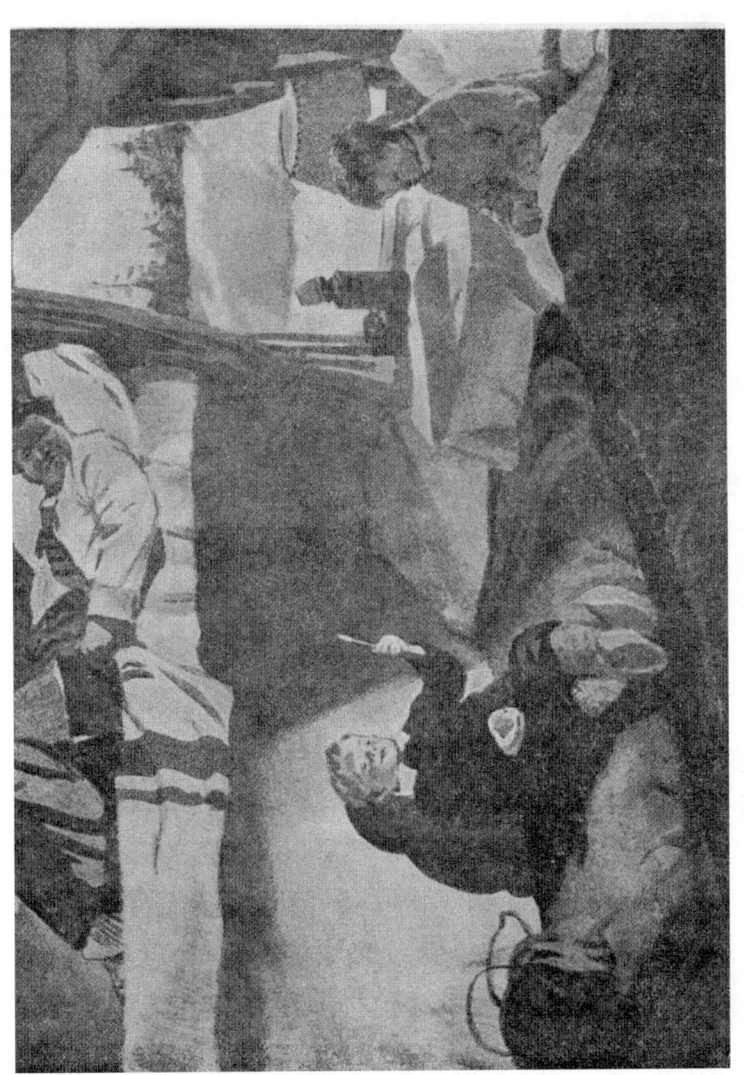

4、盖达尔的短篇小说《丘克与盖克》一书插图之二(1951年) 达·杜宾斯基

5、盖达尔的短篇小说《丘克与盖克》一书插图之三（1951年）

6、法捷耶夫的长篇小说《毁灭》一书插图(毛笔、水墨)(1952年) 达·杜宾斯基

7、盖达尔的短篇小说《革命军事委员会》一书插图(毛笔、水墨、水粉)(1953年)

达·杜宾斯基

8、安东诺夫的短篇小说《雨》一书插图之一(1953年)

9、安东诺夫的短篇小说《雨》一书插图之二（1953年）

达·杜宾斯基

10、盖达尔的短篇小说《祖国的远方》一书插图(毛笔、水墨)(1953年)

11、契诃夫的短篇小说《带阁楼的房子》插图之一
（毛笔、水墨）(1954年)

达·杜宾斯基

12、契诃夫的短篇小说《带阁楼的房子》插图之二
(毛笔、水墨)(1954年)

13、契诃夫的短篇小说《带阁楼的房子》插图之三
（毛笔、水墨）(1954年)

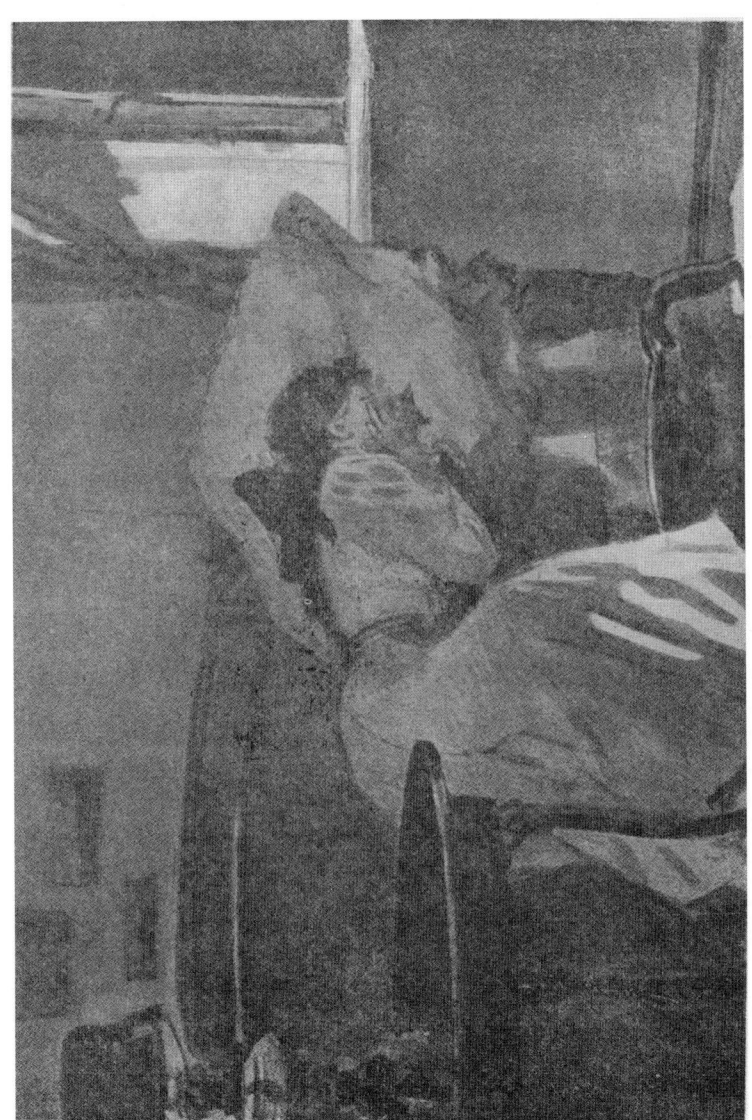

14、契诃夫的短篇小说《带阁楼的房子》插图之四(毛笔、水墨)(1954年) 达·杜宾斯基

斯大林奖金获得者
达维达·阿历山德洛维奇·杜宾斯基

尤・甘夫

尤·甘夫

苏联读者许多年来经常在报章杂志上看到尤·甘夫的漫画。这些作品以其迫切的现实性、俏皮以及熟练的技巧吸引人们的注意。甘夫无情地嘲笑了帝国主义强盗，揭穿了战争挑拨者的阴谋，揭露了腐朽的资产阶级的思想道德实质。艺术家常常以其尖锐的讽刺针对尚存在于苏联社会中的缺点，针对错误的观点，针对庸俗言行和保守主义。

尽管很多题材有奇特的和幻想的性质，可是甘夫的漫画是现实的，因为它们深刻地揭露了社会现象的本质。

甘夫作为一个讽刺画家，他的技巧在任何时候都是应付自如的。他说："不能认为敌人是在什么遥远的地方，就像魔鬼在地狱里一样。不，他就在这里，就在我们身旁，所以漫画家应当随时都全副武装地来对付敌人，要机警地注视着周围，防备敌人突然的出现和袭击。"这种准备经常表现在他的尖锐的漫画里，这种在工作中的紧张性和积极的创作的努力，说明了甘夫的整个道路的特点，说明了先进的苏联艺术政论家整个的多年的战斗事业。

尤里·阿布拉莫维奇·甘夫于1898年生于波尔塔瓦地方

的一个版画家与金属雕刻家的家庭里。童年和少年时代甘夫都是在哈尔柯夫度过的，在这里中学毕了业，之后又在大学里念法学系。

甘夫从小就幻想作一个画家，他画了很多画，并通过许多绘画复制品而对艺术有所了解。他仅只是在1917年2月革命后才开始在Э·施登别尔格所领导的画室里学绘画。甘夫在画室里学习了两年，在那里他除了画油画而外还学雕刻。这样就使他对立体的形式和素描感到了兴趣。

1919年，当苏维埃政权在乌克兰完全确立之后，曾经组织了"乌克兰罗斯塔讽刺之窗"，在这里工作的有画家克林奇，赫伏斯托夫、Б·伏里德金。当甘夫经过了认真的考虑之后，就离开大学参加了他们的工作。

很难说，是什么使甘夫对于漫画肯定地发生兴趣的。总之，还在十五岁时，他就爱把朋友们画成漫画，可是并不正式把它当作一回事。甘夫在画室里学习期间仅仅有时画点漫画。有一次他在一个诗人们会聚的艺术家咖啡馆内作了一幅讽刺性的壁画，碰巧就被刚不久组成了"乌克兰罗斯塔讽刺之窗"的那些艺术家们所注意。于是他们就劝甘夫放弃一切而专从事漫画。

年轻的艺术家最初是为"乌克兰罗斯塔讽刺之窗"作画，之后为《共产党》报纸，后来又为20世纪初年组成的讽刺性杂志《红辣椒》作画，他在这个杂志上逐渐占据了一个非常重要的地位。

但是，大多数的漫画甘夫经常都是非常匆促地完成的，这使他很不满意。他不认为漫画是一件容易的事,他也不求在自己的作品中表达狭窄的现实内容。他要在自己的作品中达到为这种艺术的大师们所具有的那种深刻和揭发性的力量。这时甘夫已经熟悉了陀密埃和斯登莱因的作品,他们的作品是俄罗斯讽刺画家们特别喜爱与熟悉的。甘夫感到他的专业技巧很不够,就决定继续学习,为此,便于1922年春天到了莫斯科,考进了高等技艺学校。

在这些年代里,高等技艺学校里的教授,大多数显然是形式主义者。学生们学习的,例如是所谓"色彩训练"。他们学习一些纯粹抽象的脱离任何现实内容的色彩课题。一个教员布置的作业是要把两个三角形、一个圆形和一个正方形画进一个长方形内,其他的教员则要求学生把一些同样的几何图形画在具有不同的——不光滑的或光滑的——表面的画布上。在一个画室里放着一架不知名的车床,这个车床要画成半拆开的样子。这就是形式主义者教给苏联青年一代的艺术家的艺术。

实在的,甘夫很好地从尼文斯基学习了铜版腐蚀的技术,从谢维尔加也夫学习了石版画和雕刻版画,他毕竟还是从高等技艺学校获得了很大的益处。但自从学习了印刷的版画技术之后,甘夫就更加显明的感觉到有精通准确的富于表现力的素描的必要。

虽然青年艺术家在他的工作的最初几年中不曾成为一个形成了的、确定不移的现实主义者,而且还常常受着唯美思想的影响,但是,高等技艺学校的许多教员给学生们灌输的形式主义，对他说来却是感到非常格格不入和非常讨厌的。所以他便离开了高等技艺学校。

1923年，甘夫同还是在高等技艺学校就开始搞漫画的一些朋友一起来到《红辣椒》杂志社。这里是由П·苏赫尼、A·拉达可夫、Г,高尔茨等人负责的。此外，参加到这个杂志社来工作的就是刚组成的革命俄罗斯美术家协会的会员П·拉纪莫夫、И·恰施尼柯夫、H·尼柯诺夫等人。

尽管参加杂志社的是一大批现实主义艺术家，可是几乎他们所有的素描和漫画都具有刻板的做作的装饰风格的特点。当时在杂志上刊载的图画中广泛地存在着轮廓有棱角，图表式，仿效幼稚的儿童画的现象。为了要达到现代派的水平，甘夫曾摹仿各种唯美主义艺术家的风格，虽然他的内心是和他们疏远的。这种探索的两重性和混乱，以及缺乏很好的专业素养，就在他创作的一些软弱无力的作品中表现了出来，并且引起艺术家的心情的不满。这种在内容上偶而也是尖锐的，而形式上是模仿唯美派的漫画，甘夫于1923至1924年曾发表在《红辣椒》和《刺》两杂志上，后来又发表在《鳄鱼》上，1924年中期《红辣椒》社艺术家的主要成员也都转来了《鳄鱼》画报社。1923年于《红辣椒》杂志第八期上刊载了描绘两个顽皮孩子——纸烟小贩的图画是富有特征的。有棱角的线条，移动的平面，色彩和形式的故意不相符合，物体轮廓的模糊不定——所有这一切完全随意歪曲了人和物体的真实自然的表象，无疑会十分妨碍艺术家在漫画中所从事的尖锐而重要的讽刺性的主题的揭露。

在这些年代里，为许多漫画家所运用的各种各样的形式主义的把戏，把年轻苏维埃国家的敌人的形象和正面的英雄形象作了简单化和抽象的虚构性的处理和体现。工人和农民，共产党员，先进的共青团的青年在艺术家的图画中常常是被畸形地、粗劣地、原始地表现着。

《红辣椒》社的艺术家们，特别是甘夫，热心地画着反宗教题材的图画，但这些作品几乎常常在外表上好像是摹仿圣像画的笔调，因而就大大丧失了它的尖锐性。往往漫画的形式不是由内容所决定，而是取决于一些偶然的和从属的因素。例如把抨击帝国主义者在殖民地的统治的尖锐题材的漫画画成东方工笔画的形式。1923年第九期的《红辣椒》上就有一幅甘夫创作的有关从斯德哥尔摩到德黑兰的航空线的图画，它在外表上颇似具有平面表现的虚构性和相反透视出特征的波斯的工笔画。

这样的虚构的形式主义的手法是和一切漫画家们的艺术内容极端矛盾的。在他们面前迫切地摆着一个问题，即把漫画的政治内容令人信服地和易于接受地传达给千百万的读者群众。这是共产党对艺术家们的要求，党揭露了"无产阶级文化派"并鼓励艺术家在自己的创作中寻找正确的道路，为争取真实的、易懂的和人民需要的艺术而进行了顽强的斗争。1920列宁论艺术的群众性与人民性的著名的讲演广泛地传开了。

这一切促使大多数的艺术家转向现实主义的轨道。1920年底甘夫的作品也就开始具有了更多的现实主义的性质。

和读者联系在甘夫和其他艺术家们的转变中是一件重要的事项，这些读者写了许多内容直率而又严厉的批评信，帮助艺术家们克服了很多形式主义的影响。读者常常给《鳄鱼》画报的编辑部写信，提到图画的意义不清，描绘的荒唐可笑，以及形式主义的偏见，他们要求明白易懂的主题的表现方法。为了符合读者的要求，倾听读者的批评，杂志社的艺术家们逐渐改变了自己的绘画语言，掌握了现实主义的方法。

杂志的编辑部曾举办了读者创作有奖竞赛，发表了读者的优秀作品，分发了问题调查表，要读者回答——在杂志中什么样的图画最受大家欢迎，为什么？艺术家常常亲身到企业中和新建设工地上去作外勤编辑工作，这种熟悉生活以及同人民的频繁的接触，对于艺术家的创作的改造和他的转变到现实主义的立场起了巨大的作用。在《真理报》上发表的艺术家的作品（从1927年起真理报开始刊载甘夫的漫画）这对于甘夫的现实主义技巧的形成过程有着很大的意义。报纸的复杂而多变的政治活动，千千万万的读者使得报章上发表的言论显得特别责任重大。当然，在还没有充分掌握技巧的艺术家的作品中，常常缺乏对人物性格的令人信服的心理的描绘，不能充分地揭露他所批评的人的典型特征，而是千篇一律地表现人物，这些人物甚至画得像傀儡。但是所有这些漫画的题材看起来还是容易懂的，描绘的对象的形式和细部也画得很准确。

在顽强的创作过程中，画家发现了最易为群众接受的，富有表现力的方法。关于这点，可以甘夫的一幅漫画为例。在这幅漫画中,他画了一个开着汽车的社会民主党人,车上满堆着装金子的钱袋,钱袋上端坐着一个资本家。这幅画已经画得更为确切和更为现实。在这幅画的下面写着一条俏皮的、讽刺的、动人的标题:"瞧吧!我领导着千百万!"(不是群众而是拥有千百万的资本家——译者。)

画家在他发表在报刊上的漫画中,揭露了英国选举前的阴谋诡计,德国的法西斯化,英美资本家之间争夺石油的斗争,与国际生活中许多其他事件与现象。同时,他为《真理报》创作了许多漫画,反对官僚主义者、富农与破坏分子,反对不负责任的人以及其他一切苏联人民内部的敌人。在全部这些作品中,画家力求以现实主义艺术的语言来表达尖锐的讽刺内容。

甘夫的漫画,特别是表现国内题材的漫画,一年比一年更具有现实主义的性质。画家仔细地描绘了人物,表现上做到鲜明和简洁。虽然,在这些画中,还缺乏甘夫近年来所具有的那种深刻的心理的表现,但是他那独特的章法,准确而明白的手法,形式上的推敲,都与他二十年代初期的作品有着深刻的区别。

随《真理报》社的编辑出差,对画家的创作成长,具有不小的意义。

在那时,运输问题是摆在国家面前的一个迫切问题,因为它不能适应蓬勃增长的社会主义工业化所提出的要求。党集中一切力量来纠正这一种不正常的情况。漫画家总是首先响应党的号召的。甘夫、库克雷尼克塞与其他许多画家随着

《真理报》的编辑出差被派到国内各条铁路上去。甘夫在这次出差中画了许多肖像画与风俗画的写生速写,并且以此为基础,创作了很多漫画,还为"真理报"刊出的论文、杂文与短评创作了很多插图。

在党的出版机关的工作所给予甘夫创作上的思想倾向性,是他成为战斗的苏联现实主义讽刺大师的过程中的决定因素。

画家抛弃早期作品中粗枝大叶的,故意做作的,虚构的风格,这在很大程度上,说明三十年代初共产党所领导的为创作社会主义现实主义的艺术这一斗争所起的作用。1932年4月23日党中央委员会作出决议,取消了艺术中的所谓"无产阶级的"机构(无产阶级革命作家协会,无产阶级革命美术家协会等),号召所有站在苏维埃政权这边的美术家创作人民需要的、真实地反映我们国家生活的作品,取消艺术界的小集团,把艺术工作者团结在统一的创作联盟中去,在苏联美术家面前展开了新的、无限的创作远景。

甘夫的创作,不论从内容说来,或者从艺术手法说来,都更加生动了。

三十年代争取和平,揭露世界战争挑拨者的题材,在甘夫的创作中,占有很大地位。例如,在1932年第五期《鳄鱼》画报的封面上,刊出了甘夫的漫画《和平的撞钟人》。画家画出资本主义国家在虚伪的空谈、和平的扰嚷中,拼命准备反苏战争,加强军备,训练士兵等。

在这些年代里,甘夫和其他苏联漫画家一样,把很大的力量、思考与机智用在揭露工人阶级的叛徒——社会民主党人的真正面目上。

三十年代末,甘夫画了很多漫画,揭露法西斯侵略,资本主义国家的所谓"不干涉"政策,揭露整批与零星出卖自己国家利益的政客。

这时候正是帝国主义准备第二次世界大战的时期,甘夫画了很多国际题材的漫画,把尖锐的讽刺指向战争挑拨者与他们的帮凶。由四部分组成的一幅漫画"在外交家的了望台上"是很有趣的,画上画着战火包围着而且逐渐燃烧着的了望台,台上站着一个欧洲国家的外交家,他眼睛看着远方,固执地坚信,哪里都看不到火灾,而且不可能有这回事。

在另一幅漫画中,画着两个西欧资本家,在自己政府的大厦旁边谈话。他们中的一个说:"德国人也只不过要我们的领土,而我们的工人怎么能横蛮地要我们的利润。"

甘夫的漫画,随着版画的现实主义原则的发展,大大地丰富了题材上的探讨。画家在题材的讽刺性处理与漫画的构思上,坚持不懈地下了很多功夫,做到在自己的作品中尖锐地揭示重要的生活现象、事实与事件。

他发明了题材的讽刺处理的各种新的与独创的手法与方法。例如他画了这样一幅漫画,漫画的主题是用桌上游戏("得分")或者游览博物馆的简明指南的形式绘制成的。画家探索具有说服力的表现主题的各种方法。有时他用单人的构图的形式来处理一幅漫画,在这种情况下采取了象征的形象。例如,他描绘了暴怒的玛尔斯——战神,这个战神具有非常贪婪的特点。有时他画了细节繁复的群众场面,有时画成一套组画,根据时间先后把题材展开来。

正是在这些年代中,画家艺术特征的基本特点被奠定了,关于这些特点,我将在后面详细地加以说明。但是必须指出,除了为甘夫逐渐掌握的鲜明而富有表现力的素描以外,善于机智地、新颖地和确切地考虑题材的处理,发现漫画的尖锐的题材在他的艺术中也具有巨大的意义。

甘夫创作的这两个方面,在伟大的卫国战争时期有了进一步的发展。在伟大的卫国战争期间,所有的苏联美术家表现了真正巨大的创作积极性。许多版画家主要是在前线参加军队的报纸工作,不止一次地拿起步枪来代替铅笔,亲身参加军队的战斗。这种异常高涨的爱国热情,使美术家们的艺术变得特别地热烈而生动。没有一个事件不得到讽刺画家的反应,他们把这些图画与漫画发表在许多报纸上,在《鳄鱼》和《前线幽默》杂志上,这些刊物在部队中很受欢迎。讽刺材料在专门的部队出版物《前线画报》上也有刊载,画家开始在那里不仅是作为一个画家,而且是作为编委会的委员而工作着。

在战争时期,甘夫的所有的漫画都针对凶狠而残暴的敌人。在许多漫画中,画家都是描绘了在德国或者德寇占领区的事件,他好像是一个直接的见证人一样,深入前线阵地,希特勒的大本营,居民住宅,以及法西斯匪徒为陷害他的同胞而到处设立的集中营。在战时最早的一批漫画中,甘夫画过一张描绘两个德国居民的漫画,他们站在集中营的带刺的铁丝网后。"苏尔茨先生,你为什么被关进集中营?""因为悲观。我不相信希特勒会胜利,你呢?""因为乐观,我也不相信希特勒会胜利。"

1943年,当希特勒部队在苏军的多次打击下败退的时候,甘夫创作了大幅的漫画"乌克兰——柏林的快车",在这幅画中表现了匆忙退却的法西斯匪徒的恐慌。画家好像直接的见证人一样画了这幅画。这种"从内在"揭示主题的方法,完全证明了是有效的,因为它能够非常具体地、生动地表现人民跟侵略者英勇斗争的结果。

同时,甘夫采取了漫画形象的象征的概括的处理。例如,他画着在时钟的字盘上画成利剑样子的无情地靠近的分针与时针,在两把剑之间夹着无可奈何的希特勒。在另一幅漫画中,甘夫画着象征"闪电战"的死马,希特勒要求给他一匹新马——"持久战",画家非常恰当地把它画成瘦弱不堪,举步维艰的样子。

在伟大卫国战争期间,甘夫爱好创造纪念性的、讽刺的与正面的形象,力求以概括的形式和精确的、给人印象深刻的构图表达巨大的内容,属于这一类漫画的,例如《我们控诉》,描绘在迈达涅克与奥斯威辛集中营里被折磨过的人,要求给德国战犯以应得的严厉的惩处。

努力于对保卫苏维埃祖国全民事业的斗争作出贡献,使得美术家们的创作力量蓬勃上涨。这就决定了我们艺术的整个发展上的新阶段。伟大卫国战争的经验,使我们的美术家学会特别对新战争挑拨者的阴谋,对憎恨人类、虚伪、掠夺、反动的整个腐朽的资本主义世界不妥协。这就是为什么甘夫在战后时期所作的漫画绝大部分都是表现国际题材的缘故,在这些画中,他把自己的笔锋,指向反动阵营和美帝国主义领导的侵略战争。

由于新世界大战的准备不仅贯穿在全部政策上,而且是贯穿在现代资产阶级的全部意识形态中的,所以甘夫在自己的漫画中揭露企图用一切手段毒化人民意识的美帝国主义横蛮地进行思想掠夺的行为。甘夫揭露资本主义国家剥夺民族的独立并将这些民族加上镣铐,引起人们的恐惧并在猖狂宣传的威吓下依靠掠夺劳动人民而获得骇人利润的企图。所有这些现象,在甘夫的许多战后作品中,得到了令人信服的、讽刺而尖锐的表现。画家揭露了资本主义国家想在蕴藏石油、橡胶、铀的地方把"冷战"变为"热战"的企图,同时在他的许多作品中指出在目前要发动世界大战并不是一件简单的事,因为人民的手捍卫着和平事业。

在战后时期,甘夫的创作有着辉煌的成就。党中央委员会所作的关于思想问题的历史性的决议,正如对所有的苏联艺术工作者一样,对甘夫有着巨大的意义。在这个决议中,党中央不仅批评了存在于艺术和文学中的严重缺点,而且深刻地指出了社会主义现实主义艺术进一步成长与发展的道路。党中央委员会关于《星》与《列宁格勒》杂志的决议(1946年)与关于《鳄鱼》杂志的决议(1984年),对漫画家们的创作具有很大的意义。

党中央指出《鳄鱼》杂志所犯的错误,揭露了犯错误的原因,使苏联讽刺艺术能够顺利发展,并且帮助每个画家深刻地理解自己在漫画中掌握社会主义现实主义方法的创作道路。

甘夫和其他许多政治性绘画大师们,从中央委员会的这些指示中得出了重要的创作结论。为了坚决地克服从四十年代就已经存在于他的漫画中的缺点,处理题材的某些日常生活主义和支离琐碎的倾向,甘夫在这方面取得了巨大的成绩。他的漫画变得更富有内容和更生动,图画上也具有了掌握成熟的技巧后所特有的那种完整程度。在甘夫的漫画中,明白地可以看出他善于用简单的手法表现复杂的内容,善于为每个题材找到正好能够最鲜明地表现画家所选择的现象或事件的本质的那种处理和表现方法。

近年来甘夫的创作更具有尖锐的讽刺性与目的倾向性。这与格·马林科夫在十九次党代大会上提出的,摆在讽刺作品面前的扩大与更深入的任务,对漫画形象的典型的更正确的理解,是有联系的。

在结束对甘夫创作道路的特点最一般地论述的时候,需要再一次地强调他的艺术跟苏联人民的生活,跟周围现实中的事件与现象的有机的、经常的联系。正是由于这种跟生活的联系,沿着党所指示的道路,甘夫成为广大读者与观众所喜爱的苏联政治漫画的大师。一九四五年甘夫荣膺俄罗斯苏维埃联邦社会主义共和国功勋艺术工作者的称号,就是人民爱戴他的证明。

经历了复杂的探索道路,甘夫跟我们漫画家的先进集团一起，积极地参加苏联漫画战斗性的艺术的创造，在自己的创作中坚决地克服错误与缺点和更加进一步地掌握苏联讽刺画家的真正技巧。

为了更充分地分析与评价甘夫的讽刺才能，必须首先分析他处理题材的方法，因为题材是漫画的基础。

甘夫属于这样一类画家，他们主要是按照自己的独特的题材画漫画，以及对题材的创造进行系统的工作，而这些题材往后就被其他画家所采用。甘夫善于发现有趣的情况、场面、环境，同时表现了许多想像、发明性与机智，善于拟出直接说明问题的、易于理解的、确切的说明与标题。

这些工作，虽然跟漫画创作有机地结合着的，但是毕竟跟直接的艺术造型体现有所区别，而具有一些特点。这是要以讽刺形象创作过程本身的一些特点为先决的条件，此外，也还取决于漫画家主要在那里活动的讽刺画出版机关的工作的性质。

漫画艺术的历史性的发展，在极大程度上决定于出版物，特别是报纸与杂志在人民社会生活中政治意义的增长。

漫画艺术的高涨与繁荣的时期，总是跟激烈的历史事件的时代，跟阶级斗争尖锐化的时候，跟战争与革命武装起义的爆发联系着的。在这些时期中，漫画作为能生动而直接地反映阶级斗争、党、制度的政治出版物的最尖锐的武器而广泛地应用。

自然，漫画的内容为它们所发表的出版机关的总的政治倾向所决定。有时候，定期出版物本身的性质规定了参加漫画创作的,不仅是画家,而且还有编辑团体中的其他成员记者、作家等。下述情况对漫画也有关系,即漫画的基础在很大程度上决定于讽刺的题材,而题材的考虑与处理不仅直接是画家本身的事,而且还有其他具有一定的讽刺才能与形象思考能力的人参加。

还在前世纪中叶的俄国,在革命民主思想像暴风雨般的发展与政治性定期出版物大量出现的时代,在讽刺杂志上就有画家和作家一起共同工作了。例如,伟大的文学批评家H·陀布罗留波夫几乎全为《汽笛》(《现代人》杂志的讽刺附刊)而写作,而且还为著名的漫画家H·斯吉潘诺夫提供题材,那时候,斯吉潘诺夫在为受大众欢迎的进步讽刺杂志《火花》工作。

往后,在大多数讽刺杂志中,特别是在《讽刺家》《妖怪》等杂志上,拟构漫画题材不仅是画家的事,而且成为一些杂志编辑的通常而自然的工作了,他们经常帮助了尖锐的讽刺作品的诞生。

伟大的十月社会主义革命后的最初年代里,那时候出现了许多讽刺杂志,政治漫画的艺术迅速成长起来,专门从事处理漫画的讽刺题材的人有了必要。因此在讽刺艺术中产生了一种特别的职业,真正是非常稀有的、困难的与吃力不讨好的职业,因为拟构题材的作家的名字通常是不发表出来的,因此他们的创作活动都是躲在幕后,不为读者所知,也不引起社会上的注意。

从事拟构漫画题材的人,通常称为漫画命题家(Temnct:),

虽然,这个称呼并不能确切地适合他们活动的性质,并且这个名词是从对于主题与题材的概念不正确地使用而产生出来的。

在造型艺术作品中,题材是形象地揭示主题的基本内容,构成作品的思想意义的行动、情势、状况的总和。

因此,主题的概念要比题材的概念来得广泛。同一主题可以用各种不同的题材表现出来。例如,在甘夫的漫画中,就用各种不同的题材表现了揭露美帝国主义在西德恢复国防军的主题。

在一幅画中,是用把旧的法西斯军服穿在新国防军士兵的身上这样的场面作为题材的基础;而在另一幅画中,却又是以"统一的欧洲"学校的场面为基础的。在这幅画中,武装到了牙齿的长人（德国士兵）被引到一些小孩子（美国的西欧仆从国）那里去作新教员。

讽刺题材的处理,是完整的漫画形象的创造过程中的主要部分,所以在记述像甘夫这样善于处理题材的画家的创作时,就需要比较详细地谈一下他在这一方面的才能。

在漫画中,有着很多揭示主题的方法、办法、手法,但是所有这些必须符合一个总的要求,那就是:为画家或命题家所觅得的题材应包含了所谓讽刺的种子,必须随后从其中产生形象。只有把能够表现出准确地抓住的矛盾与鲜明地揭露生活的冲突的讽刺种子作为漫画的基础的时候,漫画才能击中要害。

漫画的题材是在生活的素材、观察、事实、读者来信、报纸通讯等的基础上产生的。从它们出发,讽刺家经过紧张的并且往往是长期的工作的结果,最后在自己的较好的题材中找到了能够揭示特定的活生生的现象、事实或事件本质的形象的、正确的、新颖的、尖锐的讽刺处理。

这种形象的讽刺的思考能力,正是甘夫所充分具有的。在三十五年的漫画方面的创作中,甘夫创造了上万的漫画题材,只把其中的一部分画成漫画,而交给了其余的杂志编辑部。

所有这些题材在结构上都是多种多样的。这里有包括很多行动的人物和令人发笑的标题与说明的生活风俗场面,这里有用民间故事与民歌表现为现代情况的场面,也有用一个或两个象征性的人物组成的简洁的构图。

许多漫画命题家把一种纯粹表面化的诙谐语用在标题与说明的文字中,而且这些文字的本身缺乏有意思的造型基础,这是相当普遍的现象。甘夫竭力避免类似的主题处理的方法。如果甘夫的标题说明中也有这种诙谐语的话,那么这些诙谐语总是用来充分地说明题材的内容,对于有趣的情节的构成与尖锐的图画都是俏皮而必要的。例如,在那幅描绘由于美国人的要求而使英国财政部长克里浦斯免职的漫画,其中的文字说明就是这样的。这幅漫画画的是牙科医生的医疗室的场面。某一个华尔街的人物从英国狮子的口中拔掉一颗牙齿,这颗牙齿的样子就是克里浦斯,美国政府不满意他的政策,他说:"我替你拔掉这颗牙齿,因为它妨碍我!"这里的"替你拔掉"与"妨碍我"不仅俏皮有趣,而且非常真实地表现出英国政策是以华尔街的利益为转移的。

但是在一般情况下，甘夫总是避免正面的诙谐语而将它和图画出乎意料地、机智地结合起来。在这种情现下，只有细看这幅完全用新的处理方法来表现的画，画的标题看来似乎是很普通的句子的时候，讽刺的意义才明确起来。在一幅揭露美国在西欧国家中建立军事基地的漫画中，画着一个苍白、疲乏的妇女，象征着欧洲。她对美国医生说："医生先生，为了使我感到舒服些，我需要……更多的阳光……空间，……清洁的水。"这幅漫画是由四个部分组成的。第一部分画着那个妇女——西欧与美国医生；第二部分加上"……更多的阳光"的说明，画着太阳，它被美国的空军联队几乎完全遮盖住了；第三部分加上"……空间"的文字说明，画着许多坦克车，充塞着地面，一直延伸到地平线上；最后，第四部分，写着"……清洁的水"的说明，画着满布着美国兵舰的海洋。

只有把文字说明跟全部图画相对照的时候，画家的尖锐的讽刺的意义与这幅漫画的主题才会明确起来。这幅漫画的主题揭示西欧困难情况的真正原因，它把自己的大部分力量与经费花在军备上，并且把本国的领土供美国建筑大量军事基地。

但是并不是这些题材，类似的主题讽刺处理的方法，构成善于处理主题的漫画家甘夫的创作活动的主要特征。

在处理主题的时候，甘夫最爱采用由若干幅画组成的构图，或者是由许多人物组成的复杂场面。甘夫在自己的艺术实践中，经常把具有特色的讽刺的国际评论画成复杂的哑喜剧、舞台剧及这一类场面的形式。他时常在一个构图中画上许多小画,这些小画为某一个总的题材所统一。例如,画家为了表现一个题材,画了一个人物众多的公园的场面,公园里有打靶、哈哈镜室、运动竞赛、游戏等,利用这个题材,把若干尖锐的讽刺场面在一幅画中统一起来。我们看到华盛顿的战争挑拨者们("马歇尔化的春天"),他们热衷于打靶,对着画有和平鸽的枪靶射去;或者是山姆叔叔,他以主人的身分在树上放置供他豢养者——李承晚、保大、阿登纳等的居住的鸟屋;或者,最后,那些美国的仆从国用麻袋套着脚在公园的小路上赛跑,在这些麻袋上写着"马歇尔计划"。画家还替"马歇尔化的春天"这幅漫画构思了许多其他滑稽的、可笑的场面,讽刺西欧国家的反动政客,他们向美国政府卑躬屈膝,出卖自己的民族利益。

在另一些情况下,甘夫处理着非常广泛的题材——资本主义国家的生活,在画中采取新年越野赛跑的形式。在这一游戏中,每一幅小画有一个号码。借游戏的排列的规则而说明着这些场面的讽刺意义。这种多镜头的漫画处理手法,是甘夫屡次采用的。

关于北大西洋联盟的主题,甘夫想出了"华尔街——剧中喷泉旁的抒情的大西洋场景"。山姆叔叔扮演喷泉的样子,在他的手里拿着原子弹与装着金元的钱袋,从那里把金元流到坐在凳子上的"成对"的人的口袋与帽子里,那些人是修曼与美国头目,弗朗哥与华盛顿议员,拥抱着的保守党与工党等。

1953年第30期《鳄鱼》杂志上发表的大幅的国际鸟瞰可以说是甘夫漫画的特征。在那幅漫画中，画着一条街道，街道上的每一座房子代表一个西欧国家。这幅漫画的题材是由很多可笑的场面组成的，形象地说明了所谓"欧洲防务集团"这件事的真实情况。例如，从西德这所"房子"里走出拿着火把与棍子的法西斯强盗，举着复仇的旗帜，袭击邻居的房子——法国。同时，在街上，装着美国商品的卡车若无其事地排斥了英国、意大利、法国的小摊子，占据了他们的位置。很多类似的场面总起来创造了一幅美国统治西欧的富有说服力的图画，一幅战争挑拨者的横蛮的经济掠夺与无耻的搜索炮灰的图画。不论这个题材或者所有无数类似的国际漫画，甘夫都用了很长的轻松易读的文字来说明漫画的内容的。

运用历史题材与"变换服装的场面"也可说是甘夫的创作讽刺画的特征。例如，画家用若干幅画组成的一幅表现强盗行为的历史漫画，他以石器时代人们小规模的互相袭击开始，而以现代资本主义的整个国家的掠夺方法结尾。

当表现情节是逐渐发展起来的时候，甘夫就采取了多镜头的处理方法。画家经常采取故事的形式。例如，他创作了一套称为"涅甫波巴陀夫同志与他的靠山"的"故事"，这套画共有八幅，讲述一个不好的工作人员，任何交给他的工作都干不了，可是他却一再担任领导职位。

我上面所举的所有的题材处理的例子，说明着甘夫在详细的和非常复杂的叙述体漫画方面所作的努力。在那些题材中的每一个局部，每一个场面、动作都牵涉到画家所选择的巨大的题材中的某一方面,整幅漫画则表现了国际或国内生活现象的一定的范围。

有些时候,类似这些甘夫的小幅的、详细叙述的漫画,只对事件作出一些肤浅的解释,用玩笑来代替了尖锐的讽刺。这个缺点特别明显地存在于画家的早期作品中,但是有时在后来的作品中也出现过。他也时常在作品中表现各种神话或者圣经中类如和平天使被资本家从天堂上赶走的场面。在类似这些题材中,已经存在缺点,因为一部分读者不会产生画家所预料的那种联想,多数这类作品是不为读者接受和喜欢的。

虽然在画家的漫画中个别的题材存在着这些缺点,但是这种复杂的多镜头的叙述式漫画,却正是甘夫从事主题的讽刺处理的个人独具的特点,使他的创作与其他讽刺画家们有所区别。

当然,这个特征只是一个特征,但却是画家的复杂的创作面貌的最重要的一个特色。甘夫一方面创作了这些构图上场面复杂与叙述详尽的漫画,消失了那种直接用漫画表现的性能,陷入某种塑造形象的零星、琐碎的危险,但另一方面也创作了很多题材精炼的具有纪念性和概括性的作品。关于他的创作的这一方面,我将在后面来谈,现在只指出他的艺术的多面性。

研究题材,在漫画创作过程中是首要的和非常重要的一个时候。但是只有当艺术造型体现了构思的时候,才能产生完整的讽刺的形象。

苏联现实主义漫画的基础，正如一切社会主义现实主义的艺术一样，是通过艺术形象真实地反映现实，要求思想性与专业技巧。但是在漫画中，是通过讽刺的形象的特性来真实地反映现实的。创造鲜明的讽刺的形象，取决于画家的世界观，他的典型和概括的能力，他的技巧。创造讽刺的形象的必须条件是：画家不仅要善于发现否定的现象、事实、事件，而且要善于在其中，以及在一些个别人物（这些现象的具体代表者）身上找出隐藏在他们外貌与内心本质间的矛盾与冲突。利用讽刺画的专门的手段——可笑的怪诞的情势和状况的描写、讽刺、幽默、突出的对比、夸张，形象的强烈夸张与强调，漫画家富有说服力地揭示了这一外表与内在的矛盾并且创造了讽刺的作品。

每一个讽刺画家有他特殊的个人独具的创作特点，揭示题材的讽刺手法。有一些作者只是稍微强调一下人物的外貌，而集中注意于紧张地表现所描绘人物的内在特征。相反地，另一些画家要竭力夸张，怪诞地歪曲外形，画出可笑的荒唐的安置人物的环境。有一些画家宁愿画那种充满着细小的人物与很多可笑的细节的琐细的漫画，另一些画家主要寻求简洁的和概括的形式，尖锐的心理表现。但是一个真正的漫画大师是把他的个人的创作努力，他的所有的艺术手段、形式、手法专用在讽刺得更加尖锐与更加充分地表现题材的本质上。

甘夫熟练地掌握了讽刺艺术的特点。在情节结构上，他常常力求找出这样的因素和环境，以便能够鲜明地、可笑地、具有说服力地展示画家所批评的人的言行与内心本质的矛盾。画家不仅在情节上,而且善于在素描中从心理上细腻地表现这些隐含着的矛盾。例如,画家在一幅漫画中,画着一间好像是普通建筑师的工作室。这幅画中的环境、物件、装备与穿着工作服的建筑师,好像都证明着漫画的主人公的和平工作与和平意愿,但是读者如果仔细看一下的话,就可以发现,"建筑师"画在黑板上的柱子,不是普通建筑物中的柱子,而是西德战争煽动者拼凑起来的新国防军的士兵。

画家就这样利用讽刺艺术的专门方法与特点,尖锐地、富有说服力地揭示了波恩政府侵略政策的真正实质,他们企图发动三次世界大战,并且恢复德国的军国主义与法西斯主义。

甘夫在漫画的艺术造型的实践中,这些漫画不论是自拟的题材,或者其他命题家供给的题材,按照他研究题材的特点,显示出他是一个准确的版画大师,创造性的漫画家,他善于发现富有说服力地表现非常有趣的、尖锐的与可笑的细节。

在甘夫的构图中,没有跟内容无关的东西,不起作用的东西,跟画家整个构思不协调的东西。没有一团多余的颜色,没有一根碰巧的线条。画家放进构图的一切东西,必须担负一定的思想任务而专注于表达漫画的基本思想。在表现各种国际事件及其他题材的复杂构图的漫画中,画家表达内容的有目的性是特别重要的,因为只凭最准确的形式,简练的版画语言,每一个细节的严格选择与富有表现力就使读者非常容易正确地了解充满在甘夫所作的这种漫画中的上百的小情节与上千的富有特征的、可笑的情景、手势。

在前面已经提及的那幅描绘西欧侵略的"友谊"的街道的国际漫画中,每一个人物,每一所房子,每一件事物都很好地说明新屠杀的狂热准备,分裂帝国主义阵营的矛盾。(在挑拨,破坏与间谍活动工厂的旁边走过一个人),但是从工厂的大门里放出可怕的臭气,差点使他晕倒。这家工厂竟如此之臭,甚至连飞过的小鸟,都被这个臭屋中溢出的令人窒息的蒸汽薰得半死不活地往下掉。在旁边的西德大楼的晾台上,以军人的姿态站着穿戴十字军远征时代的盔甲的阿登纳。这一细节,说明德国军国主义者复仇思想的传统性,说明这些远征对于德国是悲惨的结局。在画中还有很多其他场面与细节,所有一切,从失去知觉的小鸟到美国交易所经纪人的无耻的嘴脸(他们排挤其他国家的小摊子),所有的色彩与细条都统一在这幅讽刺画中,真实地反映了西欧国家的现状。

在甘夫1950年所画的一幅国际漫画中,画着一个溜冰场,把社会民主党的领袖画在里面,让他们采取他们最常采取的姿态,跪在那里。旁边,他画了一个美国曲棍球运动员,当他的英国对手正想去抓石油桶的时候,他就敏捷地用曲棍把英国对手推倒了。在一个场面中,表现美国企业家从美国工业的陡峭的山上跑下来,这个企业家带着绝望的表情一直往下溜进打开的冰洞。

在1944年所作的漫画中,甘夫画着希特勒的将军曼施坦的司令部,他们从东线匆忙溃退,强行渡河之后,正在挡着的湿裤子下光秃秃的举行会议。这一类的讽刺形象,令人一目了然地看清问题,粉碎了所谓德国军队光打攻击战的荒谬"理论"。

题为《一家倒闭了的啤酒店的历史》,是由七幅图画组成的,也是一组令人发笑的漫画。在这套漫画中,再现了同样的构图。其中有一幅画跟其他的画不同,在于画中的人物穿着十字军时代与其他总是以失败结束的德国侵略者远征东方的军队的服装。在这些漫画中,不仅情节是令人发笑的,而且主要的是这些非常逗人笑的人物,这些军事侵略者(这些喝着德国啤酒的客人)的动作与姿态。

《在公共兽厩里》是甘夫的优秀的漫画之一。这幅漫画说明美国两党竞选总统的"斗争"。画家在这幅画中展开一幅在总统竞选日狂热的赌博、残酷撕杀的动人心魄的图画,选举日之后的第二天,在纽约广场与街道上满地都是刀子、橡皮棍、手杖、酒瓶、衣服的碎片,撕碎的宣传画、纸片,使我们可以猜想得到这场现代城市的战斗。商店的橱窗打得粉碎。民主党与共和党的宣传车也搞坏了。担架队还在运走负伤的与打成残废的人。撕成碎片的与被刀子戳了孔的竞选宣传画还贴在墙上。在一根电灯柱子的顶上,挂着一根村民用的古典武器——雨伞,可以证明这场大规模的白热化的斗争。但是甘夫除了巧妙地表现了两个竞争的政党斗争的图画之外,同时还揭露了那种纯粹装门面的性质;尽管是炽热的斗争,橱窗打破了,肋骨刺穿了,宣传车搞坏了,但是训练好的驴子与象(民主党与共和党的象征)在马戏团演员——华尔街老板的驱策下还是驯服地走进公共兽厩里。表演结束了。畜牲们听话地表演了教会它们的节目,现在它们就要得到良好的食物,并且能够直到下一场演出之前获得安逸的休息。街道将被收拾干净,一切都恢复从前的秩序。读者很易于从这里推断:竞争的资本家们只吃了一点小亏,他们会用压低工人的工资,新的捐税,和对仆从国进行公开的掠夺来加以百倍地抵偿。

甘夫的这类漫画,往往使人看了发生很大的兴趣,他那机智、创造性与善于令人发笑地、富有说服力地画出的最小的细节都使人喜爱和惊叹。喜剧场面,各种马戏团的演出等,尽管它们都具有令人发笑的足供消遣的形式,但是借助于画家的技巧,它们都充满着迫切的政治内容,而且由于它的尖锐性与强烈的思想性,就足以代替杂文、小册子与论文。

漫画家在表现现实上运用夸张与突出的方法,破坏外部的相似,有时却比任何其他样式的画家能更加鲜明、更具有说服力地揭示特定的被批评的现象的本质,更加尖锐地揭露他们内在的客观意义。

如我们所知,甘夫善于出色地运用讽刺语言的特点,创造出各种各样的幻想的、叙述性的、象征的场面。但是画家常常并不显露这些讽刺形象的特点,他画的好像都是普通的日常生活场面,特别仔细地表现光、空间距离与物体的形状。甘夫运用他所掌握的一切手法,努力做到使自己的作品在描绘的现实性与真实性上令人信服,他在题材中加入一些读者几乎看不出来的许多假想,而且它并不妨碍作品的说服力。

例如,甘夫画了一幅漫画,画着四周围着栏杆的法国城堡,在夜里,一个波恩的报复主义者与全副武装的新国防军兵士从栏杆外面爬进去。堡垒大门上写着"法国内阁",门是敞开着的。在楼窗口上,可以看到一个戴弗里吉亚①帽的受惊的女人。画家非常巧妙地表现了微带寒意的月光,建筑物的柔和的轮廓,强盗们偷偷摸摸的动作,以及谛听着她房门旁边可疑的响声的女人(法国)的警惕的样子。漫画的人物显然是现代的反动政客。画家把反映真实政治情况的题材用日常生活的场面表现出来,因此就非常容易了解。画家所作的所有的漫画,都是非常真实,富于说服力,恰当的。读者了解事件,对事件有了感受。在这里,情节结构的本身就包含着讽刺的概括、象征与讽刺的虚构。

有一幅描绘华盛顿称为世界规模的间谍与破坏分子训练的漫画,就具有这种性质。甘夫所画的,好像是一个普通的高等学校开学之前的场面。来自日本与其他国家的学生们,走向学校的大门。开学之前,神气的西班牙将军在对他的年轻同伙训话。从屋子的窗口,可以看到勤奋的学生已经开始上课,同时,另一些学生还在院子里闲荡,玩排球。总之,画家想创造一个日常生活场面的印象,同时揭示这个场面中所包含的真实思想。将军(他不是别人,正是那个西班牙人民的刽子手弗朗哥)的同伙们是过去已经读过希特勒与墨索里尼的中学的嗜杀的刽子手与破坏者。他们来到这里是想从"华盛

---

① 弗里吉亚(Фрнгии),小亚细亚之旧国。弗里吉亚帽(Фрнгийскнй ноцац),帽子之一种,普通红色为古代被解放之奴隶所戴,后世作为自由之表象。——编者注

顿国立破坏大学"里学习高等的专门的破坏与间谍的技能。甘夫在来自日本的青年人手里,放上传染病菌的老鼠的捕鼠笼。性急的学生,已经在学习间谍与屠杀的武器——毒药、照相机、斧头、捆绑的绳子,而在"破坏大学"院子里打排球的学生们玩的不是排球,而是手榴弹。

甘夫以真正的技巧描绘了这一类题材,利用普通的日常生活的场面,但是它们都具有尖锐讽刺的意义与一定的迫切的政治内容。

甘夫从事单幅漫画与漫画组画的创作,在这方面具有重大的意义。远在1938年的时候,甘夫为苏军建军二十周年纪念展览会用油画作了一幅漫画,题为"一目了然的历史课"。在这幅画中,画着博物馆陈列室的一角,墙上挂着过去企图奴役俄国的那些侵略者的肖像。还准备了为加长陈列而用的一些空框子。希特勒、墨索里尼与其他人都在排队轮班,想在这个展览中占上一个位置。甘夫仔细地描绘了已经成为过去艺术遗产的那些侵略者的肖像画,生动地刻画了新的侵略者的模样,像框、光线与整个博物馆陈列室的环境都画得令人信服。这种讽刺题材的处理,大受苏联观众的欢迎,这些意见都反映在报刊上。

甘夫在1944年画的水彩组画《褐色的瘟疫》几乎全部都具有风俗画的性质。在水彩画《白俄罗斯的夜》中,甘夫借助于题材的风俗画的处理,令人信服地表现了被占领的苏联领土上的法西斯匪徒的情况在那儿,死亡在暗中等待着他们。甘夫用尖锐的讽刺揭露了强盗式地偷进别人房子里去的侵略者的心理。

表现一定的生活事件或事实的现实的场面的体现,具有这样的说服力,只是由于苏联漫画家掌握了富有表现力的现实主义的素描的缘故。

关于这一套画的技巧,Д·摩尔在1944年写道:"甘夫熟练地掌握水彩画技术,他的技巧已经熟练到这种程度:当读者看他的画的时候忘掉了考虑他的创作方法,而看到的首先是内容。"

正是因为掌握了现实主义的素描,就使得我们的漫画大师能创造出心理表现上尖锐的、真正生动的资本家,战争挑拨者,人民的敌人,官僚主义者,懒汉,出废品者等的讽刺形象。在现实主义漫画中,需要借画得突出与夸张来帮助画家以强大的力量与说服力表现人物的心理状态,创造概括的典型形象,并且非常充分地与真实地表现生活现象的本质。

事实上,把战争画成以巨大的黑色炮口代替脑袋的人的样子,不正是一幅深刻的现实主义的漫画吗?甘夫把这个按普通眼光看来不像真的人,而按照人的习惯让它坐在餐厅的食桌上。战争总是要毁灭人类生活中的物质与生命,甘夫在这幅漫画中把战争画成餐厅里一个贪馋的食客。他对那个在他的邪恶的厨房里准备新战争的义务厨师山姆叔叔所编的菜单,感到非常满意。像这样一幅包含着虚构的战争形象与幻想的情况的漫画,是现实主义的作品,因为它在本质上概括了许多众所周知的现实中的全部真正事实与事件,绝对真实地反映了战后年代中国际生活事实的实际情况。

甘夫的漫画《在美国》，也是非常生动的。在这幅画中，以贪馋的士兵象征战争，它在吞食着由西欧政府仆从们谄媚地送上的一道道新菜，同时在其他摆着空盘子的餐桌上坐着代表保健、学校、艺术等的客人。

甘夫在漫画《美国刽子手的言行》中，采取了更强的虚构手法，但是形象仍旧是很真实的。在这幅画的上部画着某一个令人厌恶的外交官的嘴脸，他在讲坛上发表虚伪的、和平的演说。外交官的头是安置在一个很长的躯干上，在画的下半部这个躯干原来是一把鲜血淋淋的斧头的柄，这把斧头砍入蜂岩岛，美国军人把这个地方用来残杀数百解除武装的北朝鲜与中国战俘。由于掌握了现实主义素描的技巧，使作者能够在外交官的脸部表情上，在他的动人的表示"悲痛"的向上翻的眼珠上，在沿着面颊流下的"痛苦"的眼泪上，在整个样子上都说明这个人的无耻与残酷，说明美国外交的全部虚伪，它用废话来遮掩血迹与罪行。

苏联漫画家所拥有的象征形象的武库，非常丰富。库克雷尼克塞、叶菲莫夫、车列姆内赫、甘夫、叶里谢也夫、布罗达蒂、普罗洛柯夫、谢明诺夫、梭非季斯与其他漫画家的成就，就在于他们善于使这些象征变活、人格化。甘夫跟其他苏联讽刺大师一样，正是在这类漫画中，达到高度的艺术概括，创造出鲜明的、讽刺的象征形象。

例如，画家在一幅漫画中，画了一只大的，但是空的，大敞开着的钱袋来代替法国国款出纳处的非常可怜的躯体上的头壳。画家善于非常准确地赋予这个怪人以带着忧虑与期待的样子大张着嘴的病人的面貌,为了要让站在旁边的医生看一下它(钱袋)的病有没有危险。医生往钱袋里看了一眼,作了这样的诊断:"你的情况非常严重;我在你的里面什么都找不到。"

在另一幅漫画中,甘夫创造了贪馋得漫无边际的帝国主义贪婪者的形象,他们成群地囫囵吞食着小国家,同时断定他们(小鱼)每一个都可能被入欺负,因此最好的办法是将他们装到他的肚子里去!很难说,苏联漫画家画过多少次帝国主义贪婪者,但就是为成熟的现实主义技巧所武装了的甘夫,在一九五一年又画起它们来,而且用新的、生动的、真实的心理特征描绘来使令人生厌的、成为公式化的讽刺形象复活起来,丰富起来。以前贪婪者的形象处理得非常概念,往往只是抽象的象征。现在这个形象得到了感觉上具体的,几乎是有肉的感觉的造型表现。画家表现出鲛的光滑的黑皮与它那吃得饱饱的肚子,用巧妙简明的暗示使人联想到资产阶级外交官黑色发亮的礼服与白色的胸衣。鲛是一种鱼,因此画家为了要使形象具有更大的说服力,就需要一个表演的环境。甘夫也真实地画出了澄清的绿水,深处隐现着水草与从上面泻下些微神秘的光的海底。画家非常生动地表现了鲛的嘴脸,它的贪婪的眼睛与黑沉沉的大嘴。

象征性的讽刺形象使画家简练地、鲜明地揭示国内与国际生活的非常复杂的现象。有时包含了巨大的社会政治的、哲学的、历史的概念的象征,画家赋予了它造型的明确性与感觉上的具体性的象征,能够使它与其他非象征性形象之间建立题材与艺术造型上的联系的象征,是讽刺艺术的强有力的工具。

包含着复杂而广泛的概念的象征,是画家所创造的讽刺形象的重要部分,不仅要求构图中其他因素的从属性,而且要求整个作品艺术处理的高度的概括。

甘夫在他最近的作品中,作到了这种艺术的概括处理。

以这种讽刺象征为基础的一幅甘夫的优秀漫画《在日出之国》,形象地叙述了日本人民的现况,美国占领使他们大倒其霉。在日本三岛上面,从远方的地平线上出现了美国士兵的昏黑的圆形的丑脸,这个丑脸盖住了初升的太阳,而把阴森森的、浓厚的影子投在整个日本三岛上。在占领者残暴的监视下,这个国家失去了阳光与自由,彷佛摇摇欲坠,三岛周围满布着美国军舰,显示出一幅落在全体日本人民身上的痛苦命运的图画。

如果有人问,在这幅画里甘夫究竟运用了什么表现方法而能给人以如此深刻的印象呢,那么,首先就应该指出作者的善于使用"夸张"这样一种讽刺语言的重要特点。盖住太阳的圆形的士兵的丑脸,是巨大的。它控制着全部岛屿和周围的海洋。它出现在这个国家之上,并且以自己的巨大、阴沉沉的灰色与监视来压制住这个国家。这真是一个挂在这个国家之上的,带来深重灾难的魔鬼。如果画家把太阳的体积画得跟日本人生活中所见到的那样,而把占领者画成小脸孔,那么画出来的漫画就一定不生动,而很平淡了。为了使完成以后的讽刺形象跟这个题材的基础有所区别,画家的全部构图、心理特征、形式与色彩就不仅用来说明事件与现象,而且要使人有具体感觉地把它们牢记在心,借助于讽刺的突出与夸张手法把正是画家想要在作品中表达出来的观念与思想在读者心中引起反响。

甘夫的另一套组画《反动势力的捍卫者》达到了给人以深刻印象的巨大力量(一九四七年)。在其中一幅"提高赫斯特杂志编辑专业技能训练班"的水彩画中,画家画着摧毁了的树木、脑壳、坟墓等。在画成讲坛似的棺材旁边,可以看到从坟墓中复活的戈培尔。在这一戏剧式的背景上,展开了滑稽的场面,一群美国反动编辑参加了这个场面,他们坐在田野上的普通学校用的书桌前,注意地谛听法西斯黑暗势力的讲课。

在前述组画中的另一幅画中,甘夫把资本主义危机画成骷髅的传统形象。这一幅漫画的显著特点,是巨大的死的危机的象征人物以急促的步态在资本主义城市的狭窄的街道上铁面无情地迈着步。

许多苏联的政治漫画家,特别是甘夫,广泛地运用凶恶的野兽的形象来表现资本家的无人性、残酷、贪欲,表现整个资产阶级社会的兽性。例如,甘夫在他近年所作的许多漫画中,把美国黑暗势力与德国法西斯恶魔画成强有力的、残酷的、危险的猿猴——大猩猩的面貌。在这些漫画中,美国军事强盗大猩猩的形象,跟战争时期与战后时期漫画中苏联读者非常熟悉的德国法西斯强盗的面貌,有共通之处。不论是美国人或是德国复仇主义者,在甘夫的漫画中都具有具体的心理面貌,但是不管任何画家怎样有意识地强调他们的大猩猩形象,其目的全是为了使读者更明白地了解希特勒主义与美国新法西斯主义之间的血亲关系与共通性。

甘夫以威胁着全人类的大猩猩似的生物的形象来表现在西德复活的国防军(《据点》)。他以沙赫特银行与克虏伯军火工厂为据点,准备着一次新的跳跃。甘夫在漫画《换上军装》中也同样创造了与这幅画近似的,表现复活法西斯军事力量的生动的讽刺形象。

在描绘美国侵略者的时候,甘夫几乎充分地保存着法西斯士兵大猩猩似的面貌,只是把它画成更狂妄,更可恶的样子。在这幅画里甘夫非常有力地表现了资本主义社会士兵(法西斯士兵)的心理,他们是被现代帝国主义有意识地以仇视人与吃人的思想教育出来的。在这一类画中,最成功的一幅是《华盛顿的吃人生番》。这幅画发表在1952年5月号《鳄鱼》杂志的封面上。在那时候,整个世界为美国侵略者在朝鲜巨州岛对战俘所干的惊人兽行所震动。成千上万的敢于起来抗议美李战俘营中所制定的血腥制度的北朝鲜与中国的战俘,遭受了严刑拷问。甘夫跟全苏联人民,跟全体爱好和平的人士一样,对巨济岛骇人听闻的事件感到愤怒。画家画了一幅富有揭发性的漫画,在这幅画中,画家用准确而简练的线条画出了占领者的可怕的形象:凶狠地投射出的无思想的目光,残杀者的强盗般的姿态,生着浓毛的猿猴的身体。所有这一切表现出刽子手士兵、恶棍士兵的野兽本质。

除了把帝国主义画成大猩猩的样子以外,甘夫还经常用讽刺画中的传统的狼的形象,表现法西斯主义的野兽本质。画家善于非常突出地表现所画的人物,特别是那些嗜血、好战、犯罪的法西斯侵略者的瞪眼、露牙、狠性。

　　甘夫在他所作的以恢复希特勒国防军为题材的漫画中,总是采用狼的形象。在这一类漫画中给人印象最深的一幅是《讨论保障问题》,甘夫在这幅画中画出惊人地真实的、细致心理刻画凶恶的法西斯侵略者的形象。画中画着一只饥饿的德国狼,转动着贪婪而凶狠的眼睛,站在美国主人的面前。和狼并列站在一起的,是一只穿着法国将军制服的白色小羊。法西斯狼野蛮而使人害怕,淌着口水,迫不急待地想赶快把小羊拿来饱餐一顿。小羊天真地向美国人只提出一个要求,这就是它(小羊)要美国人提出保证,使狼成为素食主义者。要能够像甘夫所画的那样,从狼的姿态与脸部表情上,注意刻划心理,真实地表达出不仅是为美国人服务的准备,而且还要表达出狼在等待猛扑牺牲者的可怕的焦急的情绪,就必须是掌握了高度的技巧才有可能。

　　揭露侵略者,从野兽的嘴脸上扯下假面具,置卑鄙无耻的商人于死地,用讽刺与嘲笑的武器打击敌人,这就是尤里·阿布拉莫维奇·甘夫近年来在他的创作的最成熟时期活动的崇高的意义和内容。

　　战后时期的作品,是甘夫从事政治漫画创作的三十五周年的总结。经历过创作的探索,错误,多次的偏向,但是总是得到关心的、先进的读者的支持,批评与劝导,总是追随着为画家指出了通向社会主义现实主义艺术高峰的道路的共产党前进,甘夫的优秀作品,在作为世界上最先进的苏联讽刺艺术——党和人民与社会主义祖国的敌人斗争的战斗武器的发展上,作出了巨大的贡献。

尤·甘夫

海洋很大，你们却小得可怜，而且每个人都可能欺负你们！最好还是躲到我的肚子里来吧！

芬兰《玖爱康桑·萨诺马特》报刊载了一篇该报记者从奥斯洛写来的报道，里面说，美国不懂不想结束对冰岛的占领，并还想把这种占领推广到丹麦与挪威。

时间逼近!（1943）

强盗行为的历史 1950

石器时代

中世纪

廿世纪初

廿世纪中叶

乌克兰——柏林的快车（1943）

尤·甘夫

提高赫尔斯特杂志编辑专业技能训练班
选自组画《反动势力的捍卫者》1947

新学年开始 1951
弗朗哥：孩子们，你们已经在希特勒和墨索里尼的中学毕了业，在这儿你们可以受到高等教育了！

选举之后（1952）
走进公共兽厩

讨论保障问题（1952）

——如果你能担保他成为一个素食主义者，我将不反对我们共同参加欧洲军。

当进行西德军队加入了所谓"欧洲军"的谈判时，法国代表提出了保证法德疆界安全的要求。

在日出之国(1952)
延长下去的日蚀

尤·甘夫

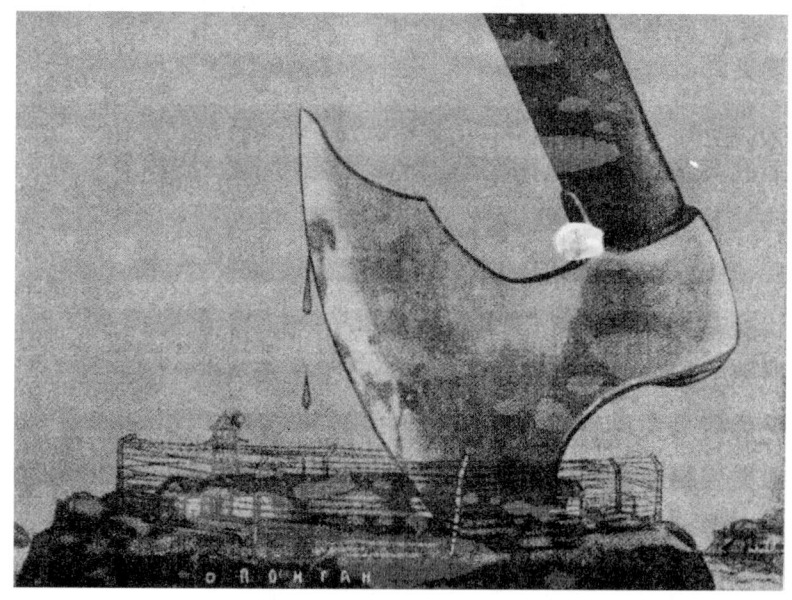

美国刽子手的言与行(1953)

在"统一欧洲"学校里（1953）
——孩子们，和他交朋友吧，但是要记住，不许欺负他！

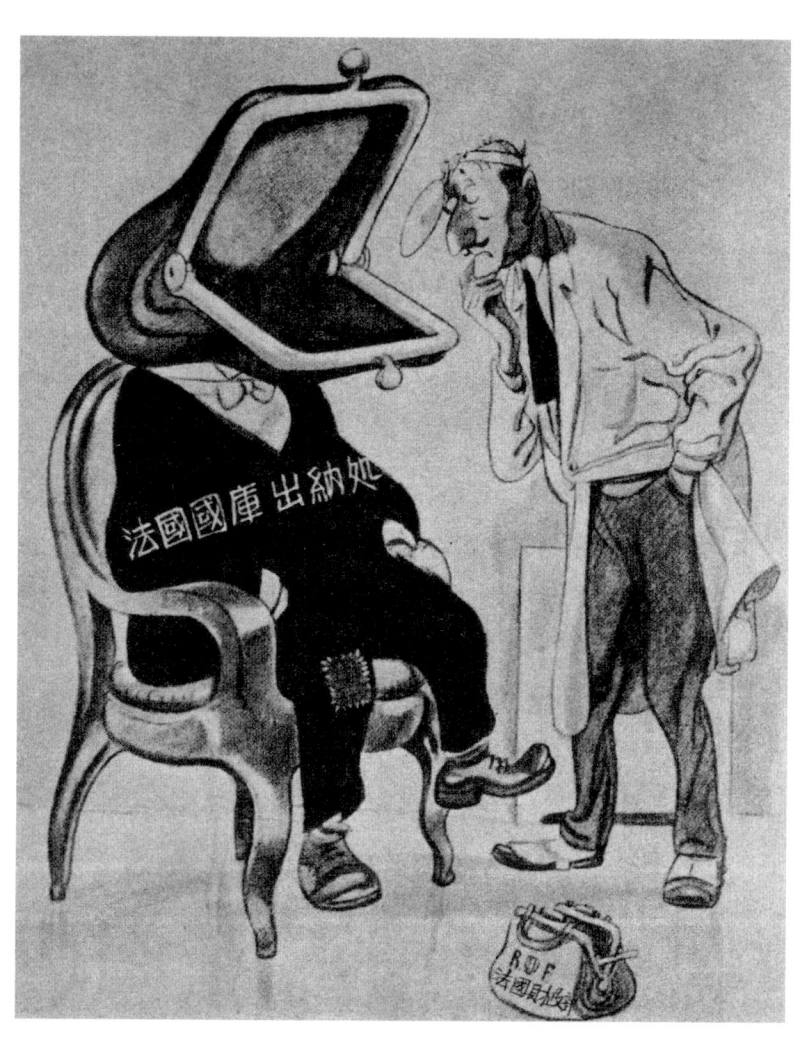

财政病(1953)

——你的症状非常危险：我在你嘴里一点东西也看不见。

根据官方数字，经常增长的军事支出已达一万六千亿法郎，形成法国国库空虚。

尤·甘夫

"新欧洲"大厦的"柱子"设计（1953）

麦卡锡称波恩的"总理"阿登纳为"新欧洲的建筑师"

在美国
在北大西洋的餐庭里只招待一个客人（1953）

尤·甘夫

西欧：医生先生，为了使我感到舒服些，我需要……更多的阳光……空间……清洁的水……

更多的阳光　　　　　空间　　　　　清洁的水

美国的宣传企业把美国在西欧国家的领土上建立军事基地名称是"使欧洲健康"的措施

换上军装(1953)

苏联名画欣赏

前　言

近些年来我陆续在报纸杂志上发表了一些关于研究、分析苏联绘画的文章，现在把它们编辑在一起，名为"苏联名画欣赏"，其目的是为了帮助读者欣赏这些作品，同时也企图通过欣赏使这些社会主义现实主义的造型艺术能在读者的心灵上传播下共产主义精神的种子，并提高大家的艺术欣赏水平和欣赏趣味。

苏联的绘画，在苏联共产党的领导之下，在19世纪巡回展览画派的现实主义的传统基础上发展起来。四十年来，已经在全世界的艺术界插出了显明的红旗，这面红旗就叫作社会主义现实主义的红旗，它与资本主义世界的各种形式主义的白旗形成了分明的对照。这面迎风飘展的红旗是不可动摇的，这就因为它具有丰富多彩的社会主义内容和广大人民群众所喜闻乐见的民族形式。历史教导我们，任何艺术只要有广大人民群众的支持与拥护，它就是打不倒的，它就一定要存在、发展，哪怕有多少敌对者的诽谤都是无济于事的。

四十年来，苏联的美术，在和资产阶级的艺术思想进行不调和的斗争中，在坚持社会主义现实主义的艺术道路中，曾取得丰富的成绩和经验，如果我们不是教条主义的硬搬，而是马克思主义地、创造性地学习，那么他们的创作和经验对我们就会有很好的借鉴作用。

苏联的优秀的绘画创作，称得起"名画"的作品是很多的，这本书里不过仅仅提到了一小部分。而且我写这些文章，选择研究的对象，其中的大部分是由于自己的爱好，主动写的，而另一小部分却是由于报刊杂志的需要，在编辑约稿的情况下写的。因此某些个别作品虽也值得向中国读者推荐，但在苏联还不算名画，即使如此，我也把它放在这本书里了，因为这些作品基本上还算是一些好画。

1957年10月间我访问苏联，使我有机会在莫斯科和列宁格勒的美术陈列馆里看到这里所提的一些名画的原作，并有机会和苏联美术家谈他的作品的创作意图和创作过程。所有这些都是有助于编著这本小册子的。在编辑的过程中突然发现在1957年11月号苏联《文化生活》杂志上刊载了基布利克的《历史和画家》一文，我把它译出作为附录刊在书内，因为它有助于读者更深入地了解《列宁在地下工作》一画。

由于我的艺术修养不高，以及关于苏联人民生活知识的贫乏，对于书中提到的作品，不敢说都是谈得正确，而且对于艺术作品也经常可能有不同的看法，例如其中的《黎明》就曾发生过争论。因此我的文章只能供大家欣赏这些作品时参考，如有错误，希望读者们随时提出。

这本书中作为附录的译文，如基布里克的》历史与画家》，加甫里洛夫的来信等，经我译出后，曾经平野同志加以校阅，特此致谢。此外，有关画家的传记部分多半都参考了朝花美术出版社出版的《苏联美术家传略》，特此声明。

作者　1958年6月于北京

谈基布里克的素描《列宁在地下工作》

苏联的美术家们，以社会主义现实主义的创作方法，从各个不同的场合、不同的角度创作了很多优秀的关于歌颂世界工人阶级的伟大领袖——列宁的绘画。

歌颂伟大的革命领袖，是人民艺术家的极其重更的政治任务。它之所以重要，是因为革命领袖在人类历史的进程中曾起了极其巨大的推动作用，他在人民的心里占着重要的位置。人民要求自己的艺术家发挥他们全部的天才，在艺术上创造领袖的形象。成功地表现了领袖形象的作品，就能够帮助人民群众深刻地认识革命领袖的伟大的生活斗争和思想感情，从而达到以领袖的伟大精神去感染观众、教育人民的目的。

苏联的美术家们，由于他们从内心发出的对于伟大领袖列宁的敬爱，并深深地了解到广大人民群众对于美术家们的期望，所以他们中有不少人选取了歌颂列宁这个重要主题。

关于这一方面的优秀作品,已经被介绍到中国来的非常多。如我们经常看到的杜德尼克的油画《阿芙乐尔巡洋舰的炮声》,赛罗夫的油画《农民代表访问列宁》,塔乌里特和宾楚克合作的雕塑《列宁和斯大林在哥尔克别墅》,基布里克的素描《列宁在地下工作》,纳尔邦强、巴索夫、密沙尼诺夫、普里贝洛夫斯基和苏兹达尔采夫四人集体创作的油画《政权归苏维埃,和平归世界各国人民》,瓦西里耶夫的油画《列宁在到彼得格勒的途中》……其中有不少作品曾获得斯大林奖金。

要典型地创造人民领袖的形象,画家当然需要具备优秀的绘画技巧,否则是办不到的。但是,单凭绘画技巧仍不能保证作品的成功,有了绘画技巧只不过具备其中的一个重要条件。此外,还有其他的重要问题需要同时解决。那就是首先需要美术家很好地去研究伟大领袖所处的历史时代,彻底了解产生领袖的时代精神和领袖对于这个时代所起的作用。美术家应深深地呼吸到那个时代的紧张的空气,感到那个时代的跳动的脉搏。与此同时,还需要研究领袖的政治生活和斗争,研究领袖的思想、感情、性格和风度,这都是为了要深刻地刻画领袖的形象而必须准备的工作。

为了要表现伟大领袖,虽然我们很难具备和领袖同样伟大的思想感情,但可以断言,渺小的灵魂是创造不出具有伟大思想感情的作品来的。爱从堡曾说:"必须先有伟大的情感才能描写伟大的情感。"因此,以领袖为歌颂对象的美术家,他本身就必须具有高贵的精神品质。

苏联美术家歌颂列宁的那些杰出的作品,虽然我们没有全面地去研究作者的创作过程和他们的品质修养,但可以断言,那些美术家不具备以上各种重要条件是创作不出好作品来的,正像没有播种就不可能有收获一样。

现在我想就基布里克的作品"列宁在地下工作"作为如何典型地创造领袖形象的问题加以研究。这幅画我们还比较生疏,但我认为它是一幅非常优秀的作品(见附图1)。

叶夫盖尼·阿陀利法维奇·基布里克于1906年生于敖德萨省,瓦斯涅辛斯克城,1922—1925年受教育于傲德萨艺术专科学校,1925—1927年进列宁格勒美术学院。他因为画了果戈里的《塔拉斯·布尔巴》,罗曼罗兰的《柯拉·布勒尼翁》和柯斯吉尔的《季尔·乌林舒经格留》等作品的插图,而受到苏维埃读者的热烈称赞。

《列宁在地下工作》是基布里克在1947年创作的素描组画《列宁在1917年》中的一张。这套组画在苏联曾有极好的评价。其中的《有这样一个党》和《列宁在拉兹里夫》曾荣获斯大林奖金。《列宁在地下工作》是描绘1917年7月列宁匿居在彼得格勒老布尔什维克工人阿里鲁也夫家里时,于一个深夜在灯下工作时的情形。阿里鲁也夫的房间很简陋,用具极简单,画家描绘了当时的真实环境。现在,桌上的钟已经指明是深夜三点四十分钟了,但列宁仍在精神百倍地工作。画面以灯光照耀下的桌面上的列宁的头部和两手为中心,加以集中的表现,画家给这里的每个细节以最为精湛的描绘,使这一极为重要的直接显现着主题思想的部分成为全画最明亮、最清晰也是最为吸引观众注目之所在。而其他不重要的部分,都有意地隐约地安置在深暗的灯影中。这种艺术效果,就造成一种气氛,使我们感到列宁当时的写作环境是非常僻静,好像可以听到他的笔尖在纸上簌簌划动的声音。这种艺术效果,不但使画面产生了黑白对比的美,而且大大帮助了画家使他要向观众宣示的主题思想在作品中更加明确突出。

我们从这幅画中所看到的列宁,是一位朴素慈祥而又富有战斗精神的、使人感到亲切而又庄严可敬的革命领袖。他的那种精神专注的、把全部精力都集中在写作上的姿态和深夜这个具体时间相关联,恰好能够说明列宁为了人民解放事业的努力与忠诚的高贵品质。从基布里克所创造的列宁的形象看来,列宁的写作就是战斗,他的这种紧张的战斗精神也就正是1917年10月这一具有历史意义的年月的革命象征。

基布里克之所以能创造出这样深刻感人的、集中表现了列宁伟大精神生活的图画,毫无问题的是由于画家在创作之前不仅研究了列宁的外貌,而且更深刻地了解了当时的时代和列宁的思想、感情、性格以及当时列宁的生活斗争等情况的缘故。否则基布里克是不可能创造出如此具有生命的形象,也不可能正确地塑造出列宁的本质特征的形象。

处在1917年这个伟大时代的列宁,他的生活是十分的不安,而他的工作却是十分的紧张,他的写作是非常的勤奋。列宁自3月27日从瑞士回到俄国后,不久临时政府就颁布了逮捕他的命令,并悬重赏杀害列宁。还在6月间,资产阶级的"反布尔什维主义同盟"就通过了杀害列宁的决议。党在这种情况下转入了秘密状态,而党的领袖为了避免密探和奸细们的追逐和迫害，不得不经常过着隐蔽的、流动的生活。在这期间，他有几天匿居在老布尔什维克工人阿里鲁也夫家里，有几天又迁移到拉兹里夫湖边的茅棚中，到8月末又隐避到芬兰的雅尔卡拉村，后来又移居于赫尔森福斯。直到十月革命起义的前夜，列宁才被党中央委员会召到斯莫尔尼宫来担任革命运动的总领导。他的生活虽是如此的流动和艰苦，但他的写作工作却仍是如此惊人。据联共（布）中央附设马克思列宁学院所编的《列宁生平事业简史》中叙述，这个时期的生活是："列宁的毅力真是无穷尽的"，在《真理报》上几乎每天都登载有他的论文，往往是一期登载数篇。甚至列宁从事于领导4月代表会议的巨大工作的日子，在真理报上也常有他的文章。自归国以后至七月事变时为止，列宁写了一百五十多篇论文和数本小册子。并说："列宁在其最后这次匿居时期——从7月到10月，写了六十多篇论文、小册子和书信。"

我们读了以上的历史材料，然后再回头来看看基布里克所描绘的《列宁在地下工作》，就会觉得画家是真实地、历史地、具体而生动地概括了1917年列宁的紧张而勤奋的写作生活了。虽然只是一张素描，但也是典型地描写了列宁的。我们看看他已经到了深夜三点多钟还毫无倦态地战斗一般地写作，是十分感动的。如果不是如此勤奋地为人类解放的伟大事业而劳动，以上所提到的那么多的著作是产生不出来的。基布里克忠实地、本质地刻画了列宁在平凡生活中的伟大形象，因此他的作品就具有深刻的历史意义。

基布里克所塑造的列宁的形象，为什么使我们中国的观众也能感到是如此真实，真实到正像活在我们心中的那个想象中的列宁呢？这当然不仅因为这幅画上的列宁的外貌十分逼真，而更其重要的是画家通过外形的刻画，表现出列宁的伟大灵魂。这就是说当画家在表现这位巨人的形象时，没有仅仅停留在外形的忠实模仿，满足于外表的肖似，像照相机所做到的那样。而在于他能够运用了熟练的技巧，首先描绘了列宁的外形，而且使外形的正确描绘为画家所追求的刻画列宁的性格的目的服务，做到对于列宁的伟大精神品质的集中表现。我们虽然没有亲眼见过活的列宁，但我们通过他的文章，通过关于他的电影，通过关于他的记载，使我们感到伟大的列宁经常就像一团燃烧着的火一样，他的敏捷的动作，经常紧张的状态，为人民事业的高度热情……这些特征都极其正确地表现在基布里克所作的《列宁在地下工作》中了。

我们中国的画家目前在作品中所创造的人民领袖毛主席的形象，虽然在个别作品中有一定的成就，但一般的还仅仅停留在外表的模仿，有的甚至连照片上的肖似程度也达不到，还十分缺乏像基布里克所画的《列宁在地下工作》那样在性格、精神的刻画上如此深刻感人的作品。而这样成功的作品，在苏联却已不在少数。因此，我们现在必须认真研究这些创作，使我们在创造领袖形象时得到参考，从而提高创作的质量。

1954年1月15日发表于《美术》创刊号

附录:历史和画家

基布里克

我的故乡——南部乌克兰的苏维埃政权是在1920年的冬天才彻底确立的。国内战争进行了三年了,我们的草原上的小城市竟成了一切反革命势力反对年轻苏维埃政权的激烈斗争的场所。

我,一个十二三岁的小孩子,是怎样在残酷的战斗中成为推翻了旧世界的目击者。

我还能记得当时彼特留拉匪帮、邓尼金匪帮和反动匪帮的特种骑兵队;记得秋秋尼克匪徒的无情掠夺,富农的暴动;记得那大大小小的无穷的战斗。我看着这些,新的思想的活动就代替了一切旧的观念和观点,感到了旧世界的毁灭。

我看到了,并且记得一切的生活如何狂暴地、有时是离奇地展现了人们的性格,如何戏剧性地安排人们的命运,把人们卷入革命的漩涡中。

有时是这样的,昨天的中学生,今天变成了政治委员,而在明天——在第一次战斗中惨痛地牺牲了。昨天的显要体面人物,明天竟成了卑鄙的被人唾骂的"资产阶级",而普通的工人则在革命军事委员会的命令上签字。我看到邓尼金匪徒们在城市居民的面前处决和吊死共产党员实行"白色恐怖"。在正月的整个的风雪之夜,当白军掩护撤退时,在我们窗户的上空飞着子弹,而到拂晓时,通过怒号的长风,我听到了《国际歌》的歌声。这就是1920年1月29日在我的故乡——沃兹涅先斯克城市最终地、永久地开始了苏维埃政权的一天。

之后,在军事共产主义时期创立前所未有的新制度的头几年,新思想的宣传鼓动的巨潮冲击到所有的人。革命的和苏维埃政权建立的整个时期,在我的一生中留下了巨大的令人神往的群众运动的印象,我的兴趣集中在这些日子里的人和事件上面,直到现在都使我不能忘怀。

那些在不断地发生具有丰富意义的某些巨大事件的日子里所产生的感情,在全部漫长的我的意识生活中,是不会变化的,就是这种感情要求自己用艺术形象把它具体化。大概,在同样程度上,这种感情,我的同时代的一切美术家也都感受过。但是在艺术上,我们之中每一个人都有自己的道路。我的道路毕竟是非常复杂而困难的。经历了种种困难,有时还犯些错误,我终于成为一个画家,我曾一再回顾自己的理想——无论如何要把那种关于伟大十月革命的思想感情的世界表现在自己的艺术中。这种世界常常给我的创作提供了主要的线索,但是好多年来我未曾找到表现的适当形式。读者有权利问:为什么经过了很多年,到1947年,我才在这个题材——"弗·伊·列宁在1917年"组画中画出了第一幅画呢？要是我能够在这些年中创作出表现十月革命题材的大套组画的话，我将是幸福的。但艺术创作，是很复杂的一件事情。

为了产生真正富有内容的艺术作品，画家除了领会主题的重要性以外不作奢望，需要把很多情节和谐地结合起来，需要有相应的技巧和足够的生活上的和艺术上的经验。自然，当他塑造艺术形象时，尤其主要的是需要有构思上的成熟。

1943年，我的朋友劝我放弃给果戈里的《塔拉斯·布尔巴》作插图的工作而去画"斯大林格勒大会战"。公正地说，这个题材当然无比的重要，我是绝对赞同搞这个题材的，而且喜欢马上就动手。但是我不能够在那时创作《斯大林格勒大会战》，虽然我曾在这之前到过斯大林格勒，在那里画过很多的速写。我不曾获得作为一个画家应有的条件，我确信自己不是事件的目击者，所能找到的"斯大林格勒大会战"的那种形象，一定不能符合斯大林格勒英勇保卫者们的真实的精神面貌，而只能画出人为的和矫揉造作的东西。

而为《塔拉斯·布尔巴》作插图，我有能力做，而且感到在某种程度上能够完成它，那怕是在极平凡的形式中表现出关于俄罗斯人民的爱国主义思想感情也好。

经过深思熟虑之后，我终究还是开始动手为《塔拉斯·布尔巴》作插图了，深深地遗憾我暂时还没有内在的条件来从事《斯大林格勒大会战》。

而现在要从事十月革命的题材了。我曾好多次试图寻找怎样表现它的途径，想要表现党的历史中的各种情节；到这时，终于我的构思决定要具体表现列宁的形象了。

1936年我第一次开始认真地思考关于列宁的题材。

我开始寻找亲自认识列宁的人，详细向他打听，要他尽量向我介绍列宁的所有的特点，他的个性，以及他的生活举动。

顺便说说，当知道过去的印象已模糊，往往不能记忆得准确，我总是对第一次会见到列宁的印象越加感到兴趣。要是说最清楚地记着的正是最初的印象，所以也就最持久地保存在记忆中。我需要有人向我介绍列宁如何说话，如何动作，如何和人们进行频繁的交际。将来这一切对我有很大的用处。

在1941年，当战前准备全苏美协的"我们的祖国"展览会时，我想为这个展览会完成一套《党和人民的领袖在十月的日子里》。我想描绘弗拉基米尔·伊里奇·列宁。在那些情节中，同样的还想描绘十月革命时期的很多别的领导者。这些领袖人物应该是被典型地富有性格特征地加以描写，并表现出他们在革命中的作用。同时应能表现出入民——工人阶级、革命的农民、海陆军士兵，他们不是没有特色的"群众"，而是一些具有鲜明的典型性格的人物。

我开始研究十月革命时期的材料，动手画草稿，但战争阻碍了这一工作。与此同时，被吸收参加"我们的祖国"展览会的很多画家的创作工作也被阻碍了。

于1946年初,当我在雕刻家马尼泽尔的工作室中看到他为《列宁在装甲车上讲演》的作品而作的草稿时,我突然想到,我已经是满40岁的人了,还要搁置多少时候呢?这样我当场就决定毫不犹豫地开始从事于关于列宁的组画。

在强烈的激动中,我长久地为此不能在夜里入睡,考虑如何能更好地完成自己的课题。

我开始考虑创作一个由七幅作品构成的组画。耗费了很多时间在草图上之后,为了1947年的全苏美展我赶完了仅仅中间部分的四个题目。没有完成第一、第二和最后的构图:如《弗·伊·列宁回到彼得格勒》《弗·伊·列宁的四月提纲讲演》和《宣布苏维埃政权》。《弗·伊·列宁的四月提纲讲演》我完成于1952年,素描《弗·伊·列宁回到彼得格勒》也叫做《列宁来啦!》最近,即在1956年才完成,我希望过不久就能再去画最后一个题目。我为自己组画选择了那些自己认为是在这时期中列宁活动中的重要的部分作为情节。除此之外,我力求使被我所选定的情节能够揭示列宁性格的各个方面。我觉得组画这种形式的好处就在于有可能从各方面发展画家的意图。

这样,在素描《有这样一个党》中我想表现一个热情的、有鼓舞性的、不调和的、在自己的事业和意志中充满了胜利信心的作为政治战士的列宁。在《1917年7月弗·伊·列宁在地下工作》的作品中,我想表现一个在为无产阶级专政而斗争的那些日子里,每天写出武装着党的政论的作为理论家、学者和思想家的列宁。在素描《弗·伊·列宁在拉兹里夫》中,我想表现一个思考问题的,梦想着将来的,把整个一生贡献给党和苏维埃国家的需要的列宁。

在我的作品《10月24日夜列宁来到斯莫尔尼》中,我想表现如何指出前进道路,决定武装起义的时刻,领导革命一往直前的列宁。

我在研究每一个情节的同时,也就探索其构图,所以仅仅反映了构思的总的特点。要画好这些情节,还得在每个细节上补充某些为发展基本思想所必需的、重要的和必要的东西。这些细节与作品的造型方面的最终明确有紧密联系,从而与构图的制作有紧密联系。

我试图分析创作过程,回想指导我的创作的那些思想,回想为了更加简单和显明地表现那些思想而经常探索的方法。

总之,对于《弗·伊·列宁在地下工作》的素描,我要加以严选。

拟定了自己的七个主题后,我出发到列宁格勒,为了去访问和列宁的生活行动有关的地方,在那里把看到的东西画一些速写。在当场定能大大发挥想像力,以获得更加适合于我的创作意图的情节。

(后来,当我作好草图之后,第二次再到列宁格勒,为了最后去收集我所要的材料。)

这样,1946年冬天我第一次访问了列宁寓所博物馆(这里曾经是布尔什维克工人阿里鲁也夫的住宅),列宁在1917

年7月出于临时政府的追踪而被迫转入地下活动,曾在这里隐藏过。

列宁格勒还没有脱离严寒和阴暗天气的封锁,任何的访问者也没有。我把蜡烛放在很多年前列宁曾经在它旁边工作过的桌子上,就请求随同我的同志坐在桌旁,然后我走向门边。我立刻就感到好像是在夜里,万籁无声,列宁坐在桌旁,而"地下室"这个字就意味着把一个普通的简单的房间变成了隔绝人世的藏身所,在墙外是敌人,随时都有招惹来特务的危险,警惕地等待着,要担心并准备应付意外事件。

与最初的印象及思想相联系的这一切情景如此显明,它使我牢记不忘,并促使我去寻找能够表现秘密居留气氛的情节,即在地下拿自由和生命来冒险的和知道安静是不可靠的、是暂时的、人的紧张状态气氛的情节。

我觉得在这种情况下,邻近的和其他地方的任何声音,如主人踏地板的吱吱声以及敲门声等等都会迫使你立刻去倾听、环顾,这样一来我就最初想出一个停止工作突然回头看着观众的列宁,好像他在细听打破了夜的寂静的什么声音。在这个构思里显示了"秘密工作"这几个字的影响,这几个字在开始时决定了描图上的主要情节。

我觉得正是这个情节表达了1917年夏反动势力进攻时期党的领导进入秘密活动的特征。而列宁对于可能发生的危险的警惕注意,也符合于他是一个细心的秘密活动者,并符合于根据很多同志的回忆要求严格遵守一切秘密活动常规的情形。

我为这个题材画了一些草稿,给自己提出任务寻求确切的姿态,主要是列宁的视线,最初是埋头工作,而后就突然回头看门,显然在门外似乎觉得有形迹可疑的声音(见附图2、3)。

相当费劲地工作之后,我作出结论:这个构思是不成功的。它使我感到人物形象较小,内容空洞,于是我开始寻求主题的新的表现方法。

我觉得好像这正是列宁的特点:走入房间,同时思考着那些每天在生活中得到的重大材料,他必须在这些材料中找到最重要的东西,根据这些写成当务之急的文章,通过"真理报"向党指示方向。由于找到了重要的东西,他就急速走到桌旁坐下,立刻不顾一切地在灯光下埋头在工作中。

这样,我应当在坐在桌旁写作的列宁的姿态中,表达出:第一是最大的向目的锐进的意向,这就是忘我地全身专心致力于工作的本领,而这正是列宁的特点;第二是使观众感到写作不是无休止的过程,我想在此之前,列宁可能在走动着沉思,也可能是坐在桌边工作之后,在某一时刻重新开始在室内来回走,考虑新的问题。但不论这样或那样,我都长久地没有考虑成功。

如果(当然)列宁是用右手写字,那么左手的姿势应该是怎样的呢?因为在各种的变体画中,左手的停放好像是多余的,对于主题的揭示总是有附加之感的,因此,甚至减弱了人物的动态。

舒适地坐在椅子上的列宁的姿态,必然地要具有与主题相违背的安静的特征(见附图4)。

两腿坐着的姿态应该是怎样的形状呢?因为凭它们要解决一般心理学问题上的一些细微的差异。

这个困难迫使我去考虑后来为我画出的,如下的情况:一个正在深刻地思索问题、并为突然获得他所需要的解决办法所鼓舞的人,是未必能够规规矩矩地坐在桌旁处理自己的事情的,而可能是不管三七二十一只要马上抓到笔就开始写作,这样专心致力于工作的人,是不会理会到姿势的不舒适的。

了解了这一点之后,我画了好多张草图,而终于停止在一幅变体画上,后来就在这幅变体画的基础上画成素描。我描绘了一位在椅子的一角不舒展地坐着的列宁,好像是为某种灵感所激动而急速地坐下来的一个性情急躁的人。

列宁很低地俯身在纸上,他有些近视,他的脸极其紧张而注意力集中。他用右手写字,而用左手的食指放在打开着的书的字行上,显然他正把它引证在自己的著作中(见附图1)。

这个自然的身体的表情,立即赋予他的身体以从前所缺乏的动态。

造成列宁刚刚参看了书而现在正面对着它继续引文的印象,这一获得我觉得是有说服力的,特别是因为在他的文章里列宁常常引证马克思,或者为了发展他的思想,或者为了说服和自己论战的敌手。

起先我试图描绘列宁穿着西装上衣(见附图5),但必然产生这样的印象:他不是在自己的住所,不是在终夜而是暂时偶然来到这里,大概马上就要离开,否则为什么穿着上衣工作呢?由于这一点就不能成功地表达出家室环境的密切性。因为在闷热的7月的夜里,穿着西装上衣坐在那里埋头沉思,专心致力的紧张的工作,是很不舒服很不自然的。当然,他一定需要脱掉西装上衣把它挂在椅背上,像我们大家处在这样的场合下一样。我就这样画到素描中了。

画成这样,不仅是符合于生活真实,而且是为了能够得到一块单纯的黑色,需要使它与素描情节中心构图上灯光照耀部分成为对照。

还在那时,当我在列宁寓所博物馆画素描时,就同时画下了他匿居的环境,我曾考虑到这一点:"在地下工作"的主题本身要求揭示列宁不是在房内的前景而是在它的远处、深处,这样就使他能够看到走进房间里的人,否则,就要破坏这个主题所需要的幽静气氛。

我丝毫不差地描绘了环境细节,同时力求达到协调,以便使线条和成片的黑色面的旋律符合于主题构思的特点,为了素描中灯光照耀的部分(列宁的头,他的手,同他发生联系的桌上的东西)显明而突出,用大的空隙强调了房屋墙壁和地板上的黑的中间色调。

在构图的这个方面,我认为有很重大的意义。

我以为除了构图的真实自然外,它的一切部分都还应统一在旋律之中,不这样,不能找到好的表现。构图中各种成分的旋律的协调,使画赋有诗意的和音乐的声调。

在这套组画中,我特别顽强地达到了现有质量,因为我很细心地创作了它,并且很仔细地经营了所有的细节,我每分钟都冒着沉没在与我的作品的主题无关的(这个主题要求艺术处理的严正性与崇高性)扰人的微小细节中的危险。

1958年6月译自苏联《文化生活》杂志1957年11月号

赛罗夫及其《冬宫占领了》

《冬宫占领了》是苏联卓越的革命历史画家赛罗夫于1954年创作的作品,曾展出于1955年1月20日在莫斯科举行的全苏美术展览会,受到好评。它是近年来苏联社会主义现实主义造型艺术上的重大收获之一。现藏于莫斯科特列恰可夫美术陈列馆。

赛罗夫这个名字对于我国美术家和人民群众并不生疏,他的有名的革命历史画如《列宁宣布苏维埃政权的建立》《农民代表访问列宁》都久为大家所爱好,这些画中的列宁的伟大形象和工人农民的生动面貌给我们留下了深刻的印象。

赛罗夫于1910年生于德维尔省的埃麦乌斯城。初受艺术教育于维赛贡斯克,1927年进美术学院。他的毕业作品《西伯利亚游击队》曾陈列于《工农红军十五年》展览会。之后即从事于革命历史画的创作,其中杰出的作品有《去打尤登尼奇》《1917年列宁抵彼得格勒》《袭击冬宫》、《夏伯阳司令部》《斯切潘·拉辛》《亚历山大·聂夫斯基在冰上大战之后回到普斯柯夫》以及《列宁宣布苏维埃政权的建立》和《农民代表访问列宁》。

在伟大的卫国战争时期,赛罗夫是列宁格勒美术家协会的主席,领导列宁格勒画家从事群众的、明确的、有鼓动力量的绘画的制作。他创作了大量油画、宣传画、传单、报纸插图,在保卫列宁格勒中起了战斗的宣传作用。赛罗夫的作品具有政治的目的性、时论性以及锐敏的时代感。他的创作以完整的构图和熟练的素描技巧出众。若干年来,赛罗夫致力于教育工作,是美术学院研究所勃罗茨基教授的助教,是苏联美术学院的通讯院士。

革命历史画《冬宫占领了》是一幅尺寸不大的油画。它的时代背景是1917年的伟大的十月革命。当时的情况是这样的:10月24日夜间,列宁来到了斯莫尔尼。这里是当时彼得格勒苏维埃和布尔什维克中央委员会的所在地,它已成了革命的战斗司令部,从这里不断发出战斗的命令。列宁来了之后就亲自担负起领导起义的重任。整夜都有革命军队和赤卫队向斯莫尔尼开来,布尔什维克随即将这些部队派往首都中心去包围克伦斯基临时政府所盘踞着的冬宫。十月二十五日(公历11月7日),赤卫队和革命军队占领了各火车站、邮政局、电报局、政府各部、国家银行。

在这些时日,彼得格勒工人表明他们在布尔什维克党领导下受到了很好的锻炼。由布尔什维克工作所准备起来参加起义的革命军队,确切地执行了战斗命令,同赤卫队肩靠肩地进行了战斗。海军也不比陆军落后,"喀琅施塔得"成了布尔什维克党的堡垒,这里早已经就不承认临时政府的政权了。"阿芙乐尔"巡洋舰以其向冬宫轰击的炮声,报导了10月25日是新纪元,即伟大社会主义革命纪元的开始。

当时临时政府躲藏在冬宫里,由士官生和各突击营卫护着。可是在10月25日的深夜里,冬宫也终于被革命的工人、兵士和水兵攻下了,他们随即逮捕了临时政府的人员。这样彼得格勒武装起义就胜利了。

我们了解了以上的历史情况,就能更好地欣赏赛罗夫的《冬宫占领了》。从画面所表现的背景和时辰来看,可以看出画家描绘的是10月26日的白天的情景。当时刚刚经过夜间的战斗,华丽的冬宫虽已恢复了平静,但石柱上留下了弹痕,地面上还到处散落着碎石和弹壳。在图画的前景上站着历史的胜利者和冬宫的新的主人。那左手背枪带着红色臂巾的是赤卫队员,向他接火抽烟的是革命的老年兵士。楼梯的远景上还画着另一个赤卫队员正坐在那里翻阅报纸,在他的旁边放着一挺重机枪。

赛罗夫在这幅油画中相当成功地创造了十月革命起义时代的典型环境和参加十月革命起义的两个典型人物。我们知道所谓赤卫队是武装起来的工人,而所谓士兵却正如联共党史所说的是"身穿军服的农民"。这里刻画了一个典型的工人性格,他是参加十月革命起义的工人的代表,通过他那精神充沛而有力的姿态、有力的手和坚实有力的面部形象,通过他的紧闭的嘴和显明的颧骨使我们感到他是一个阶级觉悟很高的，坚定而沉着的，智慧而勇敢的先进工人，也是一个在党的领导下久经锻炼的敢于起义、敢于推翻旧世界的具有革命胜利信心的战士。赛罗夫对这个赤卫队员做了很好的心理描绘，使我们看出现在起义胜利了，可是他并没有因此而感到轻松，而是感到工人阶级的责任更重了，前面还有很多困难要克服，而他是有信心战胜一切困难的。而那个红军士兵，他可能是不久之前才从第一次世界大战的欧洲战场上归来的，他真是一个身穿军服的典型的纯朴农民，从他和赤卫队员接火吸烟的形象中表现了赤卫队员和士兵，也就是工人和农民的肩靠肩地进行战斗的亲密关系。就正是依靠了这种关系，保证了十月革命的胜利，保证了苏维埃政权的巩固。

赛罗夫的这幅油画，善于寻找十月革命的一个很平凡的情节和很小的侧面而反映伟大十月革命的整个时代，这主要是通过"典型环境中的典型性格"来体现的。我门从这两个普通人物的身上感到了历史的大变动，感到了革命的时代气息和革命时代的脉膊的跃动。这就是这幅画的生命所在。所以苏联人民美术家约干松谈到这幅画时说："赛罗夫的《冬宫占领了》是一幅尺寸不大的、但却有艺术分量的动人的油画。"

1955年11月8日发表于《文艺学习》杂志

介绍两幅苏联名画

（一）

《列宁宣布苏维埃政权的建立》是苏联革命历史画家赛罗夫在十年前，为了纪念苏维埃政权三十年而创作的油画，曾获得斯大林奖金一等奖。它的时代背景是描绘1917年伟大十月革命的历史事迹的。

1917年10月初，起义的事情差不多完全准备好了，10月7日那一天，列宁就从芬兰秘密回到彼得格勒，以便直接领导武装起义。

接近起义的日子了，10月24日夜间，列宁来到了斯莫尔尼。他来了之后就亲自担负起领导起义的重任。10月25日（公历11月7日），赤卫队和革命军队占领了各火车站、邮政局、电报局、政府各部、国家银行。25日的深夜，冬宫终于被革命的工人、兵士和水兵攻下，他们随即逮捕了临时政府的人员。这样彼得格勒武装起义就胜利了。

彼得格勒武装起义既已基本胜利,于是在1917年10月25日晚上十点四十五分,第二次全俄苏维埃代表大会在斯莫尔尼宣布开幕。在这一夜的代表大会上,布尔什维克获得了绝大多数,因而代表大会就成了真正的革命的工农代表大会。

10月26日晚上九点钟,第二次苏维埃代表大会继续开会,在斯莫尔尼的大厅里,挤满了参加起义的工人、农民、兵士和水兵们,起义的胜利激动着每个人的心弦。这时列宁同志来了,大厅响起了暴风雨般的掌声和欢呼声,很久还不能平静下来。列宁同志发表了简短有力的讲演,他讲道:这在整个人类历史上,工人和农民还是第一次把政权掌握在自己手里。他还讲道:新政权前面还存在许多困难,要大家克服各种困难。在这次大会上通过了三个重大的基本法令:《对工人、兵士、农民的宣言》《和平法令》《土地法令》。接着开始选举第一届苏维埃政府,列宁和斯大林都被选进政府里去。于是世界上第一个苏维埃政权,世界上第一个工农政府诞生了。

赛罗夫画的《列宁宣布苏维埃政权的建立》就正是描绘起义胜利之后,26日夜间列宁在斯莫尔尼召开的第二次全俄苏维埃代表大会第二次会上讲话的情景(见附图6)。

画面描绘的建筑物,正是斯莫尔尼大厅,窗外是漆黑的夜。但室中电灯光照耀的像白天一样,列宁在兴奋地发言,在他的身后站着斯大林、斯维尔德洛夫,在斯维尔德洛夫后面露出半个脸面的是捷尔任斯基。在会场上欢呼的是工人、农民、兵士、水兵的代表。他们是十月革命的胜利者。

画家用成熟的描绘技巧表现了列宁的英明伟大和人民的英雄形象。这里使我们看到了人民的领袖为劳动群众的解放事业所表现的无限忠诚和高度的负责精神,以及人民群众对于领袖的无比的信赖与敬爱。画家在这里所描绘的人物都是很真实的,他们都令人感到身上带着十月革命的火药气息。他们每人都有自己的显明身份和独特的性格,但所有人的心情却都是一致的,这就是他们都为胜利所激动,都为列宁的讲话所吸引,都准备用决心和行动去实现列宁的意志,去克服一切困难。这就是这幅油画所内含的显明的主题思想。

我们看了这幅画,能够感到十月革命的大风暴和作品的真实的时代气息。从而使我们的精神为之振奋,使我们面对着领导十月革命的列宁和参加十月革命的英雄们表示崇高的敬意。

(二)

《小巴维尔·莫洛佐夫》是尼·尼·切巴科夫的一幅著名的油画(见附图7)。作者生于1916年,住在莫斯科,是斯大林奖金获得者。这幅画创作于1952年,所描绘的是真人真事的历史题材。

在苏联的乌拉尔北部大森林中,一个名叫盖拉西莫夫卡的村子里,有一个名叫小巴维尔·莫洛佐夫的少年先锋队员。他聪明伶俐,在共青团员女教师索雅·阿列克桑德洛夫娜的教导之下，很快就懂得了许多革命道理，能够站在党的立场上看待问题。当时乡村间正在进行农业集体化的运动，富农们很反对它，因为他们感到他们的剥削生活再也过不成了。因此他们怀恨在心，想尽办法要破坏集体化。这时小巴维尔才十三岁。他父亲本是贫农，所以被选为乡苏维埃的主席。可是他是个自私自利的人，被富农用钱收买了，失掉了立场，处处为富农打算，为富农说话，保护富农的利益，他变成了苏维埃政权的叛徒。小巴维尔的祖父也是个坏蛋，沙皇时代他在监狱里当看守，他是沙皇的顺民，过着腐败的生活。现在小巴维尔的祖父也变成了富农的狗腿子。这样，在小巴维尔的家庭里就发生了尖锐的阶级斗争。小巴维尔和他七岁的小弟弟费加坚定地站在无产阶级的立场上，母亲很同情他们，而他的祖父和父亲却无耻地站在富农的立场上，小巴维尔的堂兄是他们的帮凶。于是，斗争就展开了。当小巴维尔入队的那天，父亲看到他戴上红领巾就把他揍了一顿，因为他知道儿子要不和他一条心了。可是小巴维尔并没有因为父亲揍他，就跟父亲走，他要跟着真理走，他什么也不怕。

一天小巴维尔看到身为乡苏维埃主席的他的父亲为了得到贿赂，就把贫农身份的出境证明书偷偷出卖给逃亡的库班富农，他非常气愤，就向区党委的工作人员报告了。事后并出席法庭作证。结果他的父亲被法院判处了十年徒刑。后来当他的祖父和富农勾结破坏政府的粮食收购政策时，他又揭发了他们。由于这些原因，富农和他的祖父就恨透了他。当1932年9月3日小巴维尔和他的弟弟费加到森林中去采红莓果时,这两个小英雄就被他们的祖父和堂兄用刀刺死了。那时小巴维尔十四岁,费加才八岁。

凶手事后被捕获枪决了。为了纪念这个立场坚定、为工人阶级事业英勇牺牲的少年,苏联的许多集体农庄、少年宫和图书馆都以莫洛佐夫命名。莫斯科一个儿童公园中还为他建立了纪念碑。1954年他的故乡的群众也为他建立了纪念碑。今年9月3日是莫洛佐夫遇难25周年,苏联的许多少先队员唱起歌颂这个少年英雄的歌曲,莫斯科的少先队员还到莫洛佐夫纪念碑前献了花圈。

画家尼·尼·切巴科夫在这幅画中所描绘的是一个家庭的政治斗争场面。小巴维尔看到了祖父和父亲及其他富农分子在神龛的朦胧灯光下正在进行阴谋活动,表示不能容忍,他勇敢地向他们斗争,声言要向政府揭发他们,他那正义的为保卫人民利益而战斗的姿态,使敌人在他面前张惶失措,显得词穷理屈,阴险渺小。这从他父亲心怀愤恨而又无可奈何,以及他祖父把烟斗掉在地上,一副被击败而还在挣扎的狼狈相上表现得非常明显。

经我研究,画家是采取了概括的手法来表现小巴维尔和他的祖父、父亲之间的斗争的。这里既不能肯定的说是为了父亲出卖出境证明书给逃亡的库班富农而与之进行斗争,更不能说是为了祖父和富农勾结破坏政府的粮食收购政策而与之进行斗争(因为这时父亲已被逮捕了)。画家不根据历史事件发展的某一个真实场面,而是根据事件的本质,集中地表现了一个家庭之中的敌我双方的矛盾。小巴维尔虽属少数，但他站在人民方面，他是有力的，他是无可畏惧的。

　　画家所塑造的小巴维尔的形象，像一个巨人似的显得伟大，他是正义的化身，他的性格预示了他后来的"大义灭亲"的行为的必然性。画家用小巴维尔的理直气壮的，在敌人面前毫无畏惧的形象歌颂了这个少年英雄。他的高贵的英雄品质，不只是苏联儿童的榜样，而且也是我国社会主义时代的一切儿童的榜样。

　　1957年10月发表于《辅导员》杂志。

雷洛夫及其《晴空万里》

苏联的风景画，拥有最广大的群众，在各种美术展览会上都有数量很大的出品。在一切公共场所，如旅馆、饭店、俱乐部里，都挂着风景画。好像这门艺术已经成为人民生活上所不能缺少的东西了。早在旧俄罗斯时代，19世纪就产生过杰出的风景画家希施金、萨甫拉索夫、列维坦等人，这是大家都知道的。苏联的风景画在他们的传统的基础上成长起来，并汲取了西欧风景画创作上的优点，有了今日的繁荣气象和新的水平。

这里我想谈谈雷洛夫的有名的风景画《晴空万里》。这幅相当大的油画现在陈列在莫斯科特列恰可夫美术陈列馆，是一幅很引人注意的图画（见附图8）。

阿尔卡琪·亚历山德罗维奇·雷洛夫是俄罗斯苏维埃联邦社会主义共和国的功勋艺术家。于1870年生于维亚塔克县依斯托宾斯克村。在那里度过了童年和青年时代。初学于施蒂格里茨工艺学校,然后在当时有名的画家库英治的指导下在彼得堡美术学院学习。

还在19世纪的90年代就开始了自己的风景画的创作事业,他继承了俄罗斯风景画的优秀传统把它带到苏维埃造型艺术中去。雷洛夫在俄罗斯革命前和苏维埃美术史中占着重要的地位。

在十月革命后,雷洛夫坚决主张苏维埃绘画艺术中理应有风景画这一门,他反对了那些否认风景画艺术,要取消它(好像它已是不可能有思想性和不需要了)的企图。

雷洛夫用事实反驳了一切对这一门艺术的不正确的看法。他的风景画是有鲜明的思想性的。他的作品就其调子来说,不管是质朴的,或者是浪漫激动的,如狂风骤雨的,或者是沉着庄严的,都以其具有非常的真挚和说服力而出众。他以洗练的技巧在其风景画中歌颂了壮丽的俄罗斯自然。所有的图画都充满着对于祖国的热烈的爱。

雷洛夫的早期作品,即已显示出描绘风景画的志趣,他要把生动多变的自然形象作概括而壮丽的表现。

他于1939年逝世,享年69岁,遗留下的艺术遗产是非常丰富的。

《晴空万里》描绘的是一幅海景,是一首对于在辽阔的海面上和广阔的天空中自由飞翔的天鹅的赞美诗。谁说风景画不可能有思想性呢?我想,如果人们能够欣赏高尔基的《海燕》歌,并从中受到感染看出它的思想性,那么,他就同样能够欣赏雷洛夫的"晴空万里"并从它受到感染,从而看出它的思想性。高尔基的"海燕"歌创作于革命还没有成功的阴云昏暗暴风雨快要爆发的时代,而雷洛夫的《晴空万里》却创作于十月革命取得胜利,已经是阴云四散的晴朗时代。人民已经获得自由,革命在不断前进,因而诗人和画家在作品里所表现的感情是不同的,然而他们却都采用了热情的艺术语言,通过动人的自然风景,写出了鼓舞人心的诗篇。

《苏维埃俄罗斯美术》一书中提到《晴空万里》时这样介绍:

"油画《晴空万里》作于1918年,并于1919年在彼得格勒联合展览会展出,这幅画无论在雷洛夫的创作中和在苏维埃风景画绘画中,都占着重要的地位。在这幅画中,美术家描写了成群天鹅飞翔在无边广阔的海上。这一题材早已引起了雷洛夫的兴趣。1914年,他完成了油画《天鹅在喀马河飞翔》。革命后,有人请他重作此画。但是新的现实值得美术家作另一样的处理,改变了构图和画幅的总感情。雷洛夫扩展了画的空间,用阳光充实了碧海青天,帆船被清风吹送着漂行海上。他创作了鲜明的、史诗般的、纪念碑式的、充满生活朝气和乐观主义精神的作品。在这件作品中,没有丝毫第一幅中那种困惑和烦恼情绪的痕迹。美术家无比成功地解决了一个困难的课题——创造天鹅飞翔的印象,观众一看这画,就看到那飞起的天鹅的巨翼翱翔于空中。这件作品是用高度技巧完成的,它描绘了苏维埃青年美术家们风景画的创作道路。"

显然的,画家通过这幅阳光充实,天鹅在碧海晴空上自由飞翔的风景画,反映了十月革命的时代精神,反映了革命胜利带给人民的喜悦和苏维埃政权在劳动人民心灵上所展开的广阔的生活远景。这样的作品无疑会鼓舞人民的生活朝气和乐观主义的精神。

介绍《高尔基在伏尔加河岸上》

伏尔加河是俄罗斯人民的物质财富和精神财富的丰富源泉。我们想到它,就会首先联想到一切来源于伏尔加河以及与伏尔加河有关的文学艺术作品。其中如俄国的名歌《伏尔加船夫曲》,19世纪俄国的大画家列宾和20世纪的大文豪高尔基的作品等。列宾在他的不朽的杰作《伏尔加河上的纤夫》里所描绘的人物形象,和高尔基在他的《在人间》里所反映的伏尔加河上的人民的生活,都同样深刻地在我们面前展现了一个苦难的历史时代,并留下了往昔的伏尔加河的鲜明印象。

苏联画家崔普拉可夫的油画《高尔基在伏尔加河岸上》(见附图9),这是一幅描绘高尔基面对着伏尔加河引起了无穷的回忆和创作灵感的图画。高尔基对伏尔加河怀有深沉的感情,我们知道他在1880年春,当他还只有十二岁的时候,由于不堪制图学徒生活中所受的虐待,便独自逃到伏尔加河边，做了一个轮船上的厨子的徒弟，从此就开始在伏尔加河上劳动了。之后从1888年开始了长期的流浪生活，到1891—1892年之间曾好多次在伏尔加河岸和顿河、克里米亚、乌克兰等地游荡，这种漂泊的生活，使他和广大人民群众发生了密切的联系，增加了无限的生活知识，为他后来的创作准备了很好的条件。其中伏尔加河对他提供的创作素材是很丰富的，它成为高尔基不少作品的人物背景。

在崔普拉可夫的油画中所描绘的高尔基，从他的年龄和服装上看，显然已不是在轮船上当学徒的时代，而是成为作家后的高尔基了。

这时的高尔基虽然有了很大的变化——由一个流浪汉变成了作家，但伏尔加河是没有什么大的变化的，几乎和他在厨师史慕利那里当学徒时没有两样。因此就不能不使高尔基面对着那熟悉的河水，熟悉的轮船，以及那熟悉的过着牛马生活的同胞发生感想。你看他把手杖放在身旁，靠在河岸的货堆上，迎着水上吹来的风，听着码头上的嘈杂的声音，凝视着令人困惑的伏尔加河，面对着那来往的船只和活动的人群，他似乎在观察，同时也似乎在沉思。

这里，画家所描绘的高尔基的形象是动人的，他表现了高尔基的坚强的性格，像他自己所描写的海燕似的出现在画面上。图画的右边所展现的辽阔的天空和河面，对于作品的主题具有十分积极的意义，它使我们感到高尔基的思路的宽阔，并把我们带到和作品主人公能够发生共感的环境中，画家通过轮船烟筒和高尔基的头发所表现出来的风，不仅有助于加强伏尔加河上的大自然的真实感,而且也有助于高尔基的海燕般的性格的突出。整个画面的色彩是协调的。由于画家用藏青色的外衣和裤衬托了高尔基的白色的衬衫,因而使他的形象在画面上特别鲜明。

这幅画的成功之处,就在于画家通过平易的画面和平凡的生活环境,描绘了一位作为无产阶级斗士和思想家的高尔基的形象,描绘了一位和俄国"下层"人民的生活有着血肉相连的新时代文豪的风姿。一看到这个形象就立刻使我们联想到高尔基的作品中所表现出来的他的坚强的精神和气质。

这是一只海燕,虽停在这里歇脚,但能使我们感到他就要展翅飞翔。

谈油画《战斗后的休息》

曾荣获1961年度斯大林文艺奖金的《战斗后的休息》(见附图10),是画家涅普林采夫贡献给苏联人民的一幅优秀的绘画。涅普林采夫是列宁格勒的画家,生于1909年,现在是俄罗斯苏维埃联邦社会主义共和国的功勋艺术家,苏联艺术学院的通讯院士。这幅具有高度思想性和艺术性的绘画是涅普林采夫根据苏联诗人特瓦尔陀夫斯基的长诗"华西里·焦尔庚"创作的。这首诗在苏联卫国战争中,在前线曾起了极大的宣传鼓动作用。诗人以极大幽默的笔调所描写的那个忠于祖国而憎恶敌人的红军战士华西里·焦尔庚,是一个快乐而善于讲故事的人,是一个好动而又勇敢的青年。他把快乐感染给周围所有的人,借此来调和战士们在战时艰苦日子里的紧张心情。画面表现的是华西里·焦尔庚这个可爱的人物正给他的战友们讲故事的情景。背景是冬天的前线的森林,焦尔庚蹲在雪地上,手里拿着步枪和一个红色的烟袋正打算吸烟，围着他的有侦察员、坦克兵、步兵战士等，这些人都为焦尔庚的富于表情的动作和有趣的讲述所吸引，而陶醉在愉快的笑声中。从他们的心情上来看，似乎这群可爱的人并非在紧张的前线，倒好像是在什么和平的田野里。

画家创作《战斗后的休息》是想通过华西里·焦尔庚和他的伙伴们，描写出普通苏联红军的、也是普通苏联人的英雄主义和爱国主义的高尚品质。但涅普林采夫的这个艺术主题并非仅仅从特瓦尔陀夫斯基的长诗中而来，而主要是从生活中来的。这就是这幅作品成功的重要因素。涅普林采夫在《我怎样创作战斗后的休息》一文中曾这样说过："自从伟大卫国战争最初几个月起，我就在列宁格勒前线过着军队的生活。在保卫这座被围的城市的艰苦情况下，我曾碰到过无数卓越的人物，和他们处得很熟，而且会叫你一辈子都热爱他们，忘不了他们。"又说："战争的几年当中，这些活的焦尔庚，我曾见得很多。他们在艰苦的时间里，善于用笑话、俏皮话来鼓励同志们，使同志们身心愉快，而且用事实来表现他们真正的勇敢、机智和英雄主义的范例。关于焦尔庚——这一个普通的苏维埃人、伟大卫国战争的英雄——的概念，就是我根据各式各样人物的特征和自己在前方的许多阅历集合而成的。"这些话充分说明了画家在创作之前对部队生活和红军战士的熟悉和对那些人民英雄的敬爱。因而当他描绘部队生活时不能不热心于刻画那些英雄人物的形象，不能不着重地通过形象去表现人物的精神品质。画家的良心要求他把自己心里感动的事告诉人民。也正因为有了上述条件，进行创作时,才能够有很好的概括和集中。

在造型艺术上创造正面典型,把普通苏联人的高尚的精神品质刻画出来,作为人民学习的榜样,这是社会主义现实主义画家的重要任务。在《战斗后的休息》中,涅普林采夫生动而具体地刻画了苏联红军的真实形象,这些形象无疑是概括了苏联红军的本质特征的。苏联红军的共同的本质特征,是他们的高度的爱国主义、革命的乐观主义、集体的英雄主义、革命的人道主义,它们都被画家巧妙地描绘在他的作品中的红军战士的身上。

把苏联红军所具有的优良品质集中地表现在《战斗后的休息》中的人物身上,并不等于说要把每一个人都画成不分彼此的一模一样的人物。一幅优秀的艺术作品应该把社会概括的宽度和个性表现上的明朗性有机地联系起来,人物本身除了共同的性格特征以外,还需要有他自己特有的个性,需要通过这个个性来表现人们的共性。艺术的社会概括的深度,就凭艺术家突出地刻画作为艺术中概括思想的体现者的那个别现象与性格来完成。

《战斗后的休息》这幅作品的成功,是与作者对于人物个性的刻画分不开的。参加红军部队的成员,都是来自各种不同工作岗位的,各人有各人的职业,各人有各人的嗜好、兴趣、习惯,他们的年龄和生活经验也各有不同,因此他们就一定各人有各人的个性。作者认为,要表现出画中每一个人物鲜明的和具体的性格,形象的创造以及英雄的内心情况的描绘是件主要的工作。他要做到在画面上"不致有一个'跑龙套的人物'出现"。在从事于人物性格的刻画时,他根据自己对于前方的那些朋友和熟悉的战士们的每一个人的特点的回忆,反复地检查他的作品,看哪些性格表现得不得当;一面并询问了某些曾经同道参加过战争的、为他担任"模特儿"的复员军人,看他们怎样想像他所画的人物,怎样想像这些人物的基本特点、生活经验和当时的心情等等。

涅普林采夫在创造画中人物的形象时,据他自己说,他尽力选择真实的性格,探索最富有特征的典型人物,以便使观众一看到他的画时,就好像遇见了前线上的友人一样。

由于画家有了以上的努力,因此在"战斗后的休息"中我们就能够首先发现画家成功地创造了华西里·焦尔庚这个典型的形象,这个形象的创造如画家自己所说:"探索华西里·焦尔庚内在的性格,是一件很困难的任务,我曾想尽办法使他和人民概念中的形象相符合,以便在画上不加什么说明,也能叫人一眼看出他就是焦尔庚本人……于是我就把许多人物身上的特征,集合到了焦尔庚一个人身上,并努力把它们结合成一个统一的整体。"这里说的是画家如何把一般性和特殊性统一在焦尔庚身上的问题,为了叫人一眼看出他就是焦尔庚本人,这就是说焦尔庚和别的红军虽有共同之点,但究竟是不一样的,他有显明的特殊性。他和善、诙谐、机智、朴素、愉快活泼,他的谈笑动作有一种吸引人的魅力,这就是人民概念中的焦尔庚的特征。

涅普林采夫除了把焦尔庚这个中心人物刻画成一个富于幽默感的、性格化的典型形象外,《战斗后的休息》中还有几个听故事的人物,他们的神情和性格,也被画家生动而突出地刻画出来了。这些性格的成功的创造,同样的是和画家极其熟悉了那些人物的生平、经历、心理分不开的。涅普林采夫自己对这些人物也有很好的分析:

"坐在焦尔庚左首的一个年轻战士,我是这样地想像他的:他是一个参军不久的集体农庄的农民,对于军事还没有经验。显然,像焦尔庚那样老练的战士,是留给他一个很深刻的印象的。他用充满了热爱的眼光看着焦尔庚,倾听着他的每一句话。后来在胜利的道路上,一直攻进柏林结束了战争时,他已经变成为一个很有经验的战士。他一定已在前线上获得了一套新的专门的技术,以今天来说,他一定已是个参加伟大共产主义建设事业的壮年的积极分子。"

"在画的左首下角边,坐着一个上了年纪的战士。远在1914年,他就参加作战,后来又参加了国内战争。他有丰富的经验,外表精细而整齐,并牢牢地遵守着军人守则——'尽可能地穿戴得整整齐齐'。他在听焦尔庚说故事的时候,胡须下面,隐现微笑,手里始终拿着他的饭盒子,不断地一匙一匙地往嘴里送。

"再次,在焦尔庚的背后,站着一位漂亮的青年小伙子。歪戴着军帽,露出他凌乱的卷发,过去——他是一个大机器制造厂的工人,一贯总是超额完成生产定额的工人,共青团员,工厂文娱业余剧团的积极分子,厂里第一个得到姑娘们心爱的漂亮小伙子。他勇敢、机智,打仗打得很好,讲起故事来也并不比焦尔庚坏,他讲的故事很能叫人心旷神怡甚至会让人着了迷。胜利以后,回到了原来的工厂,变成了一个快速施工运动的创造者。并且和厂里的一个姑娘结了婚,他的爱人,就是他在整个战争中始终小心翼翼地把她的照片和团证放在一起的那位姑娘。"

这样我们就更进一步理解,涅普林采夫是如何集中而生动地创造了"战斗后的休息"中以华西里·焦尔庚为中心的各种不同的典型性格的了。因为作者这样具体地观察、体验、研究、分析过自己所描写的人物,所以在他的作品中能正确地创造出典型环境中的典型性格。

涅普林采夫根据社会主义现实主义的方法,成功地创造了《战斗后的休息》中的普通红军战士的形象,使我们通过作品正确地认识了苏联红军,认识到作为苏联社会力量的本质的东西,并从而得到思想上的教育和鼓舞。

我们看这幅画时,应该不要忘记他们是在前线,然而久经锻炼的人民英雄,在这样的场合也是处之泰然的,因为战争的正义性使他们充满了自信心,使他们相信祖国的明天,使他们乐观,因此他们能在战罢休息的片刻谈笑风生,好像他们并非在前线似的。假如要我们和他们生活在一起,战斗在一起,我们是应该感到多么的高兴呢?这样的作品完全可以达到用社会主义的精神从思想上教育人民的任务,因为它能鼓舞那些忠诚地为人民事业献身的人们的精神,它能使那些在人民的事业中遇到困难而表现悲观失望的人感到惭愧,它吸引我们去尊敬与爱戴那些英雄,并乐意把他们作为自己的榜样。革命战士的英雄品质,当然可以在怒发冲冠地冲锋杀敌时去表现，但人民的英雄即使在非战斗的休息时的谈笑场面中也同样流露着他们的英雄本色。而涅普林采夫却正是采取了一个平凡的日常的场面来加以表达，在这个场面中一方面画家并没有减弱了苏联人民为生存与和平而战斗的决心，而另一方面却更强烈地表现了苏联人民是真正热爱生活与和平的。我觉得这正是《战斗后的休息》的思想性和艺术性高超之所在。而这也正是值得我们一些经常把主题公式限制在某种狭窄题材范围内的画家们学习的。

《战斗后的休息》对于我们中国的画家值得学习的地方是很多的，从如何深入认识生活，如何取材，如何刻画典型人物的典型性格，以及如何致力于人物高贵精神品质的表现，都对我们有示范作用。我们中国的美术作品在今天所存在的普遍缺点，最主要的就是对于人物刻画的不够深刻，甚至很多是公式化与概念化的。这种现象的思想根源，多半在于画家还没有把刻画人物的高贵精神品质与创造典型性格作为自己创作的主要任务；还没有在自己作品中把用社会主义的精神从思想上教育人民的任务认真的担当起来。因此就没有首先在生活中去认真的观察、体会，也没有努力去提高创造人物性格的技巧。我们现在来研究"战斗后的休息"以及苏联画家们的其他优秀作品，对于我们在美术上如何贯彻社会主义现实主义的创作原则，将会有很大帮助的。

1953年9月发表于《文艺报》第18期

谈《归来》

《归来》是苏联名画家谢·阿·格里戈里叶夫的作品。

格里戈里叶夫于1910年生于鲁贡斯克城,1931年在基辅艺术专科学校毕业。从1935年起,他的作品开始出现于各展览会上。从1940到1945年,他参加了苏军的队伍,效忠于伟大的卫国战争。在战后的年代里,格里戈里叶夫创作了若干描绘苏联青年的作品。这使他一跃而列入乌克兰的优秀画家之列。他现在是基辅艺术专科学校的教授,乌克兰苏维埃社会主义共和国的人民美术家,斯大林奖金的数次获得者。《归来》创作于1954年,是他的新作(见附图11),现藏在莫斯科特列恰可夫美术陈列馆。

我国广大群众对于格里戈里叶夫应该是熟悉的,因为他的有名的曾经荣获斯大林奖金的作品《接收共青团员》和《球门手》曾在北京举行的《苏联经济及文化建设成就展览会》上展出过,他的有名的《两分的讨论》也在我国的刊物上介绍过。

《归来》是一幅具有高度思想性和艺术性的风俗画。它取得了一个尖锐的生活主题,并处理得饶有趣味。这幅画描绘了少数苏联人家庭生活中的一个悲剧,揭露了苏联人家庭生活中的新旧思想的冲突,通过这种悲剧和冲突表现了各种人物的复杂而丰富的精神世界。这幅画初看也许并不惊人,但如果我们多看一会就会觉得越看越有意思,就能使我们引起很多的联想。因为这幅画在我们面前提出了一个革命道德的问题,它有力地批评了尚残留在苏联人家庭生活中表现在某些男人身上的资产阶级思想,并歌颂了苏联妇女的崇高的道德品质。这幅画的倾向性是明确的,它对于读者的教育意义是巨大的。它像一篇具有说服力的小说似的,通过人物形象的深刻的刻画和人物之间的关系的有机的联系,使我们看了这幅画会很受感动。

《归来》的内容情节是这样的:经过几年之后,有这么一天,父亲回到了曾被他从前遗弃了的家庭里。他的到来给整个家庭带来了紧张的沉默,像一个为夏日的浓重的阴云所笼罩下的沉默的大地。那么数分钟以前这个家庭的情形是怎样的呢?大概是这样:带着红彩结的小姑娘正把小壶小杯摆在地毯上,款待她的长毛绒小熊。还有一个洋娃娃一本正经地坐在小桌旁。哥哥在准备功课。疲倦了的母亲做完了缝纫工作还得审查儿子的作业,给孩子们补袜子……

门开了,父亲穿着光滑的大衣,戴着讲究的天鹅绒帽子,拿着一个厚大皮包回到了自己久别的家庭里,他连礼物也带来了,大概是给孩子们买了些糖,他大概以为被他残酷地侮辱了的家庭,被他无情地蹂躏了爱情的妻子会原谅他,会以欢笑来迎接他。然而事情完全不是这样子,他有些害臊了,他不知所措地坐在小女儿的小桌上,他把自己带的礼物搁在背后。而小女儿呢,由于怕羞而躲在母亲的身后,她差不多早已把父亲忘记了。可是儿子是记得父亲的,他看到父亲坐下就急忙拿着书绕过了桌子站在母亲旁边,表示不愿接近他的父亲。他几乎不看父亲一眼。在左边的小架上搁着他的全部简单财产:自造的小船、电气小灯以及一些图样。这些东西都在说明着这个孩子的平日的生活。在正面墙上挂着一张幸福的年轻女人的像片,这就是母亲的像片,那是当她还不曾想到会发生这样的悲剧的时候把它挂左墙上的,旁边,还有一个不曾被阳光晒褪色了的长方形印子,说明有一个时期这里曾经挂过别的一张像片。

《归来》的整个画面鲜明地描绘出冲突的两方,一边是曾经遗弃了家庭的父亲,一边是久被遗弃了的母子,他们两方在图画的构图上有着明确的界线和紧张的对峙,但他们并不争吵,也不激动,因为是非冲突着的两方之间彼此都是明确的。画家把儿子和女儿处理得像两个卫星似的围在母亲的身旁,这样就使得在这个家庭中犯了罪的人处于完全孤立的地位,因而也就更加强了作品是非的明确性和父亲所犯的罪的严重性。因此冲突着的双方已经在精神上道德上不是处于平等的地位了,而是一方是良心法庭上的审判者,一方是被审判者。

画家从构图上和形象的刻画上把父亲描绘成一个渺小的在良心面前抬不起头来的罪人,而对于母亲却表现得使我们感到是一位伟大的受人敬爱的妇女,这就是作品的倾向性。我们看过这幅画之后无疑的每个人都会把同情和敬意寄予母亲,都会和她的那两个儿女一起站在母亲的一边,而对于那个父亲却想给予最辛辣的指责。所有这些都说明了《归来》所具有的强烈的艺术感染力和巨大的教育意义。

格里戈里叶夫对于描绘儿童是最有本领的,不论在《球门手》里,在《两分的讨论》里,在《接受共青团员》里我们都曾看到了很多生动可爱的富有个性的儿童和青年的形象。而现在在《归来》里他所描绘的两个儿童也同样是成功的,这两个孩子决不是一种作为陪衬的所谓是"跑龙套"的人物,他们同样是图画里的重要的组成部分。画家在描绘他们时并没有丝毫的放松,他们在图画中对于自己家庭所发生的问题表示了态度,这就使得这两个人物对于图画的主题思想起了积极的作用。我们可以看出这个男孩子是一个聪明而倔强的富有思想和自尊心的可爱的儿童,他虽然还是个小学生,但他已经是很懂人事的了,在父亲遗弃了家庭的日子里他曾和母亲共同分担了家庭的不幸,在漫长的年月里他亲眼看着母亲怎样和凄凉孤苦的生活搏斗,多年来这孩子已经尝尽了由父亲手种的苦果了。现在他站在母亲身旁,他那紧闭的嘴巴,凝固在一个视点的眼睛,以及那个有力的下垂的手臂,都能传达出他此刻内心的极不平静的苦痛心情和对于父亲的怨恨与不能原谅。而画家描绘的那个小姑娘也同样是个伶俐可爱的孩子,她虽然还不懂人事,但也显然为整个家庭的严重的不愉快的空气所感染,她那小猫似的眼睛,从椅背后带着惊慌好奇的神态向外看,似乎在默默地观察动静,但也和母亲不约而同地注视着问题的焦点了。这一切固然是画家主观的安排而同时也是事物发展的本身逻辑。

画家所描绘的母亲的形象,是一个非常感动人的形象,也是一个非常美的形象,从她的姿态和眼睛里表现了她的非常复杂而微妙的感情。苏联的美术评论家阿·卡敏斯基论到《归来》时,曾写道:"我敢说,格里戈里叶夫画中的母亲的形象是苏维埃绘画中最美的妇女形象之一,她的脸并不漂亮,没有愉快的和蔼可亲的表情,不,她的美是特殊的,不平常的,这样的脸孔不单纯是'天然所赐',她体现了一个人的经历,她那伟大而纯洁的灵魂是在困难的生活中锻炼出来的。"画家维·克里马申在《星火》杂志上谈到这幅画时也曾说:"格里戈里叶夫令人信服地说明:瞧,我们苏联的妇女是多么的高尚,请爱自己的家庭吧!"是的,画家所描绘的母亲是有着美丽的灵魂的,她沉思地坐在那里——坐在高度道德的法庭上,以审问似的眼光望着过去的丈夫。无疑的她此刻要考虑很多的问题,她的处境是困难的,为了自己的尊严,但又为了孩子们能有父亲……她要考虑究竟能不能原谅他,能不能宽恕他。虽然她对他的爱情已熄灭,虽然他曾使她熬过了痛苦的孤独岁月。

那么,究竟这个母亲能不能宽恕他呢?显然从图画的情节和形象上并没有暗示这一点,这只能由观众自己去做结论了。我想:画家在一幅图画中只能明确地显示了它的倾向性,表明了他拥护什么,反对什么,从而能引起观众对什么表示爱对什么表示恨,预示了什么有前途什么必然要消灭,也就算很好地完成了它的使命了。要求造型艺术过多地说明问题,有时倒反而会冲淡主题,甚至破坏作品。

画家在《归来》中的任务,显然是要用母亲的崇高形象的光照耀出这个男子的龌龊的灵魂,这是一个鲜明的对照,是要引起大家对于这种由资产阶级思想所支配的对爱人、对家庭、对社会不负责任的行为加以憎恨和指责。

也许有人会奇怪:在苏联为什么还会有这种情形呢?为什么还会有资产阶级思想呢?其实是不足奇怪的,这就因为资产阶级思想的温床在苏联虽然已被消灭,但资产阶级思想的飞尘还会从旧社会遗留下来,还会从国外飞扑进来。因此苏联的思想工作者还必须和资产阶级思想进行不断的斗争。因为这种思想的存在是阻碍人们走向高度文明的共产主义社会的,是败坏苏联人的精神道德的。

在我们中国,资产阶级思想在一个短时期内也不能消灭。因此我们和资产阶级思想进行斗争还要付出较大的力量。我们的革命干部在进城以来,曾有少数人发生过类似遗弃家庭的、对自己的爱人和孩子不负责的行为,这些人为了自己寻求"幸福",不惜把这种"幸福"建立在别人的痛苦上。对于这种由于资产阶级思想所产生的行为,我们中国的思想工作者都有责任和它进行斗争。愿格里戈里叶夫的《归来》的介绍,不仅帮助读者欣赏艺术,更能对读者起思想教育的作用。

1955年3月1日发表于《新观察》杂志

怎样欣赏《黎明》

苏联画家加甫里洛夫的《黎明》(青年勘察者们),是1952年全苏美术展览会中的优秀的油画作品之一(现在陈列在莫斯科特列恰可夫美术陈列馆),画家用社会主义现实主义的创作方法,真实地描绘了苏维埃青年为共产主义而奋斗的高贵的精神品质。

《黎明》(见附图12)是以青年勘察队员们的生活为题材的,画中一共有五个男女青年,他们都是苏维埃国家培养出来的年轻的地质工作者,现在他们来到自己祖国的蕴藏丰富的矿山,扎下帐棚,为了继续开发祖国的资源,为了共产主义社会的早日实现,为了人民的更大幸福,他们辛勤地进行勘察工作。在画中的帐棚的角落里放着勘察队用的工具,通过这些细节的描绘,表现了这些人物的职业和身份。在这个帐棚里有以木箱代替的桌子、凳子、床……说明了这里的主人们的居住的临时性与生活的艰苦性。画中的五个青年,其中有两个女青年熟睡在床上,这是由于她们辛勤地工作了一天之后很疲劳,现在在享受着甜蜜的美梦。但其他三个青年并没有睡,其中的两个像一对塑像似的坐在桌旁,面对着桌上的地图和黑色的矿石在电池灯光中出神,另一个却立在刚刚敞开了的帐棚的门口向他们的征服对象——矿山瞭望。从画面上可以看出现在是黎明了,因为虽然帐棚里有灯光和睡觉的人,可是外面的山景已看得分明,呈现了一片黎明时的美丽的景色。正因为这样,所以画家便根据画面所表现的时间把这幅画叫作《黎明》,因为黎明这个时间是和这幅画的主题思想有密切关系的。

　　以上所分析的是《黎明》这幅画的具体内容,那么画家究竟通过了这些具体内容的描绘向我们表现了什么主题思想呢?

　　《黎明》是一幅歌颂苏联青年的图画,它是以灯光旁边的那个穿白衬衣的男青年为中心人物的,在画面的构图上和色彩明暗上,画家都把他摆在一个最重要和最突出的地位。而画面的中心人物,即摆在画面最重要和最突出地位的人物却经常是画家所要集中描绘的对象,同时也经常是与画中所要表现的主题思想最有关系的部分。其他的事物都是围绕着这个中心,为了加强这个中心使主题更加明确突出而存在的。因此《黎明》这幅画的主题思想就必须首先通过画中的中心人物去找。人物画的主题思想是否明确深刻,是由画面构图上的人物之间的关系是否明确和人物形象的刻画是否有性格,是否深刻来决定的。因此画面有了中心人物还不能保证主题思想的明确和深刻，而是只有在构图上很好地根据事件发生的具体情节，真实入情地处理了人物之间的关系，并创造了深刻的典型性格才能使作品具有高度的思想性和艺术性。总的来说，艺术作品的思想是通过形象的刻画来体现的，没有深刻的形象也就没有深刻的思想。我们要认识作品的思想就凭作品的形象刺激我们的感官，用画家在画中通过形象所体现的情感感染我们，引起我们的共鸣，引起我们对作品中的人物表示爱或恨而实现的。

现实主义艺术的力量和意义就在于，它能够而且必须发掘和表现普通人的高尚的精神品质和典型的、正面的特质，创造值得做别人的模范和仿效对象的普通人的明朗的"艺术形象"。在"黎明"中画家较为典型地创造了一个普通的苏联青年的形象，这是一个性格分明的真实的形象，通过他表现了苏联人民生活的本质和苏联社会的本质。这里展示了为共产主义奋斗的苏联人民和自然之间的矛盾。然而这位未来的共产主义社会的主人翁在困难面前并没有低头，他顽强地和他的伙伴们一同用他的智慧与决心和困难作斗争。从画面可以看出这位年轻的地质工作者，由于他效忠于人民的事业，和他的两位伙伴已经共同紧张地工作了一夜了，现已黎明而他们所研究的问题还无结果。然而我们从他的专注的神态上，从他那顽强的性格和坚决的表情上使我们确信他一定会胜利。当然，画家在这里并非要向我们提倡为了工作不要睡觉，如果这样来看文艺作品那就错了，而是要通过一夜没有睡一直工作到黎明的这一事实，突出地表现这些青年的个性、品质，表现他们为了共产主义事业的奋不顾身的战斗精神。这是艺术上的集中表现的一种手法。因此，单就画面来说，正在睡觉的那两个女青年对于未睡的这些男女青年也就起了某种对比的衬托作用。画家所创造的这个有决心的青年的形象是感人的，这里他向我们宣传了一种幸福的生活需要用智慧与顽强的斗争去争取的思想，以及鼓励人们去和困难作斗争的精神。日丹诺夫曾说："苏联年青的一代必须加强社会主义苏维埃制度的力量和威力，必须完全利用苏维埃社会的动力来求得我们的物质福利和文化的空前未有的新的繁荣。为了这些伟大任务，应当把年轻的一代教育成坚定不移、生气勃勃、不怕阻碍、敢于迎接这些阻碍并善于克服它们的人"（见日丹诺夫：《关于〈星〉与〈列宁格勒〉两杂志的报告》）。加甫里洛夫在"黎明"里的艺术创造，正是符合于这种精神的。

因此，这幅画就向我们塑造了一个值得仿效的榜样，让我们学习。我们祖国正处在一个社会主义工业化和社会主义改造的热潮中，在我们面前将会有很多困难，而不论大小困难却都是需要用我们的智慧、决心和创造性的劳动去克服的。因此"黎明"这幅画对于我们就有很大的教育意义。

附记：

加甫里洛夫的油画《黎明》和我写的《怎样欣赏〈黎明〉》"一文在1954年第9期《中国青年》上发表后，不久就收到了很多读者的来信，对我的文章表示有不同的看法。《中国青年》

把马杏垣同志的来信作为代表发表于1954年该刊第14期。信的内容如下：

编辑同志：

我是一个地质工作者，看了本年第九期"中国青年"里的题为《黎明》的一幅油画，我非常喜欢。不过对于力群同志的《怎样欣赏〈黎明〉》的解说文中的某些分析，我有些不同的意见，如力群同志在该文第二段第七行中说，"其他三个青年并没有睡"；在第五段第七行中说，"从画面可以看出这位年青的地质工作者……和他的两位伙伴已经共同紧张地工作了一夜了，现已黎明，而他们所研究的问题还无结果"；又在同段第十二行中说，"正在睡觉的那两个女青年对于未睡的这些男女青年也同在画面上起了一种对比的衬托作用"等几处，我想是和地质工作者的工作情况不很符合。

我的看法是这样：画面上的五个人，按照苏联地质工作队的编制，应该是属于一个地质小队（是大地质工作队的基本组织），其成员分队长一人、地质师一人、技术员一人、采集员二人、工人二人（一般是六人，地质师即队长）。我想画面上画的是除了工人以外的那些人物。因为画的不是帐棚的全部，所以工人同志没有画出来，画面的中心人物，我想是队长，和他在一起看图的是地质师，站在帐棚外边的是技术员，他们三人起得很早，因为他们三个是小队的主要负责人。那两个在睡觉的女青年我想是采集员（一般是由大学尚未毕业、出来作实习的学生担任），负的责任小些，可以多睡一会儿。这里并非是对未睡的男女青年"起了一种对比的衬托作用",而是表现了苏维埃青年的那种互助友爱和互相关怀的精神。我想这样解释比较合理一些。因为按照苏联地质工作者的习惯,一般是睡得早,起得早,保证有充分的休息,一般不容许通宵工作的。如果地质工作者一夜不睡,必然会弄得精疲力竭,头晕脑胀,影响第二天不能精力饱满地工作。

总的说来,我觉得力群同志的文章对我们欣赏这幅画是有很大帮助的,而且也是分析得较深刻的。但由于我从事地质工作,对这幅画有这样一点体会,所以提出上述意见,请考虑。

此致
敬礼
马杏垣上

这封信,《中国青年》编辑部事先是给我看了的,我当时想:分析一幅艺术作品,固然主要应根据作品本身,即作品的人物形象(或自然形象)和画面的生活情节,但也有赖于对被反映的时代和生活的熟悉,以及对于作者思想和创作意图的了解。只有在这些方面掌握了材料,进行了研究,才有可能对作品作出可靠的解释和评价。而我却仅仅根据了对于被反映的历史时代的了解和作品本身的研究,这当然是十分不够的,因而也就缺乏自信,不敢坚持自己的意见。

当然,仅仅根据狭隘的生活经验或某种生活知识而不重视作品本身的研究和作者的创作意图,也可能犯经验主义或教条主义的错误,而对作品发表不正确的意见。但我还是非常尊重作为地质工作者的马杏垣同志的意见的,因为我毕竟既不熟悉勘察工作者的生活也不知道作者的创作意图。所以虽然我思想上并未真正搞通，也只好暂时同意"中国青年"编者按语中所说的"……其中马杏垣等同志提的意见尤较重要，也是正确的"的说法。我想真理是迟早要弄明白的，待以后再说吧。

1957年11月我趁访问苏联之便，有幸在特列恰可夫美术陈列馆亲眼看到《黎明》的原作，并听取了该馆女说明员对这幅画的讲解。当我听到她的分析和我的看法完全一致时，我几乎有点不相信自己的耳朵。因而我提出问题，问她是不是根据作者的创作意图来说的？她说她是根据自己的研究来讲的。于是我向她说明了关于这幅画在中国发生的一场风波。当时马上围上一群苏联观众，他们也表示了对说明员的讲解的赞同。后来这位女说明员给我打来电话，告诉我加甫里洛夫的创作意图和她的解释没有矛盾。并告诉我他的地址，要我和作者直接联系。不巧加甫里洛夫不久就离开莫斯科了，我失掉了访问他的良机。因而我只好在告别苏联时给他去信，提出问题，求他答复。

回国后不久，加甫里洛夫的回信来了，我以十分兴奋愉快的心情译出了他的信。内容如下：

亲爱的力群同志：

请您原谅我对于您的来信的答复有点拖延。

谢谢您的关心和非常有趣的礼品，我现在答复您所感到兴趣的几个问题：

我于1923年生在莫斯科，1941年毕业于莫斯科中等艺术学校。卫国战争结束后，进了莫斯科苏里柯夫美术专科学校。于1951年毕业。

我写给您我的一些图画的名称，这些作品曾出展于全苏美展，得到了观众与报刊的良好的评价。

1950年——创作《拉吉雪夫。

1951年——创作《苏里柯夫》(毕业创作)。

1952年——创作《黎明》(青年勘察者们)。

1954年——创作《五月》北方的夜。

1957年——创作《战斗后》和《和暖的夜晚》。我现在详细地谈谈对您感到兴趣的图画《黎明》。

1952年的春天我动身往贝加尔湖，在这里我和大学生、地质学家、地理学家们生活在一起。我在这幅画中所画的就是他们。

我是这样的来考虑这个图画的：青年人长久而顽强地在处理对他们感到兴趣的问题。但是他们不容易解决这些问题。疲倦了的姑娘们已经睡着，在她们里面的一个姑娘的旁边放着未曾写完的家信。第二个姑娘梦到了什么美好的事情所以带着微笑在睡着。精力充沛的人们不就寝而继续工作。

我表现得怎样，您会有更好的评定。

现在我为了创作新的作品，要重新到贝加尔去收集材料，并再次描绘关于青年的作品。

我非常高兴接受您要我到中国去的倡议，只要一有可能，我一定要来。

如果您将来再到莫斯科，请您务必来我这里。

此致衷心的敬礼!

加甫里洛夫

莫斯科1938年1月31日

我们看了加甫里洛夫的信,就了解到作者的创作意图了,这对于研究《黎明》无疑是一个很好的帮助。当然也有这样的情况,有时候作者的主观意图和作品的客观效果会有矛盾。但如果真有这种情况,对于一个革命的作家来说只能说明他的作品是失败了。然而"黎明"绝不属于这一范畴。作者既了解生活,又有较高的技巧,他的作品忠实地表现了他的创作意图和明显的主题思想,因此《黎明》被大家公认为一幅成功的作品。

有人难免要问:"你当初倒底是根据什么认为那些青年是一夜未睡而一直工作到黎明的呢?"我首先是根据画面人物之间的关系,以及作品所显示的生活气氛和三个青年的有些倦意的神态,之后也考虑到作品叫作"黎明"的意义,以及黎明与主题的关联,主题的积极性;同时也结合了我自己的生活经验,并考虑到桌面上烟盘中的那么多烟蒂,它在作品中要说明什么……诸如此类,联系起来思考,使我认为他们是一夜未睡的。

自然,我们也应该承认,造型艺术在描绘生活情节时有着一定的局限性,因为它描绘的只是生活的一个片段,一个静止的瞬间,一出哑剧的一瞥。加以它的主题思想又不是论述出来的,而是通过形象让观众体会出来的,因而有时候就不是令人一目了然的,可能发生观众之间彼此不同的理解。

这虽然有时作品也应负一定责任,但也不能因此就否认一个成功的作品应有的正确理解和正确的说明以及它应得的评价。

当然,我的意见还可研究,请读者们提出新的不同的意见吧!

1958年4月于北京

谈《刚出版的车间墙报》

列宁格勒的青年画家阿·列维亭和尤·屠林,他们通过生动的人物形象和丰富的人物性格的刻画,创作了《刚出版的车间墙报》,大胆地反映了生活的真实,反映了生活中的矛盾和冲突。因此,他们的这幅富有戏剧性的作品在1952年全苏美术展览会中展出时,被认为是最优秀的作品之一,受到了观众的热烈欢迎(见附图13)。

《刚出版的车间墙报》是描绘在一个大工厂的宽大明亮的车间里,当休息的时候,工人们悬挂出了刚出版的墙报。看样子,这个墙报是办得很好的,正像我们在工厂中常见的那种墙报,它是以表扬生产中的优点和批评工作中的缺点,表扬模范工人和批评落后分子作为推动生产、教育工人的有力武器。因此,它的出现,立刻就吸引了很多的读者。在看墙报的人群中,那个最引人注目的穿红背心的青年工人,显然是在工作中犯了错误而被墙报的文章批评了的人。他大概是一个惯于制造废品的懒汉。但从他的姿态和表情上看,他对于墙报的批评还没有表示虚心接受,而是显得有点不以为然的样子,因而引起了大家的不满,引起了他的女友以严厉的责备的眼光对他注视。然而和他站在一起的一个最小的工人,对于墙报的正确的批评却表示着热烈的欢迎。在墙报对面的较远的地方站着两个人,那个年老的好像是车间的领导人,那个年轻的好像是工厂的工程师,他们正以较为冷静的姿态站在那里讨论着墙报所批评的事件。这就是这幅画的基本内容。

在这幅画里,画家从色彩的处理上和构图的位置上都把那个穿红背心的青年安置在一个最显著的与最重要的位置上,显然他是这幅画中的中心人物,他是画中的冲突和矛盾的重要的一面。然而这种冲突和矛盾毕竟是属于工人内部的,所以画家不但从构图上把穿红背心的青年工人处理的使他站在大家的中间,而不是站在大家之外,并且对于他的形象也没有加以丝毫的丑化,使人感到他还是一个聪明的可以教育的青年。画家把人物之间的矛盾和冲突表现在人物的不同的精神状态上,表现在目光的互相对峙上,这种处理是直接关系到作品的思想性的,这种处理是十分正确的。从人物的精神状态上看,站在正确方面的以女友为代表的人们都表现的理直气壮,在画面上显得强大;那个犯了错误的青年,面对着大家,虽然暂时还没有低头,但却表现得理屈词穷,在画面上显得孤立狼狈。从这里就直接显示了画家对于矛盾和冲突双方的态度,表现了作品的主题思想,表现了作品的倾向性和画像的党性。说明画家在拥护什么，反对什么，从而使读者也受到作品人物形象的思想感情的感染，而与画家有所共鸣。从这里也就会使我们预感到这个青年在大家的关心与批评教育之下，终于要改正错误的前途。这幅画正是一个有力的批评武器，它对于那些对集体事业表示不负责任，对批评不虚心接受的人将是一个有效的教育。

《刚出版的车间墙报》是一幅以工厂为题材的作品，然而画家并没有把机器作为重要的描绘对象而津津有味地去描写，机器在这里是作为一种背景，作为描写人物的具体环境而出现的，在这里画家把机器画得非常模糊，它们的作用仅仅在说明人物活动的场合和人物的身份，画家要集中精力加以描写的是人。虽然墙报在这里是作为故事情节的引线而出现的，但画家并没有描写墙报，我们所能看到的反而只是一个墙报牌子的背面。然而在这幅画上我们似乎比直接看到墙报所了解的东西还更加深刻。这是出于什么缘故呢？这是由于画家根据主题情节明确地刻画了人与人之间的关系和人物的不同性格、不同表情的缘故。整个说来，这幅画的构图是十分成功的。

穿红背心的青年在犯了错误之后，在严厉的批评面前，那种一只手插进衣袋中、一只手拿着纸烟的姿态，总使人感到他是一个有点吊儿郎当的人，因而能使我们联想到他是一个对工作不够负责的青年。这就是图画上所表现出来的这个青年工人的性格特征。他在这里是作为集体事业中的落后人物的代表出现的，是作为一种使工作停滞不前的根源出现的,而根治这种根源就需要批评。这幅画中所刻画的有着严厉的批评目光的那个女工人,从她的性格中可以看出她是一个对人民的事业有着高度责任感和原则性的人,是一个坚强的做事认真的人,因此看到即使是自己男友的过失也不能容忍。画家在这个作品里,对于每一个人都作为同样重要的对象加以描写,使他们各有各的生命,各有各的个性,因而加强了形象的表现力,丰富了作品的内容情节。

看了《刚出版的车间墙报》使我们有很多感想,我们的画家曾画过很多关于工厂题材的图画,有不少作品总是在津津有味地描绘机器;有的作品在表现生产方法和技术上的某种成就;有的人总是借助于在图画中描绘工厂墙上的标语文字来显示作品的政治内容及其倾向性。所有这些作品的共同缺点,是不懂得通过描绘生活本身、描绘人物之间的真实关系和人物的性格来表现人物的思想感情,从而表现作品的倾向性。我觉得阿·列维亭和尤·屠林的《刚出版的车间墙报》,不论是题材的处理或是形象的塑造,对于我们的画家如何表现生活中的矛盾和冲突,如何处理工厂题材,如何刻画人物形象以及如何表现作品的政治内容和倾向性等等,都是极有参考价值的。

1954年7月发表于《美术》杂志

谈《垦荒者的第一个孩子》

苏联造型艺术的特色就在于关怀人民的事业,关怀祖国的进步,关怀人的精神品质的提高,坚持社会主义现实主义的创作道路。在绘画方面党对于新生力量的培养是非常重视的,而他们的战绩也有较高的水平。这里介绍的阿·鲁曾科作的《垦荒者的第一个孩子》(见附图14)就是陈列在苏联第四届高等美术学校毕业生作品展览会上的展品。

这位青年画家把垦荒者的生活作为画题是很有意义的。我们知道苏联的党和政府,在1953年苏共中央9月全会之后,对于农业生产的提高有了更进一步的重视,因而动员了很多青年到东部地区去开垦荒地。"垦荒"这句话在苏联人中间是很流行的。在旧俄的沙皇时代,东部地区是可怕的流放地,是毁灭青年革命者的青春的监狱。而现在却成了青年创造新的城市和新的乐园的基地,成了祖国创造新的财富的源泉。因此有关垦荒的题材成为青年画家乐于描绘的对象,这决不是偶然的。但垦荒,这虽然是很富于诗意的工作,可是也是十分艰苦的任务,因而有一些在困难面前低了头的青年,走到垦区之后不久就又回到莫斯科了。他们没有在垦区安家落户长期居住成为新的城镇的创业者的崇高理想。因而青年画家歌颂了在垦区生下第一个孩子的垦荒者,我们就不难理解这幅图画的积极的主题思想了。生第一个孩子,这本来是十分平常的事。然而作为从西部来到苏联东部地区从事垦荒的青年人来说,在那里生下第一个孩子就有无限深刻的意义,就意味着他们已经在那里安家落户,这件事对于他们内心所起的感想是特别丰富的。这第一个孩子象征着垦荒者和自然作斗争的胜利,象征着他们在东部地区建设的成绩。通过这个孩子的诞生显示了垦荒者成为胜利者的欢喜心情,显示了这些胜利者的美好而幸福的生活前景。

我感到这幅画的取材和构思是很有意思的,是不一般化的,下面我们来看看它的艺术表现方法。

这幅画的构图是一个祝贺的场面,好像孩子已经满月了,主人的朋友和同志们才给他庆祝。来宾都带着礼物,有的拿着鲜花,有的抱着糖果盒……这些礼品,一面造成了画面上热烈的祝贺气氛,一面也有助于看画的人一目了然地识别谁是主人公,谁是来宾。当然画面的"道具"是起着帮助读者理解图画内容的作用的,但识别宾主更主要的还应从人物的姿态表情和人物之间的关系上来看。显然根据画面人物的视线和表情我们可以看出站在左边的手托在椅背上的那个青年是男主人公,他当着来宾拍着他的肩膀向他祝贺时,从他的表情上看似乎还有点不自然,有点害羞,这往往是初做了爸爸的男人难免的心理状态。那么哪一位是女主人公呢?这好像比识别男主人公要困难些,因为在画面右边站着两个女人,她们的手里都不拿着礼品,一位身穿米黄色的上衣,一位身穿红色的上衣,这两位妇女究竟哪一位是孩子的妈妈是比较要费一番思索的。因为这幅画反映的是苏联人的生活,我们对他们的生活到底不像对我国人民的生活那样熟悉。但根据人物的姿态、表情、动作以及在画面上所处的位置来看,我们可以感到穿米黄色衣服的妇女是孩子的妈妈。当客人在欣赏着她的"作品"时,她面对着她的"合作者"表现了多情而会心的微笑。她的容貌是一个比较典型的美丽的少妇的容貌,她的性格令人感到是如此的心地开朗,如此的多情而善良。说到这里那么那位穿红衣的妇女究竟是什么人呢,她可能是隔壁的邻人吧,她的手拍在主妇的身上,似乎颇为羡慕呢。画面人物的面向和视线时常是引导着读者去注意的地方,因此虽然孩子的形象未曾在画面上明确出现,但根据红衣女人和图画最前面的一个穿白上衣的来宾的动作和视线,把我们很快地引导到小床内了,使我们知道这个婴孩幸福地躺在那里。他(她)一定是生得很漂亮,所以引起了欣赏者们的醉心的爱慕。

　　从构图上来分析,这幅画基本上分成了两组,一组以男主人公为中心,一组以女主人公为中心,每组四人(婴儿没有画出,暂不算他或她),通过女主人公和一位女来宾的视钱,使两组之间有了联系。而婴儿在图画的内容上说也是很重要的,所以作者使画中两个人的视线看着他(她)。这位看着婴儿的男来宾,他的身体俯下来,还有另一种作用,就是使得人物有了变化(不致于都是直立,形成画面的单调)。这种构图上的处理固然是根据画面的需要,但更重要的还必须首先根据生活的逻辑和生活的真实,画家必须以后者为主导使两者之间有机地结合起来,否则就会形成"以词害意",即为了形式而损害了内容。

从画面的色彩来说,基本上是暖色的调子,这和图画内容的欢乐气氛很协调。

这位青年画家的意图,是想通过垦荒者的第一个孩子这一题材,来塑造共产主义教育下的苏联新的青年的思想品质和新的精神面貌。他刻画了一群性格明朗富有乐观主义精神的青年,这是我们可以从画面上感觉到的。

这是一位毕业生的作品,当然还难免有许多缺点,如男主人公的形象还不够令人满意,垦荒者们的理想的坚强性格还不够突出……但我想我们还不应该用列宾的水平来要求这幅画。作为一个学生的作品,就算不坏的了。

1957年4月发表于《中国青年》第8期

一幅为儿童创作的优秀宣传画
——谈苏联画家达茨盖维奇的《要学会什么都自己做》

苏联画家们是非常注意为苏联的儿童服务的,我们曾经看到许多有名的画家为儿童读物所作的出色的插图。例如去年在北京举行的苏联经济及文化建设成就展览会上就给我们大家看到了名画家达·亚·杜宾斯基为有名的儿童读物盖达尔的小说《丘克和盖克》作的精彩的插图。我们也时常从银幕上看到苏联画家为儿童创作的精彩的动画片;此外,我们从北京的国际书店里也时常能看到苏联画家为儿童创作的油画、政治宣传画……现在为了纪念"六一国际儿童节"我想谈一幅苏联画家为儿童创作的宣传画。一面为了研究这幅画,从而引起中国儿童向图画中的主人公学习,一面也为引起我国画家们注意,更多的为中国儿童创作一些画。

苏联政治宣传画家达茨盖维奇1954年创作的《要学会什么都自己做》(见附图15),是一幅为儿童创作的优秀的宣传画。这幅画通过一个平凡的生活事件表现了一个爱劳动的重大思想主题,通过一个认真地自己动手为自己钉纽扣的小学生的形象,表现了苏联儿童的美好的精神品质。这幅画虽然是为苏联的儿童画的,但是中国的儿童也完全能够看得懂,因而对于中国的儿童也是完全有积极的教育作用的。

政治宣传画是苏维埃造型艺术中最富群众性和战斗性的一种艺术形式,它和一般的绘画是有区别的。加里宁曾经很确切地说到了宣传画的特点,他说:"如果允许那样对比的话,那么我可以说,绘画图片是宣传,而宣传画是鼓动。"正因为宣传画是鼓动,要求在很远的距离来看就能发生效果,所以宣传画的人物形象愈生动好看、愈醒目突出、愈有深刻的表情和显明的性格,宣传画的结构处理愈有高度的简洁性和高度的明确性,画面愈单纯,色彩愈鲜艳,口号文字与图画愈有有机的结合,那么就愈能完成鼓动的使命,而艺术价值也就愈高。

《要学会什么都自己做》是基本上具备了这些特点的。这幅画的好处是,它首先突出地描绘了一个具有思想性的儿童形象,这个儿童是聪明可爱的,从他那广阔的额部和那富有意志的有着坚强性格的面部形象和结实的两臂,都给人以一种有力而健康的感觉,使人感到他是一个善于思考问题而又善于克服困难的儿童,而不是什么都要依靠大人的、娇生惯养的无能儿童。他把劳动看作是自己应该做的,是一个作为少年先锋队员的儿童应有的高尚品质。画家通过宣传画所塑造的这个形象,是当得起作为儿童榜样的人物形象。此外,这幅画虽然还有一些环境的描绘,但它却完全有别于一幅绘画的处理,它已经被压缩到再不能压缩的地步了。这些东西的存在,不仅为了帮助说明这个儿童的身份和生活,而且也为了画面的色彩和构图的需要。例如在椅背上放着的红领巾,就首先通过它告诉了我们图画上的主人公是一个少先队员,而另一方面这块红色不但起了衬托小孩子的身体和他的手中的白线使其突出的作用,而且使画面的色彩也鲜艳起来了。至于墙壁上书架上的书籍和小小的飞机模型,也不仅是为了在构图上填补画面空白,而更重要的是说明了儿童的爱好和他的学习情况。画家在描绘这里的书时,并没有不花思考地概念地来表现书。这里画着一本平放的书,这本书不是一般的书,而是真正的儿童的书,因为它已经被翻阅得非常不整洁而成为一本很破旧的书了。单在这本不一般的书上,就不仅使我们感到这是真正的被儿童读过的书,而且通过这本久经翻阅的书,也何尝不能使我们联想到这个儿童的学习的努力和他的学业的优良呢。因此这些极其简略的绘画"道具"就决不是可有可无的东西。它是对主人公身份和性格,对于作品的主题思想起着积极作用的。

我们时常可以看到我们某些画家的作品,为了构图或者为了需要某种"道具"而生硬地把这些东西加在画面上的现象,结果使人感到加的很勉强很不自然。然而画家达茨盖维奇在《要学会什么都自己做》这一幅画里所处理的红领巾却是非常好的,当这个带红领巾的儿童需要脱下自己的衬衣钉纽扣时,把自己心爱的红领巾很慎重地放在椅背上是非常自然的。因此这幅画从各方面都使我们感到亲切真实。

愿做了父母的同志能把这幅画介绍给自己的孩子,并在日常生活中注意培养儿童的劳动习惯以及尊敬劳动人民的思想。愿开始懂事了的儿童向图画中的小朋友学习,不要什么事都要大人帮助做。应该懂得劳动是最值得尊重的事,因为劳动创造了世界,我们的社会主义建设,也是要由大家的两手创造的,而轻视劳动是剥削阶级的思想。

因此,将要成为祖国未来社会主义建设者的孩子们就应该要从现在起学会什么都自己做。

1955年6月1日发表于《新观察》杂志

谈库克雷尼克塞的两幅漫画

苏联的政治讽刺画,自十月革命以来,在社会主义发展的各个时期,在无产阶级和国内外的敌人进行尖锐的政治斗争中,作为一种艺术的战斗武器是起了揭露敌人、教育人民的积极作用的。

苏维埃的政治讽刺画之所以能发生如此有力的作用,是由于苏联共产党用马克思列宁主义的思想武装了政治讽刺画家的头脑的结果。是由于画家们有坚定的政治立场的结果。因而画家们能随时为保卫社会主义祖国的利益和党的利益,以及全世界劳动人民的利益,和一切敌人进行战斗。画家们没有一天离开过自己的战斗岗位,警惕和敏锐地注视着帝国主义者的阴谋,无情地揭穿画家们的伪装,在全世界人民面前暴露了画家们的真面目。与此同时画家们也以其敏锐的眼光随时揭露帝国主义阵营的内部矛盾和画家们的一切丑态。所有这些都是有利于我们从政治上击败敌人,并让人民从本质上了解国际政治事件的真相,对战争挑拨者发生无比仇恨的心情。总的说来,画家们在为争取各国人民间的和平与反对新战争贩子的斗争中作了可贵的贡献。

苏联杰出的政治讽刺画家有库克雷尼克塞、叶菲莫夫、甘夫等人,这里我想谈谈库克雷尼克塞的两幅作品。

《库克雷尼克塞》并非一个人的名字,它是库普里亚诺夫(生于1903年)克雷洛夫(生于1902年)和索柯洛夫(生于1903年)的集体笔名。

库克雷尼克塞三人的共同创作还在莫斯科国立高等工艺美术专科学校时代就开始了。在多年的合作中,这个不平凡的集体创作了很多优秀的作品,它们以其统一的和完整的风格为其特色。他们不仅合作政治讽刺画,而且也合作油画、宣传画和书籍插图,并在每一个方面都显示了他们的非凡才能与杰出成就。

库克雷尼克塞的政治讽刺画的特色,就在于其内容的深刻性,形象的幽默感,以及技巧上的纯熟与构思上的巧妙和富有独创性。这些特色构成了他们的作品对于每一个读者的魅惑力,使他们看了发笑并对政治问题得到解答,对敌人深感痛恨。

我非常喜欢库克雷尼克塞的政治讽刺画《华尔街理发店》(见附图16)。华尔街指的是美国的资产阶级统治集团,这里描绘的是第二次世界大战后美国与英国之间的财政会议,这个会议是当贝文作英国首相时在美国的京城华盛顿举行的，所以名为"华盛顿财政谈判"。坐在椅子上的狮子是代表英国的，这里显明地揭露了这次谈判的实质，形象地描绘出英国在战后的处境。而美国却趁它经济困难的时候在发大财，这里把华尔街的对外政策十分尖锐、真实地表现出来了。他把那挂着华盛顿财政谈判围巾的已经瘦弱憔悴的大不列颠狮子的毛剪得光光的，切断了的一节尾巴露在装着狮毛的口袋外面，理发师用那剩下的一节尾巴把这位倒霉的顾客紧紧地拴在理发师的椅子上，怕他跑掉；狮子以不得已的、哭笑不得的样子面对着镜子，不知作何感想。然而那心狠的理发师还要剪掉它头上的最后一把毛，这就是华尔街老板们对于他们的"朋友"的贪得无厌的掠夺和损人利己的真实写照。这幅画的构思和比喻是如此的巧妙，它恰如其分地反映了帝国主义国家之间的内部矛盾，那狮子的形象愈看愈觉得好笑，那理发师眼睛的一长一圆，以及嘴巴紧闭的神情，那大剪刀将要发出"霍察"一声巨响的情景，处处都能描绘出一个狠心人的表情。这幅画的线条是如此的有力生动，形象的塑造是如此耐人寻味，真是一幅具有高度思想性和艺术性的漫画。它揭露的虽然是二次世界大战后英美在华盛顿谈判的一件具体事实，但却具有典型性和永久性，这又何尝不是战后美国对待英国的一贯态度呢？因此说它描绘了战后英美之间的长期矛盾也是恰当的。所以这幅漫画不但在它创作的当时具有政治意义，就是在今天也还是有其现实意义的。

1950年6月25日美帝国主义者在朝鲜发动了侵略战争后，库克雷尼克塞于1952年创作了一幅《在朝鲜的美国"文明"》(见附图17)。作者把一幅画分作上下两段,上一段描写美军屠杀朝鲜人民的罪恶行为——这是美军侵朝的现实现象;下一段描绘了由于朝鲜人民的流血而使美国资本家增加了收入——这是美军侵朝的现实本质。一幅漫画把战争事件的现象和本质都同时通过令人信服的形象揭露出来,这正是漫画的特长。这两幅似乎割裂为二的图画,作者用朝鲜人民的鲜血把它们联系起来,使人感到这之间的关系,同时也很显明地说明了朝鲜人民的流血对于美国资本家究竟有什么好处。这幅漫画就像一篇政治论文似的,把一件包着各种伪装的国际政治事件给彻头彻尾地揭穿了,一看这幅图画就令人对朝鲜的苦难人民发生无限同情,对杀人犯和主谋者产生无比的仇恨。这幅漫画所体现的爱憎感情是如此分明,内容是如此深刻,构思和布局是如此具有独创性,因此也是一幅有高度思想牲和艺术性的作品。

库克雷尼克塞的这些作品中的形象能长久地活在我们的心中,就充分说明了它们在艺术上的感染力和战斗性。

拉乔夫的动物画

叶夫格尼·米海洛维奇·拉乔夫为儿童书籍作的动物插图在苏联绘画中是特放异彩的。虽然它并不是什么惊人巨幅,但却是饶有趣味的。他的作品现在已经成为全世界广大儿童共同爱好的精神食粮了。

拉乔夫的动物画,其实何尝仅仅是儿童的读物呢?就是成人看了也是深感兴趣的。

拉乔夫生于1906年,父亲是工程师,母亲是医生,受美术教育于克拉斯诺达尔地方的美术技术师范学校。最先在基辅、哈尔科夫等地独立工作,从1937年起受儿童出版社的邀请到莫斯科开始从事儿童书籍插图工作。在卫国战争期间,他曾从事于部队的报纸工作。拉乔夫今年已五十二岁了,对插图事业很感兴趣,以能作全世界儿童的忠实朋友为荣。由于他在这一工作上的显著成绩而获得俄罗斯苏维埃联邦社会主义共和国功勋艺术家的光荣称号。

这里介绍的是拉乔夫画的匈牙利民间故事《两只贪馋的小熊》中的一幅（见附图18）。这个故事描写在一片稠密的森林里，住着一个牡熊，她有两个孩子，当长大起来时，他们打算到世界上去寻找幸福，就和妈妈告别了。他们走了一天又一天，终于把自己从家里带的干粮吃光了。正在肚子饿的时候，突然找到了一个干酪，为了平分这块干酪就争执起来。这时走来了一个狐狸，小熊们向它说明了情况后，狐狸就提议让它给小熊们分。但是它分开的干酪并不均等，一块大一块小，小熊们很不满意，狐狸就给重新分。它在较大的一块上咬了几口，吞下去，就把大的变成小的。但结果还是不均等，小熊们仍然不满意。它就又在较大的一块上咬了几口，结果大的又变成了小的。如此不断的分，不断的咬，当最后把两块干酪分平均时，仅仅剩下极小的两块了。

狐狸说："好啦！虽然少，但是平均；小熊们愿你们胃口好！"于是摇了摇尾巴就跑掉了。

这里选的一幅就是狐狸拿起干酪正准备给小熊们分的时候的情景。

图画的文字内容是：

"噢，你们为什么争吵呀！年幼的孩子们。"狐狸问。小熊们向它叙述了关于他们自己的不幸。

"狐狸说：这算什么不幸呀！来，让我给你们平分开，不论弟弟和哥哥，大家都可分得一样。"

"小熊们高兴得说：那太好了！分吧。"

狐狸拿来干酪把它分成两半。

拉乔夫的动物画的特色就是他能赋予他画的动物以人的精神,使它们人格化。其次就是他的作品的生动性和幽默感,这些就构成了他的插图对于儿童的魅惑力。拉乔夫曾说:"寓言、童话作家的作品是通过动物的形象来反映人的生活的,作品中描写的动物的某一种缺点,实际上就是指的人的缺点。所以画家画的动物的形象就不能没有人的精神和人的心理状态。在这方面插图画家的任务就是通过形象揭示童话、寓言的寓意和趣味,把主要的思想以广大儿童易于接受的形式表现出来。"

拉乔夫给儿童画的这些图画,色彩显明,形象单纯,而且不太强调物体的明暗,很像"单线平涂"。然而却决不因此而使我们感到他的作品"简陋",我们深深为他的作品的艺术性和创造性所吸引。

这里当我们看到这两只小熊和那只狡猾的狐狸时,不是立刻就联想到人吗?两只天真的小熊正像两个天真的孩子一样,还没有识破狐狸的阴谋诡计,对它表示着无限的信任,使我们对他们同情,替他们担忧。

拉乔夫画的野兽并不使儿童感到害怕,他善于利用衣服的特点使动物的形象所体现的人的性格格外显明突出,使儿童感到有趣,感到可爱。这从这幅插图中也可以完全看出来。

拉乔夫的图画能够达到现有水平,不是偶然的。从1937年从事这一工作以来,以极大的热情灌注在他的事业中,从来没有动摇过,他深入地研究了动物的生活习气和儿童的心理,每次创作插图时总是很好地研究了童话和寓言的寓意,因而能够创造性地画出他的动人的书籍插图。

1958年6月于北京

谈几幅苏联木刻画

苏联的木刻，以书籍插图为主，其中又以法伏尔斯基与克拉甫钦珂的作品较有独创的风格。这两位大师刻了很多作品，而且形成了自己的学派，在国内外有很大的影响。早在1930年当鲁迅编辑《新俄画选》时就最先向中国读者介绍了他们的作品。后来在他1994年出版的《引玉集》和1936年编辑的《苏联版画集》中又更多地选入了这两位大师的作品，因而给中国的版画家留下了深刻的印象。

鲁迅在《苏联版画集》的序文中对苏联版画曾有这样概括性的评语，他说："单就版画而论，使我们看起来，他不像法国木刻的多为纤美，也不像德国木刻的多为豪放。然而它真挚，却非固执；美丽，却非淫艳；愉快，却非狂欢；有力，却非粗暴。但又不是静止的，它令人觉得一种震动——这震动，恰如用坚实的步法，一步一步，踏着坚实的广大的黑土进向建设的路的大队友军的足音。"又说:"我觉得这些作者,没有一个是潇洒、飘逸、伶俐、玲珑的。他们个个如广大的黑土的化身,有时简直显得笨重。自十月革命以后,开山的大师就忍饥,斗寒,以一个扩大镜和几把刀,不屈不挠地开拓了这一部门的艺术。这回虽然已是复制了,但大略尚存,我们可以看见,有哪一幅不坚实,不恳切,或者是有取巧、弄乖的意思的呢?"

这些评语,对于我们欣赏法伏尔斯基和克拉甫钦珂的作品很有帮助。

符拉季米尔·安德列耶维奇·法伏尔斯基于1886年生于莫斯科,父亲是沙皇时代的律师,母亲是画家,他于1905年毕业于莫斯科第五古典中学,随即到了德国的慕尼黑。

在童年时代他就喜欢画画,母亲是他最初的教师,当他进了中学后,每天晚上和礼拜天到尤恩的画室,向杜定学画。在慕尼黑进入了霍洛士教授的私立专科学校学习了三年。在此同时到大学里听了富尔特温格列尔、卡尔·佛尔和别人的课,于1908年来到莫斯科,进入了莫斯科大学的艺术理论系。

在慕尼黑时,曾三次去意大利,很迷恋于乔托。

曾在巴黎和意大利的展览会上得过奖。自1910年在莫斯科美术家协会开始把作品出展在展览会上。后来参加了四种艺术协会以及历届全苏美展和很多在国外举办的展览会。

1917年以后没有去过外国,由于给江格尔作插图,曾到过卡耳梅克,由于给曼纳斯作画曾到过吉尔吉斯,到过高加索的兹哈耳土波。在苏德战争期间曾到过埃瓦库阿齐亚,到过撒马尔汗。

在莫斯科特列恰可夫美术陈列馆、列宁格勒俄罗斯博物馆和美术博物馆都陈列着他的作品，在国外博物馆内也有。

他曾参加过第一次帝国主义世界大战。1919年后在红军中工作。后来在印刷专科学校任教直到1938年。从1941年到1948年大部时间在莫斯科工艺美术专科学校任教，主要教素描、版画、书籍装帧等。

阿列克塞·伊里奇·克拉甫钦珂于1889年2月12日生于伏尔加河流域的沙拉夫省，1940年5月31日在莫斯科病逝。他的祖父原是农奴，后来来到当时不为贵族地主所约束的伏尔加河地带谋生，成为自由民。因此，克拉甫钦珂出世后在自由农民的家庭成长起来。有一天，当地乡村里来了一个为教堂画壁画的画家，他第一次看到了画家作画，对他很有影响。后来到莫斯科投考美术中学时，在三百人当中，以十一名录取了，从此做了当时声满全俄的弗·赛罗夫的学生。他热爱版画，并在这一艺术上显示了才能，终于在后来的努力中成为世界著名的版画家。

法伏尔斯基和克拉甫钦珂的木刻，大都是用木头的横断面来刻的，所以称为木口木刻（中国流行的木刻多半都用木头的纵断面刻制，称为"木面木刻"）。他们的木刻的共同点是构成其个人风格的装饰性。这是因为他们为书籍所作的插图，固然力求通过可视的艺术形象表达书的内容，但也力求使其作品起富丽书籍的作用，如此就必然要使其作品具有装饰性。然而两者却并不因为有这些共同性而形成雷同，他们是各有各的独创风格的。

如果说法伏尔斯基的作品有许多是以雕刻出发的,那么克拉甫钦珂的版画就一直是走着绘画的道路。前者的造型能令人感到像雕刻似的安定、稳重,并表现着艺术家的真挚的精神。他是不重视图画的背景的,人物形象之间常为空白所分离,需要读者的感觉把它们联系起来。克拉甫钦珂所创造的形象却经常具有特别的生动感。作者是非常注意背景的,他通过精细的刀法创造了令人感到深厚的画面。当鲁迅在《苏联版画集》的序中论到克拉甫钦珂时说:"他的浪漫的色彩,会鼓励我们的青年的热情,而注意于背景和细致的表现,也将使观者得到裨益。"

总的说来,这两位大师的作品都是有很高的创造性的,而与庸俗的自然主义无缘。他们善于运用黑白而构成作品的形式美。

这里介绍的两幅法伏尔斯基的木刻,前一幅是他于1934年前后为法国作家梅里美的文集《西班牙书简》作的封面(见附图19),其中的俄文字就是书的题目,法伏尔斯基很喜欢俄文楷体字,他常常把它们有机地组织在自己的木刻中,作为画面的一种装饰和说明。这里描绘了一只受箭的牛,大概是以此来代表文中所接触到的西班牙斗牛的风俗的,这是一头有力而生动的负了伤的牛。另一幅是法伏尔斯基为小说《人参》作的插图(见附图20),两只相觚的鹿和人参的造型都很美。在这两幅木刻中都显示了这位木刻家的独出的心裁,他用黑白组成了单纯美丽的图画,这些作品是令人久看不厌的。

这里介绍的两幅克拉甫珂珂的木刻,前一幅是他于1931年创作的《德聂伯河建筑工地》组画之一——《水闸》(见附图21)。《德聂伯河水力发电站》建筑于1931年前后,历数年之久才完工,是当时世界上最大的水力发电站。这幅木刻通过一幅工地风景,歌颂了当时苏联社会主义工业建设的盛况,当1936年在中国举行的苏联版画展览会上展出时,曾引起了很多进步读者的特别注意。他们想,我们中国何年也有这么一天呢?时间不算太长,二十年后的今天,在我们的祖国已到处在建设大大小小的水库了,回头再来欣赏这幅木刻,不禁有无限的感想。克拉甫钦珂的这幅木刻通过黑色和白色,曲线和直线,以及刚和柔等物体的巧妙的对比,构成了他的多样统一的热情奔放的画面。克拉甫钦珂在创作木刻时,为了使主要的物体突出、显明,他时常并不机械地根据自然的原来面貌来处理画面,如图的中心为了使一排矗立的石壁醒目,他在背景上用一块黑色来衬托,这样的手法在木刻上是完全允许的。克拉甫钦珂非常善于运用排刀,他通过这一工具很生动自然地表现了激流的水和浮动的云。这幅作品虽是一幅工地风景画,但也表现了作者对于画中的一石一水所流露的真挚的感情。这是一幅激动人心的反映社会主义建设的木刻画。

　　另一幅是他为萧洛霍夫的《静静的顿河》所作的插图(见附图22),这幅木刻描绘婀克西妮亚在岔路口上,在一个褐色的野外的小教堂附近,用一种陌生的辽远的声音说:"葛利沙,原谅我。"

葛利高里呲着牙齿弯着背,支起了外套领子。婀克西妮亚停在小教堂的后面了。葛利高里一次也没有回顾过,也没有看见婀克西妮亚向他伸来的手。

克拉甫钦珂的木刻以显明的浪漫色彩描绘了小说内容的动人情调。

通过以上的四幅木刻不难看出鲁迅对于苏联版画的评价的恳切,以及法伏尔斯基和克拉甫钦珂的木刻所特有的艺术风格和趣味。

高尚的精神品质

——谈苏联展览会中的几幅绘画作品

苏联的绘画,继承了19世纪巡回展览画派绘画的现实主义的优良传统,在苏联共产党的英明领导下,在以社会主义现实主义的方法表现苏联人的高尚的精神品质这一重大主题方面,已经获得了光辉的成就。

数十年来,苏联共产党在苏联人民的身上培养了新的思想感情,提高了他们的爱国主义精神,教育他们以共产主义的态度去对待周围的事物,这样就在苏联人民当中成长了新的人类的美好的情感和品质,产生了社会主义的劳动观点,以及人和人之间的新的关系……所有这些,就是苏联画家表现苏联人民的高尚精神品质的社会根据。

目前正在北京举行的苏联经济及文化建设成就展览会上展出的绘画作品,虽然只是苏联优秀美术作品的一小部分,然而我们从这些作品中也就可以看出苏联画家们在这方面的努力和成就。

苏联画家不仅在绘画中创造了列宁、斯大林的伟大形象,以此去教育人民,而且也善于发掘和表现普通人的高尚精神品质,以及他们的典型的和正面的特质,创造值得做别人的模范和效仿对象的明朗的艺术形象。

在展出的作品中,有不少油画成功地表现了苏联红军的高贵品质。例如彼·亚·克里沃诺戈夫画的《布列斯特要塞的保卫者》(见附图23),这幅画描绘了1941年6月22日法西斯匪徒开始疯狂进攻布列斯特时遭到苏联红军迎头痛击的情景。为了描绘得符合于历史的真实性,画家曾仔细研究了所有的布列斯特要塞防卫者的材料,并曾亲自去过当时的战斗地点,在那里画了很多习作。画家通过那些倒塌了的楼房和充满弹痕的墙壁,以及和敌人的尸体混杂在一起的碎砖破瓦,表现了这场战斗的激烈性和红军在这里坚守阵地的顽强性。通过那些负了伤还继续战斗的英雄形象、对敌人无比的仇恨心情和英勇姿态,表现了红军战士们的钢铁般的意志和高度的爱国主义精神,表现了他们自我牺牲的勇敢精神和在敌人面前所显示出来的优秀的道德品质。

乌克兰苏维埃社会主义共和国功勋艺术家、斯大林奖金获得者维·格·普兹尔柯夫画的《黑海水兵》(见附图24),也是一幅富有爱国主义精神的革命历史题材的油画。他描绘苏联水兵在进入了解放英雄城塞瓦斯托波尔的战斗中,他们从小艇上跳下海水,手拿冲锋枪冲上海岸的情景。画面背景的阴云密布的天空、冲激着海岸的白浪,更加助长了画面的战斗气氛。画家表现了苏联水兵的无限勇敢和不屈不挠的精神。

在表现苏维埃妇女的高尚的精神品质方面，给我以深刻印象的是库克雷尼克塞集体创作的《丹娘》（见附图25）。丹娘是全世界人民所敬仰的反法西斯的女英雄，每个观众都熟悉她的身世。画家们在这幅画中，通过丹娘临刑前站在绞刑台上挺直胸膛紧握拳头的英雄形象，表现了丹娘为了人民的利益，为了人类的正义，为了祖国的尊严而临难不惧视死如归的伟大精神。与此同时，画家们也很好地表现了德国法西斯匪徒们在丹娘的英勇不屈的巨像面前所显示的卑鄙的恐惧心理，从而形成了正义同非正义的、光明同黑暗的鲜明对照。那灰色的天空和地面的白雪以及矗立在画面中心的绞刑架，更加造成了整个画面的凄凉而阴沉的情调。画家为了创作这个作品，曾到丹娘牺牲的地点——彼得里西伏村进行了调查研究，使描绘的情节和环境背景都符合当时的真实情况。现在，丹孃的名字对于一切进步人类已经成为革命英雄主义的象征，画家在这幅画中所创造的丹娘的形象，是完全能够体现她的伟大的精神品质的，她是我们每一个革命战士的榜样。

在表现苏联妇女美好的情感和品质的作品中，波·米，涅缅斯基于1952年创作的《我们的姊妹们》也给我很深的印象（见附图26）。涅缅斯基是莫斯科格列柯夫画室的军事画家、斯大林奖金获得者，他在苏联卫国战争中有丰富的战地生活。在这幅画里，描绘了在战地临时伤兵医院中工作的两个女护士，在她们工作室的邻室有很多睡在床上的光荣负伤的苏军，此时刚刚黎明，桌上还点着通夜未熄的灯，一个值夜班的女护士穿着白色的工作服坐在灯下卷绷带，在她对面坐着一个不穿工服的大概是已经值过夜班的女护士，她靠在墙上打盹，在她的旁边放着冲锋枪，还放着到战地救护用的医药袋。整个室内显得极其寂静，我们似乎可以听到隔室伤员们的呻吟和打鼾声，以及远处传来的战场上的枪炮声。画家歌颂了卫国战争中为祖国辛勤服务的苏联妇女。我虽然缺乏战地生活，然而这幅画仍然能引起我很多的联想。从画面情节可以使我们理解她们在自己的工作岗位上是如何的辛苦，如何的负责。画家所描绘的那个靠在墙上打盹的护士，使我们感到她工作的艰苦，而那个正抬起头来看着窗外的护士，也使我们感到她对于战地的关怀。她看着从窗外射进来的黎明的晓光，就像看到了胜利的曙光一样。我们看着这样的图画，总要被这两位女护士的崇高的精神所感动。而这也正是社会主义现实主义绘画的力量所在。

维·叶·契加尔的炭画《小牛生下来了》所描绘的是苏维埃集体农庄中一个极其平凡的生活场面，然而也是富有诗意的场面。在这幅画中所表现的一切都充满了感情，所有的生命都使我们感到心爱。一个女兽医在母牛的生产中进行了助产工作，现在小牛顺利地生下来了，她一面擦手，一面看着这一对生物的动静，显示了她内心无限的喜悦，以及对于这两个牛的极其怜爱的心情。在她的后面站着另一个妇女，她是集体农庄的饲养员，她在为集体农庄增加了新的财富而高兴。这两个妇女的工作在苏维埃国家里都是极其平凡的工作,而她们本身也是最普通的苏联人民,然而就在这些普通的妇女身上,通过契加尔的描绘,却使我们看出了她们对于苏维埃国家的社会主义公共财物所表现的无微不至的爱护。这种美好的感情和品质,是社会主义制度的巩固和发展的可靠保证。

青年艺术家阿·依·基塔叶夫画的极其明朗的作品《我们走向生活》,也是一幅以苏联妇女为题材的油画(见附图27)。他画出了一群刚从中学校里毕业的女学生,她们和老师告别后,手里拿着毕业证书愉快地走出校门,走向新的生活。在她们面前摆着一条宽广的大道,她们可以选择自己所喜爱的专业,她们可以到任何大学里去继续学习。画面背景上所描绘的夏日欣欣向荣的大自然——那葱郁的嫩绿色的树丛和花木,与处在青春时代穿着华丽衣服的笑容满面的少女们的形象极其协调。整个画面充满了润泽的空气和灿烂的阳光,充满了生命的成长和愉快的情调,它是一首朝气蓬勃的青春之歌。这里的妇女是在社会主义的土壤上成长起来、用共产主义教育培养出来的新人,她们是生气勃勃地对自己的力量充满了信心的青年,是具有新的情感品质的充满了理想的新生一代,她们是生活的主人,是未来的共产主义社会的建设者。我们看着她们的形象就为她们的富有生命力的健康的精神所感染,就为她们的青春的朝气所鼓舞。这幅画之所以如此感人,就因为画家画出了现实中的真实而动人的生活气氛和活生生的美好的女学生形象。

以上这些作品所包含的社会主义精神，对于苏联人民曾起了良好的教育作用，苏联人民从这些作品中汲取着为和平、为共产主义的胜利而斗争的力量和信心。这些作品现在在北京展出，无疑地对于中国人民也有很大的教育意义。通过这些作品我们可以看出苏联画家在表现苏联人的高尚品质时，不仅采用了集中描绘对象的面貌和精神状态的方法（如《我们祖国的早晨》等），而且也采取了通过历史事实和战斗生活来表现英雄形象的方法（如《丹娘》《小巴维尔·莫洛佐夫》等）；不仅在对敌斗争中表现人民的高尚品质，而且也通过人民内部生活中的矛盾和冲突，去抨击从旧社会遗留下来的不良思想和恶习（如列维亭和屠林合作的《刚出版的车间墙报》等），从而去建设苏维埃人的新的精神品质和新的道德习惯。这样，苏联画家根据生活本身的复杂性而用了多样的方法来从事"人类灵魂工程师"的神圣事业，就使得苏维埃的绘画表现得非常丰富。而且也只有这样才能够多方面地反映苏联的现实生活。因比，这些作品对于我们中国的画家就有极好的参考价值。

1954年10月31日发表于《人民日报》

动人的英雄形象

穿过山谷越过平原,
我们师团在前进,
誓要攻克沿海地区,
打到白匪老窠去,
誓要攻克沿海地区,
打到白匪老窠去。

这是苏联十月革命内战年代里,流传在乌克兰红军中的一支动人的民歌,这首歌反映了当时红军的战斗情绪和胜利信心,从而又提高了红军士气,鼓舞了他们的斗志。

乌克兰青年画家沙达林根据这首民歌的内容创作了漫画《穿过山谷越过平原》,展出在1957年莫斯科举行的纪念伟大十月社会主义革命四十周年的全苏美展中,受到了好评,并获得苏联文化部为这次展览会颁发的银质奖章。当

"1955—1957苏联美术家作品展览会"在北京举行时,这幅画也得到了中国人民和美术家们的一致赞扬(见附图28)。

沙达林是基辅人,生于1926年,他未曾经历过内战的生活,但从传说和记载中,从当时流传的关于红军的民歌中,使他对十月革命的英雄时代和英雄人物十分神往。他在青年时代参加了伟大的卫国战争,使他对于部队生活非常熟悉。他在英勇的苏军行列中生活数载,和德国法西斯战斗,深深理解英雄们的思想感情和他们的高贵品质。所有这些就构成了他创作《穿过山谷越过平原》一画的重要条件。

沙达林的油画是富于历史真实感的,它通过乌克兰的风景和红军的英雄人物,表现了革命的浪漫主义热情和诗一般的意境。这是一支钢铁般的有组织的红色游击队,其中有红军、水兵和革命农民……他们正穿过山谷越过平原,在胜利前进。红色水兵在马上奏手风琴,大概他奏的和战士们唱的正是"穿过山谷越过平原……"这支民歌吧。画家用鲜明的色彩描绘了十月革命时代的英雄形象和民歌的进行曲的音乐情调。通过飘荡着彩云的蔚蓝色的天空,令人神往的远景,与人物构成的有机联系,使观众从画面上看到了英雄形象的同时,而能意味到他们的崇高的理想。画中每个人物都有不同的性格和表情,不同的服装和姿态,但他们却统一在共同的坚强意志,共同的胜利信心和共同的愉快进军中。画家表现了一个英雄的历史时代和革命的美丽远景。

沙达林的油画虽然是根据民歌的内容创作的,但它却决不是这支歌曲的一个平庸的插图。他用有形的色彩,体现了民歌中的无形的精神。如果说民歌是通过歌曲的节奏和旋律表现了红军的英雄意志和感情，那么沙达林的油画则通过造型艺术的形和色描绘了典型环境中的典型的英雄形象。如果说我们听了乌克兰民歌进行曲的歌声，好像看到了当时的英雄人物在行进，那么我们看了沙达林的壮丽的图画也好像听到了那支民歌的歌声在荡漾。这就是这幅图画特别感人的力量。

当画家田同志看了这幅画，在《美术》杂志上谈他的观感时说："劳动人民组成的红军游击队，战士们刚毅的性格，使我感到那样亲切熟悉，是保尔·柯察金，是夏伯阳，是《铁流》、《毁灭》中多次出现过的典型形象呀！画中所描绘的战士比小说中描写的更鲜明突出，他们行进的环境也是那样的典型：'在乌克兰辽阔的原野上，在清清的小河旁'，不正是这样的地方吗！……英雄们高唱着凯歌在前进，是多么动人心魄的诗篇呵！战无不胜攻无不克粉碎了邓尼金、高尔察克的苏联红军就是这样；粉碎了法西斯的侵略，保卫了苏联神圣的国土的苏军就是这样；社会主义的主力军就是这样。我看了这幅画给我带来了多么坚强的信心和力量啊！"

我觉得他这段话是说得很好的，愿这幅画能给我们每一位读者带来更多的坚强信心和力量，让更加"多快好省"地建设祖国的社会主义社会，争取美好的共产主义社会的早日到来！

1958年8月

附图目录

1. 列宁在地下工作　叶·基布里克
2. 《列宁在地下工作》草图之一　叶·基布里克
3. 《列宁在地下工作》草图之二　叶·基布里克
4. 《列宁在地下工作》草图之三　叶·基布里克
5. 《列宁在地下工作》草图之四　叶·基布里克
6. 列宁宣布苏维埃政权的建立　符·赛罗夫
7. 小巴维尔·莫洛佐夫　尼·切巴科夫
8. 晴空万里　阿·雷洛夫
9. 高尔基在伏尔加河岸上　符·崔普拉可夫
10. 战斗后的休息　尤·涅普林采夫
11. 归来　谢·格里戈里叶夫
12. 黎明　符·加甫里洛夫
13. 刚出版的车间墙报　阿·列维亭　尤·屠林合作
14. 垦荒者的第一个孩子　阿·鲁曾科
15. 要学会什么都自己做　斯·达茨盖维奇

16.华尔街理发店　库克雷尼克塞

17.在朝鲜的美国"文明"　库克雷尼克塞

18.《两只贪馋的小熊》插图之一　叶·拉乔夫

19.《西班牙书简》封面画　符·法伏尔斯基

20.小说《人参》插图　符·法伏尔斯基

21.《德聂伯河建筑工地》组画之一　阿·克拉甫钦珂

22.《静静的顿河》插图之一　阿·克拉甫钦珂

23.布列斯特要塞的保卫者　彼·克里沃诺戈夫

24.黑海水兵　维·普兹尔柯夫

25.丹娘　库克雷尼克塞

26.我们的姊妹们　波·塞缅斯基

27.我们走向生活　阿·基达也夫

28.穿过山谷,越过平原　符·沙达林

苏联名画欣赏

1. 列宁在地下工作　　　　　　叶·基布里克作

《列宁在地下工作》草图之二

2.《列宁在地下工作》草图之一

苏联名画欣赏

《列宁在地下工作》草图之四

2.《列宁在地下工作》草图之三

6.列宁宣布苏维埃政权的建立　　　　符·赛罗夫作

苏联名画欣赏

7. 小巴维尔·莫洛佐夫　尼·切巴科夫作

8. 晴空万里　阿·雷洛夫作

苏联名画欣赏

符·崔普拉可夫作

9. 高尔基在伏尔加河岸上

217

10.战斗后的休息 尤·涅普林采夫作

苏联名画欣赏

11. 归来　　　　　　　　谢·格里戈里叶夫作

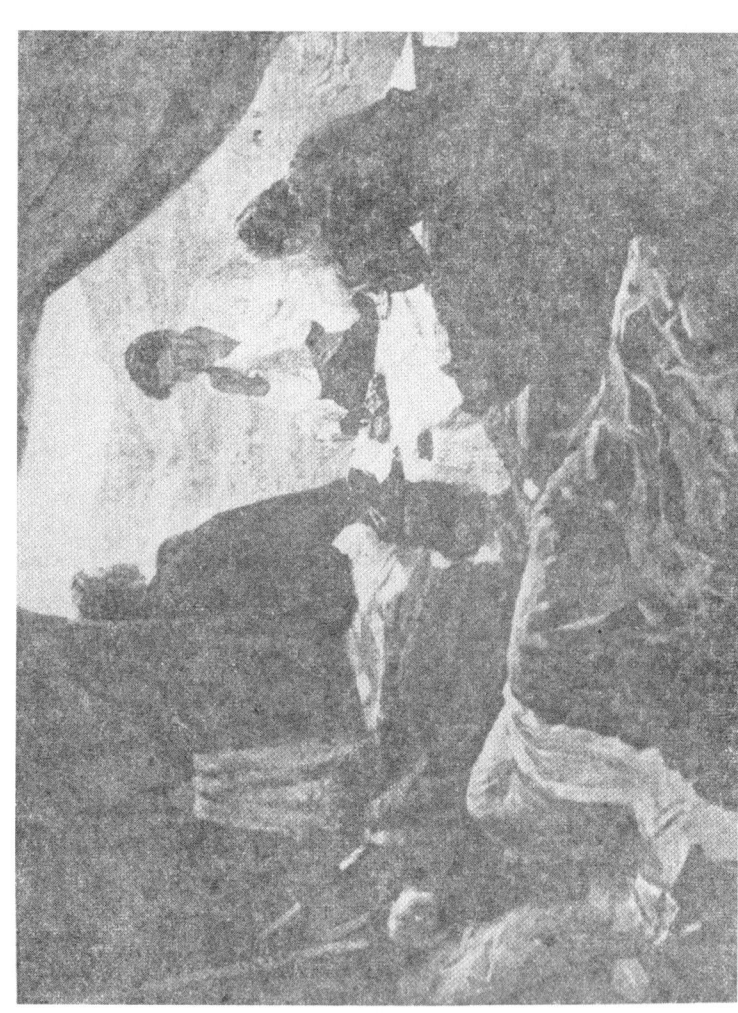

12. 黎明　符·加甫里洛夫 作

13. 刚出版的车间墙报　　阿·列维亭 尤·屠林合作

苏联名画欣赏

14.垦荒者的第一个孩子 阿·鲁曾科作

苏联名画欣赏

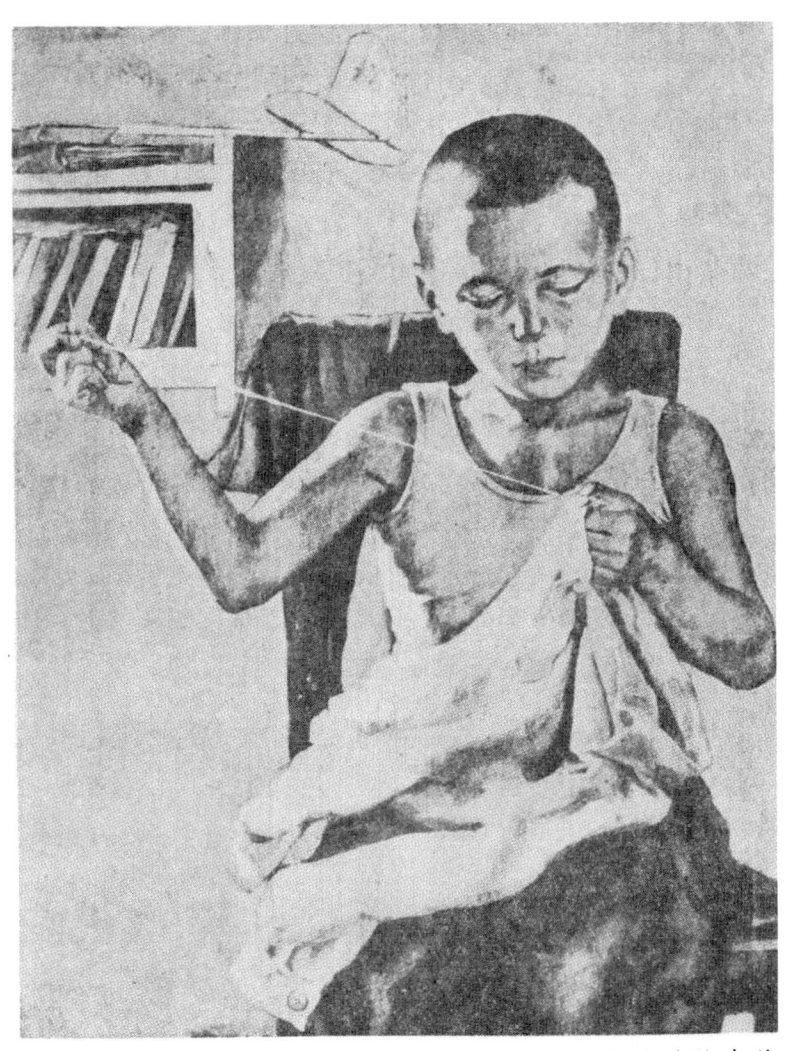

15.要学会什么都自己做　　　　斯·达茨盖维奇作

16. 华尔街理发店 库克雷尼克塞作

苏联名画欣赏

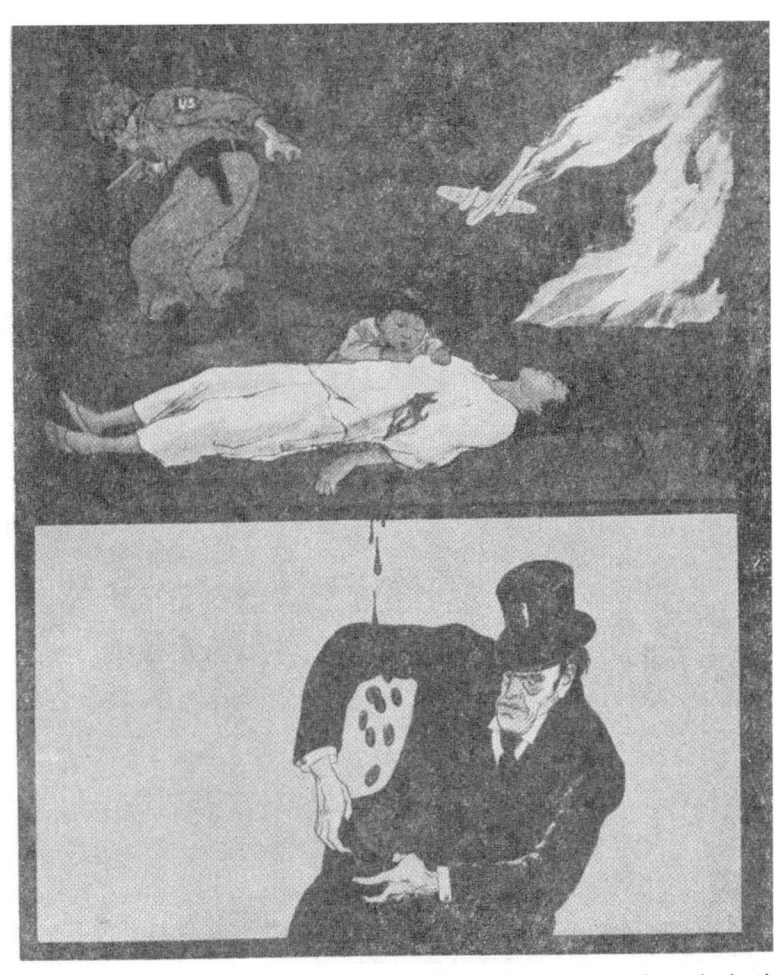

17. 在朝鲜的美国"文明" 　　　　　库克雷尼克塞作

18.《两只贪馋的小熊》插图之一　　　　叶·拉乔夫作

19.《西班牙书简》封面画　　符·法伏尔斯基作

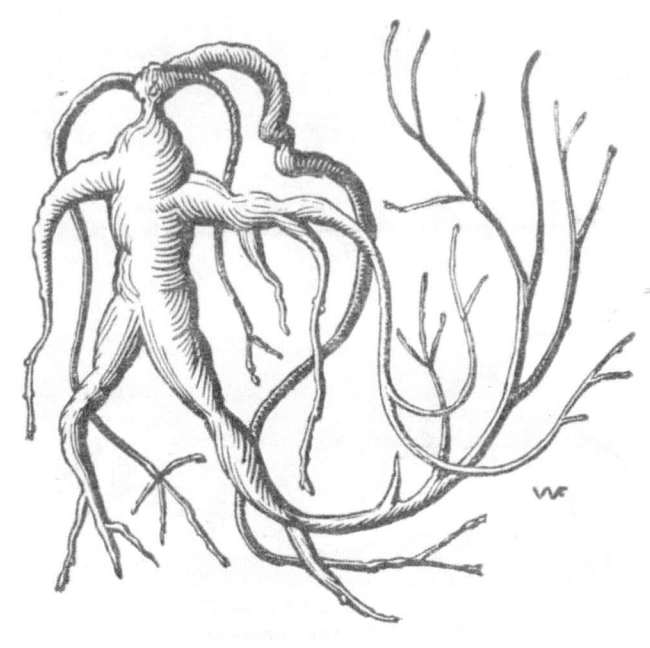

20. 小说《人参》插图　　　　　符·法伏尔斯基作

苏联名画欣赏

21.《德聂伯河建筑工地》组画之一　　　阿·克拉甫钦珂作

22.《静静的顿河》插图之一　　　　阿·克拉甫钦珂作

23. 布列斯特要塞的保卫者　　波·克里沃诺戈夫作

苏联名画欣赏

24. 黑海水兵　　　　　维·普兹尔柯夫作

苏联名画欣赏

库克雷尼克塞作

25. 丹 娘

26.我们的姊妹们　　　　　　　　波·塞缅斯基作

27. 我们走向生活　　　　　　　阿·基达也夫作

28. 穿过山谷，越过平原　　符·沙达林作

保卫和平的四十年

一、十月革命开辟了人类历史的新纪元、揭开了国际关系的新时代

伟大的十月社会主义革命,已经度过了它的四十周年。中国人民和全世界劳动人民一样,每次都是怀着无比欢欣和愉快的心情来纪念这一人类进步的光辉节日。

四十年前,俄国工人阶级在布尔什维克党的领导下进行的十月革命,彻底摧毁了沙皇统治和资产阶级政权,斩断了帝国主义的锁链,建立了世界上第一个社会主义国家。

十月革命的胜利,不仅是俄国革命的胜利,同时也照亮了全世界劳动人民彻底解放的道路,对于全世界人民和中国人民的革命事业,具有无可估量的、伟大的和深远的影响。它把世界历史引导到新的方向,宣布了由旧的资本主义世界走向新的社会主义世界的根本转变。它给了欧洲、亚洲和美洲各国的革命运动以更大的鼓励,使国际资本主义蒙受了永远不能治愈的创伤。

从十月革命胜利的那天起，苏联人民、中国人民和全世界劳动人民又经历了四十个年头，这是不平凡的四十年，是英勇革命的四十年，艰苦奋斗的四十年，光辉胜利的四十年。从人类历史发展的整个过程说来，四十年的光阴并不算长，然而，就在这短短的时间内，人类历史已经前进得多么远，世界面貌的变化又是多么大！四十年来，苏联人民在苏联共产党的领导下，保卫和发展了十月革命的成果，在社会主义建设方面获得了伟大的胜利，并且对保卫世界和平及人类进步事业作出了卓越的贡献；四十年来，全世界劳动人民向着十月革命开辟的道路前进，社会主义已在九亿人口的国家里取得了肯定的胜利；四十年来，中国人民从来都把中国革命看做是伟大十月革命的继续，现在已经把中国建成为伟大的社会主义的国家；四十年来，国际资本主义势力一次又一次地遭到削弱和打击，社会主义革命运动正从胜利走向胜利。现在，即使是我们的敌人也不得不承认，社会主义阵营已无比强大，社会主义已经成为不可摧毁的世界体系。

四十年来的伟大变化和辉煌成就，使全世界劳动人民、进步国家和一切进步势力欢欣鼓舞，信心百倍。但是，帝国主义及一小撮国际反动黑暗势力却因此咆哮发狂。国际垄断资本的鹰犬，那些神经失常的资产阶级的政治家们，对于社会主义和平民主阵营的胜利，对于人类进步事业的成就，表现了极度的仇视。他们一方面进行原子讹诈，对社会主义国家进行颠覆活动；一方面又对苏联进行中伤诬蔑，说什么苏联是抱有侵略野心的"赤色帝国主义"。说什么"共产主义是和平与自由的威胁",还制造所谓"民族共产主义",妄图分裂社会主义阵营的国际团结。在国际政治生活中,他们则企图抹煞苏联的重大作用和孤立苏联,以图重新恢复帝国主义独揽国际事务霸权的局面。中国的资产阶级右派,是国际反动势力的应声虫,他们反对中苏友好,反对"一面倒",把苏联对我国的援助指为"侵略",和美帝国主义相互呼应,合唱反苏反共的滥调。

历史不能伪造,事实胜过雄辩。世界上哪里有什么"赤色帝国主义"?有的只是以美帝国主义为首的反动帝国主义,共产主义从来不是和平民主的威胁,威胁世界和平民主的,是垄断资本集团的各色各样的反动主义：殖民主义,法西斯主义,艾森豪威尔主义。

四十年的经历证明,十月革命后的苏联,从参加国际政治活动的第一天起,就始终为世界和平、民主和正义的事业进行英勇斗争,并且做出了卓越的贡献,成为国际政治生活中的决定力量。任何世界性的问题,没有苏联参加就不能得到解决。不论过去、现在和将来,苏联都是世界和平、民主和进步事业的伟大的中心力量,是世界政治的中心。由于强大苏联的诞生,永远结束了帝国主义在国际事务中独霸人权的局面。从这时起,国际关系中就展开了完全对立的两条路线或两个政治方向的斗争。由此可见,十月革命不但开辟了人类整个历史的新纪元,同时也揭开了国际关系史上的新时代。

二、国际关系中两条路线的斗争和苏联的和平政策

十月革命胜利以后的四十年间,由于苏联在国际政治活动中的影响日益扩大,国际关系中就始终贯穿着两条路线的斗争,即以苏联为中心的公正、进步、和平、民主的社会主义路线与国际帝国主义的奴役、反动、战争、侵略的资本主义路线的斗争。两条路线的斗争,这是现代国际关系的基本内容。

通过各个国家的对外政策表现出来的国际政治中两条路线的斗争,是被两种不同性质的社会制度决定的。各个国家的对外政策,是各个国家的对内政策的继续。列宁说过:"把对外政策和一般政策分开,或甚至使对外政策与对内政策对立起来,是根本不正确的,是非马克思主义,非科学的思想。"不同国家在国际关系上的不同政策,其根源必须从这些国家的社会制度的性质去找,只有这样,才能了解国际关系

中两条路线之间的斗争的重要意义，才能了解苏联保卫和平的一贯立场及其在国际政治中的重要作用，才能了解帝国主义在国际关系上的阴谋活动。

帝国主义国家的反动的对外政策，是由资本主义制度本身决定的。在帝国主义国家里，资本主义制度所固有的人对人的剥削、民族压迫和生产的社会性与占有的私人性之间的矛盾等等，不可避免地引起国内市场的缩小，引起经济危机。为了追求新的市场和新的势力范围，必然要对外扩张和侵略别国。资本主义的这种先天的反动本质，就决定了帝国主义国家的反动的对外政策。

苏联的和平政策发源于社会主义制度本身。如果说帝国主义必然和战争联系着，社会主义就必然与和平联系着。因为，社会主义的目的，本来就是为了建立人民的和平幸福生活。在苏联，消灭了人对人的剥削，也消灭了一切民族压迫和民族不平等现象。社会主义不需要对外扩张，因为社会主义本身就保证着繁荣和国内市场的不断扩大，也没有经济危机，这就根绝了那种在资本主义社会里存在着的引起战争的一切原因。马克思对此曾作过天才的预言，他说："和经济上贫困政治上紊乱的旧社会相反，将会出现新的社会，它的国际原则将是——和平，因为每一个民族都将有同一的统治者——劳动！"这就是说，只有解放了劳动的那种社会和国家，即社会主义社会和国家，才能推行真正的彻底的和平政策。

苏联的和平改策，是和伟大十月革命的胜利一同产生的，这不是权变的策略，而是四十年来一贯坚持的处理国际关系的根本政策。

什么是苏联的和平政策？简要地说，它有如下一些内容：

第一，为和平而斗争，坚信不同社会制度的国家之间可以和平共处，积极地为和平事业，为国际安全和建立各国之间的信任合作而奋斗，争取世界的持久的和平。

第二，为维护主权完整，为反对干涉其他国家的内政的原则而斗争。苏联的和平政策不是资产阶级式的不抵抗的"和平主义"，和平政策不但不表示苏联的软弱，反而表明它的强大。苏联人民坚决保卫自己国家的主权，随时准备给侵略者以双倍打击。同时，苏联决不侵犯别国的主权，并且坚决援助为本国独立奋斗的民族，反对帝国主义干涉别国内政。

第三，发展和巩固与世界各国的业务联系和国际合作，对苏联交界的邻国保持亲近善邻的关系。

第四，巩固和发展社会主义阵营内部各国人民的友好团结，给兄弟国家真诚无私的援助。

第五，苏联的和平政策，贯彻了国际主义和彻底的民主主义和民族平等的原则。一贯支持被压迫民族反对帝国主义奴役的斗争，反对种族压迫，反对大国以其意志强加于弱小国家，反对大国对小国的不平等待遇，反对帝国主义为其本身的利益而利用弱小国家，反对在"民主主义"的伪装下变弱小国家为帝国主义的附庸和工具。

苏联的和平政策有其理论的、经济的和政治的基础。

苏联和平政策的理论基础和指导思想是马克思列宁主义及其关于社会主义国家处理国际关系的学说。如前所述，马克思很早就指出社会主义社会的国际原则是和平。他还说过："既然工人阶级的解放需要工人们兄弟般的团结合作，那末，在对外政策上抱定罪恶的目标，利用民族成见来玩弄把戏并在侵略战争中耗费各族人民鲜血和财富的情况下，他们怎么能完成这一伟大任务呢？"列宁发展了这些思想，在新条件下指出：关于不同社会制度的国家之间的和平共处的原理，关于民族问题的原理，以及关于在资本主义包围下一国建成社会主义的可能性的学说。这些，就奠定了苏联和平政策的理论基础。

　　苏联的和平政策强固的经济基础就是社会主义经济制度。社会主义所有制解放了生产力，根除了危机和破坏，它导致国民经济各部门的迅速发展，显示出无限的优越性。苏维埃国家强大的经济实力，对于苏联的和平政策有重大的作用。首先，它提供了强大的国防力量，足以击退任何入境侵犯的敌人；其次，它使苏联对外关系上免除了对帝国主义经济体系的从属性，保证了苏联对外关系上的独立自主。

　　工人阶级专政和巩固的工农联盟及各民族的友好团结，是苏联和平政策的政治基础。在苏联，没有剥削阶级，没有对抗性的矛盾，没有企图掠夺别国领土、奴役其他民族和煽动侵略战争的阶级和集团。工人和农民之间和各族人民之间的建设共产主义的团结一致，保证了在对外政策上的一致。

　　由此可见，苏联的和平政策，与帝国主义的战争和侵略政策是根本对立的，它支持国际舞台上一切和平民主的力量。和平政策不仅是苏联人民的意志和利益的表现，也体现了全世界爱好和平的人们的意志和切身利益。

三、光辉的胜利,伟大的贡献

十月革命胜利以后的四十年间,苏联在保卫世界和平及人类进步事业的斗争中发挥了重大作用,并做出了卓越的贡献。

苏维埃国家在建国之初就开始了争取和平的斗争。

十月革命胜利的第二天,苏维埃政府颁布了《和平法令》,揭开了为和平斗争的光辉的第一页。

《和平法令》一开头就指出:十月革命所建立起来的苏维埃工农政府,向一切交战国人民及其政府提议,立刻进行正义民主的和平谈判。要求缔结不兼并(即不侵略别国土地、不强迫合并别的民族)和不赔款的正义民主的和平。"《和平法令》呼吁各国的觉悟工人把和平事业和劳动人民摆脱一切奴役和一切剥削的事业顺利进行到底。并相信工人运动一定会占上风,一定会开辟达到和平与社会主义的道路。

"和平法令"的颁布,不但符合俄国人民的利益,而且符合世界各国劳动人民的利益。当时,对于年青的苏维埃国家来说,为了中止帝国主义战争的破坏和医治战争给予俄国的创伤,俄国人民需要和平。为了巩固苏维埃政权,巩固无产阶级革命胜利成果,为了进行社会主义改造和建设工作,必须结束战争。对于当时所有交战国的人民,帝国主义战争使他们精疲力竭,战争的重担和痛苦后果使他们处于水深火热之中,各国人民渴望和平,反对战争。

《和平法令》具有重大的历史意义。

首先,和平法令显示了苏维埃国家维护世界和平的决心,它第一次在全世界人民面前宣布了帝国主义战争的罪恶性质,揭露了交战集团的真实目的。指出这种战争是反人类的罪恶行为,苏维埃国家坚决斥责这种战争。从这时起,和平被宣布为苏维埃国家对外政策的基本原则。

其次,和平法令的颁布,在人类历史上破天荒第一次提出了关于正义的民主和平问题,并提出了周详的真正民主和平的纲领,成为世界各国进步人民反对帝国主义侵略的斗争武器。

第三,和平法令的颁布,给了帝国主义的资产阶级政客及其社会沙文主义走狗以有力的打击。当时的俄国和欧洲国家的资产阶级政府部长们和社会沙文主义者,为了笼络人心,个个都奢谈和平,然而却对实现和平的具体时间避而不谈,毫无和平诚意。苏维埃政府关于立即媾和、现在媾和、今日媾和、实际媾和的建议,就在各国人民面前剥露了这些伪善的好战分子的原形。

由于和平法令的巨大影响及苏维埃国家的努力,终于签订了布勒斯特和约,和平首先在俄国实现了,这对造成以后的和平局势起了很大作用,对当时和以后的国际关系产生了巨大的影响。从这时起,苏维埃国家便成为争取世界和平的勇敢的旗手和不可忽视的力量。

十月革命的胜利,不仅为被压迫民族指出了解放的道路,而且在人类历史上第一次真正解决了民族问题,把殖民地和附属国的反帝解放运动和无产阶级革命联系起来。援助被压迫民族的解放斗争,是苏联和平政策的重要组成部分。苏维埃政权刚一成立,就根据它的和平政策,着手解除沙皇俄国所加于国内外各民族的压迫,并建立了与它们之间的信任和合作。

1917年11月15日,苏维埃政府通过了"俄国各族人民权利宣言",宣布了消灭沙皇政府和临时政府所实行的民族不平等和民族歧视的政策,宣布了俄国各族人民的平等与自主,宣布了各族人民自由的民族自决的权利。苏维埃政权根据这个宣言和民族政策的原则,于1917年12月18日公布了承认芬兰共和国独立的宣言。

苏维埃政权对被压迫民族的援助,还表现在1917年12月3日发表的"致俄国和东方一切劳动者回教徒"的宣言上面。宣言向东方的回教徒宣告:苏维埃国家给被压迫民族带来了自由,并保卫他们的权利;苏维埃国家将在相互尊重、友好平等的基础上建立它和东方各族人民的相互关系。

苏维埃政权在1917年12月29日公布了关于土属阿尔明

尼亚的法令。法令宣布:俄国工农政府拥护先前被俄国占领的土属阿尔明尼亚内阿尔明尼亚人自由实行自决的权利。

苏维埃政权建立之初对中国人民的友好援助,使我们永远不能忘怀。苏维埃政府于1919年和1920年发表了两次对华宣言,宣言中说:"我们对于东方各民族,尤其是对中国人民的力图摆脱帝国主义武力和财力羁绊的运动,极愿予以帮助。我们不仅想救助苏联的劳动阶级,而且想救助中国人民。"这对于几十年来备受帝国主义压迫欺凌的中国人民,是最大的鼓舞和崇高的友谊,在中国人民的各阶层中引起了巨大的反响和热烈的欢迎,中国人民一致主张签订中苏两国间的友好协定,在苏维埃政府派遣和平与友好的使者加拉罕来中国进行谈判的时候,中国人民促使当时的北京政府签订了中苏《北京协定》。在这个协定中,苏维埃政府废除了帝俄时代和中国缔结的一切不平等条约,宣布帝俄政府所订立的任何妨害中国主权利益的条约、协定等项概属无效;苏维埃政府宣布抛弃帝俄时代在中国的一切治外法权,领事裁判权,租界及"庚子赔款"等特权。

《北京协定》是中国外交史上最可纪念的一页,因为这是中国与大国签订的第一个真正平等的条约。这也说明了,我们伟大的盟邦苏联,从来就是中国人民的真正的朋友。

苏维埃政权,也帮助了东方其他被压迫国家的独立解放。1921年2月26日,苏维埃国家与伊朗签订了和平条约。宣布取消沙皇政府与伊朗签订的一切损害伊朗人民权利的条约、公约和协定;约定互不干涉内政;苏维埃政府并声明凡沙皇政府借给伊朗的款项一律不必偿还,又将沙皇政府占有的伊朗兴业银行的基金证券及该行在伊朗领土内的动产和不动产一并交给伊朗人民。同年,苏联又和阿富汗、土耳其签订了类似的公平条约。

苏维埃政府对东方被压迫民族的援助,以及与上述各国签订的条约,反映出反对民族压迫、不干涉他国内政、尊重他国主权的和平政策的崇高原则,反映出苏维埃和平政策的伟大胜利。这些成就,对于西方和东方都发生了巨大的影响,大大地鼓舞了东方各族人民的解放斗争,并使这个斗争和欧洲各国人民的社会主义革命结合起来,形成一股向腐朽的帝国主义冲击的革命洪流。

苏维埃政权和平政策的重大胜利和政治上、经济上的日益巩固,使帝国主义惊惶和愤怒,它们发动了向苏维埃政权的武装干涉。1918年3月9日,英国海军部队在俄国领土首先登陆,打了武装干涉的第一枪。一个月后,日本帝国主义在海参崴登陆;紧跟着的是美、英、法帝国主义的陆战队的登陆。外国帝国主义者伙同它们的俄国走狗高尔察克、邓尼金等白匪军队,向年青的苏维埃国家及其人民疯狂进攻,写下了人类历史上最可耻和罪恶的一页。当时,苏维埃国家处在危急之中,保卫苏维埃祖国,这不仅关系到俄国人民的命运,而且也是保卫世界和平、民主和人类进步事业的问题,这时,苏维埃国家和人民,被迫用战争来保卫和平。当时,无论是帝国主义者或是白匪将军们,都深信苏维埃政权会被摧毁。然而,事实却是相反,苏维埃国家的人民在布尔什维克党的领导下,经过了两年多的英勇艰苦斗争,终于在1920年末击溃了帝国主义干涉军和白匪军的主力,1922年击溃了日本帝国主义干涉者。帝国主义干涉者以其可耻的失败被赶出了苏维埃国土,俄国人民保卫住了苏维埃政权,为世界和平事业又立下了一大功勋。

苏维埃政权反对帝国主义武装干涉的胜利和国内和平建设的开展,使在实行和平政策方面获得了更大的成就。资本主义国家不得不稍稍收敛凶焰,许多资本主义国家,先后和苏维埃政权订立了贸易协定。1921年有德国、挪威、奥地利,1922年有瑞典、捷克都与苏俄签订了条约。这表明苏维埃政权同一切国家建立巩固的和平关系的坚强意志,已经变成了国际政治中的重要力量。

苏维埃国家和许多国家签订条约之后,仍然没有放松为巩固世界和平的斗争。帝国主义国家对于苏维埃国家政治和经济力量的增长是不会甘心的,在武装干涉失败之后,转而用政治经济的压迫力图消灭苏维埃。它们希望苏维埃国家的新经济政策引起资本主义的复辟。帝国主义组织反苏联合战线,企图孤立苏俄,最后达到摧毁苏维埃政权的目的。因此,在这一时期,能否击败帝国主义的反苏联合战线,就成为保卫苏维埃政权和保卫世界和平的中心问题。苏维埃人民英勇地担当了这个任务,向帝国主义的经济的外交的进攻展开了有力的反击。

帝国主义为了达到上述罪恶目的,于1922年5月在意大利的热那亚召开了经济会议。在会议上,帝国主义结成了联合战线向苏维埃政府进攻,无理要求苏俄政府清偿沙皇政府和克伦斯基政府所借助一切外债;要求发还以前属于外国资本家经营和投资的企业;承认外国在苏俄的治外法权;放弃共产主义宣传。帝国主义者并在这里使用它的恫吓外交的惯技,妄想压服苏维埃政权。苏维埃国家粉碎了帝国主义的阴谋,苏俄代表断然拒绝了帝国主义集团的无理要求,并提出了反提案,要求帝国主义首先付给苏俄三百八十亿卢布赔偿因封锁和武装干涉所招致的损失,然后苏维埃政府再来偿还一百六十亿卢布的债务。苏俄代表在这次会议上还提出了普遍裁军的建议,给帝国主义的战争政策以严厉的打击,帝国主义集团在这次会议上一无所得。此后,帝国主义各国代表又在海牙召开了类似的会议,结果仍归失败。

在热那亚会议期间,苏维埃政府巧妙地利用了帝国主义间的矛盾,与德国缔结了经济条约。1926年又缔结了苏德友好中立条约,粉碎了孤立苏联的阴谋。

由于苏维埃政权的巩固,由于苏维埃国家和平政策的胜利,由于各国人民的压力,资本主义国家不得不与苏联建立外交关系。1924年2月2日,英国政府正式承认苏联,同年3月意大利政府也承认了苏联,同年10月,反苏最力的法国政府也承认了苏联。在1924年承认苏联的还有挪威、奥地利、希腊、瑞典、丹麦、阿尔巴尼亚、墨西哥、海地、匈牙利。这一年,被称为"承认苏联之年"。这表明了苏联和平政策的很大成功,苏联已赢得了和平。

为了巩固世界和平及继续打击帝国主义的反苏阴谋,苏联从1925到1933年先后与土耳其、德国、阿富汗、立陶宛、伊朗、波兰、芬兰、法国及意大利等国签订了互不侵犯条约和中立条约。

苏联在粉碎武装干涉后的一连串的胜利，击败了帝国主义孤立苏联并把苏联置于不平等地位的企图，与许多资本主义国家建立正常的政治和经济关系，并顺利地和建立反苏同盟的企图进行了斗争，打碎了帝国主义的反苏计划，苏联的国际威望更加提高了。这时苏联的国际地位日益巩固，它在维护世界和平事业中的作用更加增强了。

1933年到1939年，这是国际上风云紧急的年头，第二次世界大战威胁着全人类。

在此期间法西斯国家在东方和西方造成了第二次世界大战的两个策源地。日本法西斯首先向中国进攻，当时的国民党反动政府腐败无能，它把一切力量集中于反共反人民的内战，实行"攘外必先安内"的卖国政策。日寇在蒋介石集团的不抵抗政策下很快占领了东三省，作为征服中国、征服亚洲和征服全世界的基地，这样就在远东形成了第一个战争策源地。德国的法西斯化，希特勒党徒火烧国会，镇压工人阶级，迫害共产党员，消灭民主自由，建立了最野蛮的恐怖专政，并在美帝国主义的帮助下重建军队公开准备战争。于是在欧洲中部形成了第二个战争策源地。

这样一来，战争的阴云就笼罩了东方和西方，世界和平受到了严重威胁，保卫和平，反对战争，就成为全世界人民的最紧迫的任务。

在这紧张关头，苏联又一次地在全世界人民面前宣示了自己是保卫和平的伟大旗手。它以极大的力量维护和平，积极推动欧洲的集体安全运动，并努力组织全世界人民的反法西斯统一战线。为了和平，苏联进行了一系列的重要的活动。在1932年到1936年间，苏联和许多国家缔结了互不侵犯条约或互助公约。1937年7月日本公开进攻中国的一个月后，苏联就和中国签订了互不侵犯条约，给中国人民的抗日战争以道义上和物质上的支援。

为了保卫世界和平，苏联应三十四国的邀请参加了国联，并从参加国联的第一天起就坚决为集体安全和世界和平而积极斗争。

当时，如果英、美、法等国不拒绝苏联关于建立集体安全制度的建议，如果它们和苏联采取一致的行动共同制止法西斯侵略，希特勒德国就很难挑起世界战争。即使胆敢冒险挑起世界大战，在战争的头一年就可以把他们击溃。可是，英、美、法等国的政府，却违背了自己民族的利益和世界和平的利益，拒绝苏联的集体安全政策，助长法西斯的侵略气焰。美国以金元扶植了德国的重工业，使希特勒的军队得以装备起来。当时的英法政府，坚持可耻的"绥靖政策"。它们一方面以弱小民族作牺牲品，以讨好法西斯侵略者，另一方面则唆使希特勒德国去进攻苏联，阴谋挑动反苏战争，并企图在这场战争中消灭苏联，同时也削弱它们的竞争者——德、意、日法西斯国家，然后坐享渔人之利。

在英法反动的"绥靖政策"纵容之下，法西斯侵略者更是气焰嚣张。1939年3月占领捷克之后不久,便向当时东欧的波兰大举进攻。当德国要向波兰进攻,世界大战迫近眉睫的时候,苏联政府提议缔结苏、英、法公约,以保护那些遭受法西斯侵略威胁的国家。英、法对苏联建议本无意接受,后来因为舆论压迫,才于1939年3月开始和苏联谈判。谈判进行了四个月,英法毫无诚意,故意拖延时间,示意德国向苏联进攻,谈判终于破裂。

由于英法坚持执行其孤立苏联并指望希特勒进攻苏联的政策,苏联政府于1939年8月被迫与德国订立互不侵犯协定。在当时情况下苏联和德国订立的这个协定,是一个明智而有远见的行动,它打破了英、法、美帝国主义挑动苏德战争的阴谋,并在很大程度上预定第二次大战有利于苏联及全世界和平人民的结局。这是当时苏联为保卫世界和平事业的一个巨大贡献。

英、法、美帝国主义的反动政策,促使法西斯的德日意结成了侵略阵线,继吞并阿比西尼亚、奥地利、捷克之后,又向波兰进攻,战火直接烧到英法帝国主义的头上。1939年9月3日英法对德宣战,于是爆发了第二次世界大战。就在1940年的头几个月内,法西斯就席卷了大半个欧洲,号称强国之一的法国,仅抵抗了四十三天,就向德国投降了。帝国主义用"绥靖政策"引火自焚,英法两国的统治者"坐山观虎斗"的计划失败了,坐享渔人之利的幻梦破灭了,英法帝国主义搬起石头打了自己的脚。

显然,当时英法与德国之间的战争是争夺世界霸权的帝国主义战争。苏联和各国爱好和平的人民，没有理由来赞助任何(英法或德国)一方。苏联当时极力缩小战争和扩大和平，以人民的和平来结束帝国主义战争，同时，苏联并没有忘记希特勒可能发动侵苏战争。因而在此期间积极地加强社会主义建设，增强国防力量，并建立了"东方"防线，以预防和应付希特勒的侵犯，为以后粉碎希特勒德国创造了重要条件。

胜利冲昏头脑的希特勒匪帮，果然于1941年6月22日向苏联发动了背信弃义的进攻，苏德战争爆发了，苏联伟大卫国战争开始了。希特勒德国对苏联的进攻不仅是为了消灭苏联，而且是为了奴役全世界一切自由的国家与人民，为了毁灭民主、自由和整个人类文明。因此，苏联反抗希特勒侵略，不仅是保卫社会主义祖国，而且也是保卫全世界的民主、自由与和平。

苏德战争是历史的转折点，它使世界政治形势发生了根本变化，苏联的伟大卫国战争使第二次大战的反法西斯的正义的性质成为决定一切的主流。由于希特勒德国利用在欧洲已占领的十一个国家的人力物力向苏联进攻，人类命运便决定于苏德战争的结局，决定于苏联的能否胜利。全世界人民把保卫和平民主和战胜法西斯的希望寄托在苏联身上，把自己的命运和苏联的成败联系在一起了。

伟大的苏联英勇地担负了这一光荣使命，进行了正义的反法西斯战争。苏联一方面成功地组成了国际反法西斯统一战线，一方面在军事上给敌人以毁灭性的打击，成为打败德意日法西斯的主力军。

大家知道,1941年,红军单独抗击了整个希特勒欧洲的军事力量,1942年红军抗击了德国师团全部总数256个中的207个,1943年红军抗击了德国207个师团和50个德国附属国的师团。第二战场开辟以后,红军仍面对着180个德国师和24个匈牙利师团,当时西线盟军总共抗击了100个德国师团。甚至在1945年最后围攻德国时,德寇还从西线及其他战线抽调44个师团到东线企图阻止红军直捣柏林,将近四年的苏德战争,红军毙俘敌人达1200万人以上。苏联在军事上的伟大胜利和最后直捣柏林,终于彻底击败了法西斯的魁首希特勒德国,迫使德寇在1945年5月8日无条件投降。

苏联打败德国之后,根据条约规定,为解除日寇对东方各族人民的奴役,为世界和平的利益,1945年8月8日对日宣战。不到一个月的时间,在朝鲜和满洲战场上粉碎了日本关东军主力,根本改变了亚洲和太平洋地区的战争形势,迫使日寇签署了无条件投降书。于是,第二次世界大战以法西斯的可耻失败而最后结束。

不容否认,四年伟大卫国战争对苏联来说,是一次严峻的考验。苏联在战争中付出了巨大的代价:几百万苏联人损失了生命,1710个城市和7万多个村庄被破坏,大约有32000个工业企业被破坏和焚毁。法西斯匪徒们洗劫了98000个集体农庄,1876个国营农场和2890个机器拖拉机站。仅仅由于直接毁灭财物所造成的总的物质损失就达六千七百几十亿卢布。苏联人民用自己的生命财产,用自己鲜血对世界和平和人类进步事业做出了又一次重大的贡献。

人类永远不会忘记苏联人民在反法西斯战争中所建立的伟大功绩。苏联人民在这个战争中不仅保卫了社会主义祖国，而且也从法西斯奴役下解放了欧洲人民，并且给了亚洲的民族解放斗争以重大的援助。

正如毛泽东主席所教导我们的："以苏联为首的世界革命统一战线，战胜了法西斯主义的德意日。这是十月革命的结果。假如没有十月革命，假如没有苏联共产党，没有苏联，没有苏联领导的西方与东方的反对帝国主义的革命统一战线，还能设想战胜法西斯德意日及其走狗们吗？……如果说，十月革命给全世界工人阶级和被压迫民族的解放事业开辟了广大的可能性和现实性的道路，那么，第二次世界大战的胜利，就为全世界工人阶级和被压迫民族的解放事业开辟了更加广大的可能性和更加现实的道路。"

第二次世界大战改变了世界面貌。由于苏联在反法西斯战争中的决定作用和伟大胜利，从根本上改变了国际局势。战后国际形势的主要特点是：一方面，世界资本主义力量大大削弱，和平、民主、社会主义的力量大大加强，欧洲和亚洲的一系列国家脱离资本主义体系，社会主义变为世界体系，战后苏联的国际威望更加增长了；另一方面是，第二次世界大战刚一结束，美国就步德意日法西斯的后尘，成为战后资本主义世界里的新的反动和侵略的中心，企图争得世界霸权，疯狂地进行侵略活动，造成了战后国际局势的紧张局面，使世界面临新战争的威胁。在这种形势下，苏联继续为保卫世界和平，为缓和国际紧张局势、为持久和平而斗争。

战后的苏联，首先为与战时敌国缔结民主的和约而斗争。因为结束战争状态，缔结民主的和约，保证这些国家和人民的和平发展，是巩固普遍和平的重要因素。由于苏联的努力，1947年缔结了对意、罗、匈、芬、保五国的和约。在西方国家策划了重新武装西德的巴黎协定之后，"德奥合并"的危险大大增加，苏联为了奥地利人民的利益和欧洲安全，于1955年再次提出建设性的建议，为解决对奥和约问题打开了道路，同年5月苏美英法和奥地利签订了《重建独立和民主的奥地利国家条约》，规定了奥地利永久成为一个中立国家。这个条约的意义十分重大，这意味着帝国主义新战争计划的挫败，因而有助于保障欧洲的和平。对于德国，苏联奉行着一个旨在尽速缔结对德和约，一切占领军从德国撤退，以及建立一个统一、独立、爱好和平的、民主的德国的政策，和德意志民主共和国签订了两国关系的条约，和德意志联邦共和国协议建立外交关系。对于日本，苏联也认为，应该使它成为独立、民主的爱好和平的国家。

为了巩固世界和平，苏联一直在联合国中为普遍安全而斗争。自联合国成立之日起，苏联始终捍卫联合国宪章的原则，努力使联合国成为维持国际和平及普遍安全的有效工具，不断揭露和阻碍美国把联合国变成它的侵略活动的工具的罪行。苏联在联合国中提出了一系列争取和平的极重要的提案，提出了关于普遍裁军，缔结五大国和平公约，禁止使用原子武器及对其进行国际管制，主张自别国领土撤退军队，谴责和禁止战争宣传及建立欧洲集体安全体系等等重要的建议。这些建议虽然受到了帝国主义阻挠，但却有效地揭露了国际侵略势力的战争阴谋，提高了和平人民的警惕，鼓舞了世界人民争取和平的勇气和信心，给和平人民提出了反对战争威胁的战斗口号。

为了消除新战争的威胁，战后苏联一贯为裁减军备而斗争。由于苏联的建议，1946年12月14日的联合国大会上通过了裁减军备的决议。此后的十一年间，苏联在历届联合国大会上屡次建议裁军和召开国际裁军会议，在第九届联合国大会上，苏联对裁军问题做了新的努力，大会通过了加拿大、法国、苏联、英国和美国五国代表团的联合提案，提案规定应以苏联新建议和裁军委员会报告为基础，寻求一个可以接受的解决办法。这个提案的通过，是苏联为裁军所进行的持久斗争的巨大胜利。苏联不仅提出建议，而且首先以实际行动证明它的和平诚意，撤回了在战时驻在他国领土上的军队，放弃了在外国领土上的唯一的海军基地芬兰的波卡拉半岛，并大大裁减了自己的武装部队。

苏联为禁止使用原子武器及其他大规模杀人武器的顽强斗争，这是举世共知的事实。从1946年的联合国第一届大会上通过设立原子能委员会的决议以来的十多年中，苏联在历届联合国大会上不断提出禁止使用原子武器和建立国际监督的具体措施。现在，还在坚持使人类免于原子战争威胁的斗争。并且，苏联首先在利用原子能进行和平建设方面取得了许多成就。

苏联对裁军和禁止原子武器的建议，虽然为美国侵略集团所拒绝,但却给了美国的"原子讹诈"政策和扩张军备以重大的打击,无情的揭露了帝国主义仇视和平的反动面目。

苏联在争取和平的斗争中的另一重大贡献,在于不断巩固着社会主义阵营各国的友谊,并给这些国家在道义上、政治上和经济上以无私的援助。苏联把对兄弟国家的援助和各国人民争取和平安全的斗争联系起来,并且成为苏联和平政策的一个重要组成部分。欧洲人民民主国家一诞生,苏联即和这些国家建立起以无产阶级国际主义为基础的友好合作关系。1949年,苏联和东欧各人民民主国家成立了经济互助委员会,援助兄弟国家的社会主义建设,粉碎了帝国主义的封锁禁运,使这些国家走上民主和社会主义道路,这是苏联对人类进步事业与世界和平的重大贡献。

新中国成立之后,伟大盟邦苏联对我国的无私援助,中国人民是永远不会忘记的。中国人民深刻了解到,离开了无产阶级国际主义,离开了国际革命力量首先是苏联的援助和支持,就不会有中国革命的胜利,更不会有社会主义。新中国宣告成立后,第一个承认我们的就是苏联,接着是中苏两国签订了具有伟大历史意义的"中苏友好同盟互助条约"。

苏联从经济、文化、道义等各方面给了我们巨大的支援。苏联对我国的援助,不仅在中苏两国人民传统友谊的历史上写下光辉灿烂的一页,而且是对保障世界和平的巨大贡献。因为,中华人民共和国的成立及其与苏联和人民民主国家建立了友好合作关系,就使社会主义阵营的国家在地理上联成一片,建立了地跨欧亚两洲,拥有九亿人口的社会主义的世界体系。这对于美帝国主义为首的好战势力是一个沉重的打击。中华人民共和国的成长强大,中苏两国的友好团结就成为保卫远东及世界和平的最有力的保证。中苏友好无敌于天下!

战后的苏联,依然遵循马克思列宁主义的革命原则及坚定不移的和平政策,大力支援殖民地和附属国的民族独立解放斗争,向帝国主义的殖民政策作了有效的打击。1945到1949年间,在亚洲不但有朝鲜民主主义人民共和国、越南民主共和国和中华人民共和国的成立,而且还有印度、巴基斯坦、锡兰、印度尼西亚、细甸等国的民族独立。亚洲的其他地区和非洲、拉丁美洲的民族独立斗争也有了新的发展。对于这些斗争,苏联一贯给以同情和援助,所有上述新兴的民族独立的国家,都曾得到苏联的支持和同情。1956年英法以进攻埃及时,苏联支援了埃及人民的反侵略斗争,苏联对英法以提出的严重警告,对停止侵埃战争起了重大作用,因而也促进了中近东的和平。

战后这些年来,苏联在为缓和国际紧张局势的斗争中,极力主张和平解决一切国际争端。当国际上发生重大事件的时候,总是苏联提出建议,为和平解决打下了良好基础。

1951年6月,苏联驻联合国代表提出了和平解决朝鲜问题的建议,要求交战双方停火与休战,双方把军队撤离三八线,作为和平谈判的第一个步骤。这一建议不但受到中朝人民的欢迎,也受到世界各国人民包括美国人民的热烈欢迎。美国侵略者在朝中军队的严厉打击下,在全世界舆论的谴责下,终于被迫接受了停战谈判的建议。朝鲜停战后,国际局势开始有了一定程度的缓和,并做出了和平协商解决国际争端的范例,为后来的印度支那停战的实现创造了条件。

苏联在争取和平解决国际争端方面的另一成就,是对于印度支那停战及和平恢复方面的贡献。由于苏联的努力,苏联和美、英、法于1954年在柏林举行了四国外长会议,会议达成了一项协议,决定召开日内瓦会议讨论朝鲜问题和印度支那问题。这件事的本身,就是苏联和平政策的重大胜利。在1954年4月召开的日内瓦会议上,终于就印度支那恢复和平问题达成了协议,因而使朝鲜停战后世界上唯一的大规模战争——印度支那战争停止了。这是世界和平力量的又一伟大胜利,彻底击灭了美国好战集团企图使印度支那战争"国际化"和把它引向另一次世界大战"边缘"的反动迷梦。

为了增进国际间的和平合作,苏联曾努力建立和发展与亚洲民族主义国家的友好关系。1955年11月到12月间,布尔加宁和赫鲁晓夫访问印度、缅甸和阿富汗,是引起举世瞩目的一件大事。这次访问,对于国际和平与合作的事业起着极为重要的作用。

说到苏联为保卫战后世界和平的活动,不能不提到保障欧洲集体安全的华沙条约。战后许多年来,苏联一贯主张建立欧洲集体安全和订立全欧条约。但是,尽管苏联做了种种努力,帝国主义侵略集团却始终拒绝苏联的和平倡议,并策划所谓"欧洲防务集团"条约来推行它们的侵略战争政策,建立"欧洲军"和复活德国军国主义,给欧洲的和平与安全造成了严重的威胁。在这种情形下，为了反抗侵略和保障欧洲的集体安全与和平，1954年在莫斯科召开了苏联、波兰、捷克、德意志民主共和国、匈牙利、罗马尼亚、保加利亚和阿尔巴尼亚等八国的会议，通过了维护和巩固欧洲和平的八国宣言。当美国等国际侵略集团进一步使国际局势严重化时，参加莫斯科会议的八国于1955年5月召开了华沙会议，缔结了八国友好合作互助条约，并决定成立缔约国武装部队联合司令部。华沙条约的订立，给了国际侵略集团以严重的警告，使它们不敢轻举妄动。条约不仅是保障缔约国自身的安全的必要措施，同时也是维护欧洲和世界和平安全的强大支柱。

1956年，当帝国主义在匈牙利策动叛乱颠覆活动时，匈牙利人民革命事业处在最紧要的关头，苏联军队根据华沙条约的规定，接受匈牙利工农革命政府的请求，协助匈牙利人民击退了反革命叛乱。这一正义的合法的行动，是苏联战后对保卫世界和平事业极为重大的贡献。由于苏联的正义援助，粉碎了帝国主义在匈牙利复辟的阴谋，粉碎了侵略集团在匈牙利建立新战争基地的企图。这不仅帮助匈牙利人民捍卫了社会主义事业，而且也保卫了欧洲和世界的和平。

1957年底，苏联仍然没有放松进一步缓和国际形势的斗争。因为，当时整个国际局势仍然动荡不安，美英法帝国主义者还在玩火，美国在阴谋侵略叙利亚，英法在进攻阿曼和阿尔及利亚人民，北大西洋侵略集团仍在奉行"冷战"政策，美英法继续在使西德军国主义化，世界仍被分成互相敌对的军事集团，进行着危险的军备竞赛，人类还受着原子战争的威胁。为了进一步缓和国际局势，苏联代表在联合国第十二届会议上又提出了关于各国和平共处的草案，关于在国际监督下停止核武器的试验两年到三年的草案及关于不使用原子武器的草案，并再次主张美、英、法、苏不在中东使用武力。这些都是巩固和平的重要和适时的建议。

1958年，即伟大十月革命跨入它的光辉的第四十一年的时候，苏联政府及其人民对保卫世界和平继续做出了重大的贡献。今年1月8日，为了缓和国际紧张局势，为了确立和保证世界安全，为了保障人类的进步和文明不为战争摧毁，苏联政府提出了缓和国际紧张局势的具体建议，主张召开由政府首脑参加的各国领导人员的高级会议来讨论急待解决的国际争端，并且认为各国对于国际关系上的一些没有解决的问题相互取得协议不仅是必要的，而且是可能的，解决了这些问题，就能使整个国际局势正常化和消除"冷战"，就能消除来自帝国主义侵略阵营的战争威胁。

苏联政府的这个建议，立刻博得了一切爱好和平的国家和人民的拥护，各国爱好和平的人民一直企望这个会议早日召开，来消除"冷战"和缓和国际紧张局势。但是，这样一个重要的和平倡议，却一再遭到美国为首的帝国主义集团的阻挠和破坏。苏联没有因为西方好战集团的破坏而放弃自己对世界和平的责任，半年多来一直为实现这个建议而斗争，并且在五月五日进一步提出了交政府首脑会议讨论的问题的建议，以促使早日召开这个会议。在这个建议中，苏联提出了一系列的有关世界和平和各国人民利益的重大问题。

这个建议首先提出了"立即停止试验原子武器和氢武器"。这是刻不容缓和可以解决的问题，是走向完全禁止那种大规模毁灭性武器的一个实际步骤。试验原子武器和氢武器，会增加大气、土壤和水中的原子辐射的浓度，严重地危害着当代人类的健康和生命，也威胁着人类未来一代的正常发育。因此，苏联的这个建议，不仅是防止战争的建议，而且是造福人类的建议。苏联不仅提出这个建议，并且用实践表示自己的诚意，在美英等国没有接受这个建议之前，苏联早就单方面地停止了对原子武器和氢武器的试验，从而给停止原子军备竞赛做出一个榜样。人们可以看到，苏联是如何忠实于世界和平与各国人民的利益。

在这个建议中，其次是提出了"不使用一切种类的原子武器、氢武器和火箭武器"。提议拥有核武器的苏联、美国和英国达成不使用一切种类的上述武器的协议，来消除原子战争的危险，然后进一步实现无条件地禁止原子武器和从各国军备中取缔这种武器，最后销毁这种武器。

在这个建议中，还提出了"缔结互不侵犯协定"的建议，苏联主张北大西洋公约集团的成员国和华沙条约的成员国之间以这种或那种形式签订互不侵犯公约(或协定)。这是建立欧洲安全体系和加强各国之间的合作的重要步骤，是缔结更广泛的欧洲安全条约的前提。

在这个建议中，还提出了"取消在别国领土上的外国军事基地"和"裁减驻扎在德国境内和驻扎在其他欧洲国家境内的外国军队的人数"的建议。许多年来，苏联始终不渝地争取在上述问题上同其他国家达成协议,一贯主张彻底解决裁军问题、大大缩减各国的武装力量,主张一切外国军队从欧洲两个军事集团(北大西洋公约集团和华沙条约集团)的参加国的领土上全部撤出和取消在别国领土上的一切外国军事基地。苏联不但就上述问题屡次提出具体建议,而且用自己的实际行动,单方面裁减了自己的武装力量。但是,美英帝国主义国家不但没有这样做,反而扩大它在外国的军事基地和增加驻扎在别国的军队。

这个建议再一次提出了"缔结德国和约"的问题。第二次世界大战已经结束了十几年,然而德国人民仍然被剥夺本国和平发展和同其他国家人民平等生存的条件。由于没有和约,对解决德国的统一问题也发生了不良的影响。因此,缔结德国和约的问题,乃是给德国人民以和平幸福和珍视欧洲和平的重要问题。这个问题,本来是早就应该得到解决和能够解决的问题,就是因为美帝国主义为首的西方好战势力的阻挠,一直悬而未决。美国不但不想缔结对德和约,反而利用德国和约问题的悬而未决,把西德拖入了原子战争的准备中,成为战争威胁的重要因素。由此,也可以看到美帝国主义是何等地敌视德国人民,何等地敌视欧洲和平及世界和平!

这个建议还提出了关于"防止一国对另一国的突然进攻";提出了"扩大国际贸易关系"和"发展各国间的联系和接触"以及"停止宣传战争"等重要问题,以改进目前的世界局势,实行各种不同制度国家的和平竞赛,更利于各国人民建设自己的和平幸福生活。

苏联的这些建议，对全世界和平人民是莫大的福音，对帝国主义战争集团是迎头打击。这些建议，决不是出于外交活动中的权变和策略，而是基于马克思列宁主义和革命人道主义的伟大原则。全世界人民都拥护苏联这个建议，企望它早日实现。

西方美英法三国，特别是美帝国主义，他们千方百计破坏苏联的和平建议。在八个多月的时间内，美英法等国不顾全世界人民的反对，坚持着破坏召开最高级会议的阴谋活动，采取了和苏联截然相反的态度。例如，苏联的一月八日建议中，主张在三两个月内召开最高级会议，然后再举行外长会议，这样做，是为了促使最高级会议早日举行。然而，美英法等国却玩弄花招，借口要"进行充分准备"，而主张先举行外长会议，这显然是要拖延最高会议的举行。苏联为了促成会议的召开，接受了西方国家的这个意见，并建议在今年四月召开外长会议来讨论最高级会议的议程、成员、日期和地点的问题。在这种情况下，西方国家又节外生枝，说什么要先经过外交途径在外长会议上对实质问题进行讨论。这样，对召开最高级会议的准备又增加了一层障碍。又如，关于议程的问题，苏联一贯主张在最高级会议上讨论那些可以解决的问题，所以提出了上述五月五日的建议，这些建议，显然不是为了苏联的特殊利益，而是为了进一步缓和国际紧张局势，消除"冷战"和原子军备竞赛以及进一步扩大不同社会制度国家之间的经济和文化的交流，实现不同社会制度国家之间的和平共处。这些都是符合人类和平和进步事业的良好建议。然而,美英等国对于这些和平建议毫无兴趣,甚至采取了否定态度。另一方面却要求把那些旨在加剧"冷战"的问题,象所谓东欧国家局势等问题列入议程。美英等国的这种做法,表明他们蓄意要破坏最高级会议的召开。此外,美国还制造一些无赖式的借口来破坏召开最高级会议。例如,匈牙利政府处决反革命罪犯纳吉,这本来与最高级会议问题毫不相关,却也成为美国破坏的借口。艾森豪威尔在六月十八日的记者招待会上竟然硬说这件事情使召开最高级会议的希望受到了挫折。由此可见,美国处心积虑地破坏召开最高级会议的阴谋已经是"司马昭之心——路人皆知"的了。

由于西方国家的无理破坏,最高级会议的召开已拖延了八个多月。在已往的八个月中,全世界人民以自己的经历再一次地看到了苏联在保卫世界和平事业中的坚持努力和独特的贡献。

为了和平的目的,苏联继五月五日提出的建议之后,在7月15日又向欧洲各国政府和美国政府提出了关于缔结欧洲国家友好合作条约的建议。这是保卫世界和平事业的又一重大措施。这个建议要求一切有关国家的政府致力于制定一些共同的措施,来防止欧洲陷入战争之中,并且在增加欧洲各国的相互信任和扩大全面合作的基础上,寻找出巩固和平的途径。

苏联的这个新建议,在目前具有很大的现实意义。大家知道,在已往的不到半个世纪的时间里,人类经历了两次世界大战,生命财产遭到浩劫,千千万万的人在战场上丧命,或死于后方的轰炸之中,繁荣的城市和富饶的农村变成一片焦土,珍贵的建筑和文物被战火毁灭,多少个家庭经历着苦难和牺牲,战争的破坏使人类的物质文明倒退了几百年,在精神上也遭受着不必要的紧张和磨难。而这两次战争,都是先从欧洲开始的。现在,欧洲各国人民又再一次地生活在疯狂备战的环境中,受到可怕的战争威胁。而新的战争一旦爆发,将会使人类遭受到大于以前的损害。这种战争威胁,是以美国政府为首的西方侵略势力亲自布置起来的。直到现在为止,美国等帝国主义还在不断地加紧扩军备战,特别是加强原子武器和氢武器的军备竞赛,扩大军队和增加军费,在别国境内建立原子武器和火箭武器基地,用这些武器武装某些国家的反动政府的军队。在这种情况下,欧洲人民不能不关心到自己的和平利益,而苏联提出的缔结欧洲国家友好合作条约的建议,正符合全欧洲人民的切身利益。

为了促成早日缔结这样的条约,苏联政府还提出了一个《欧洲国家友好合作条约草案》。条约草案中规定"缔约各方将本着真诚合作和互相谅解的精神,根据互相尊重领土完整和主权、互不侵犯、互不干涉内政、平等互利的原则,发展和巩固人民之间的睦邻关系和友好关系"。"保证按照联合国宪章原则只用和平手段来解决它们之间可能产生的一切争端。"条约草案还规定缔约双方在一、两年内裁减自己在德国的武装部队和军备三分之一,把它撤回本国领土。然后再研究进一步的裁军和撤军。条约草案主张缔约各方一致在中欧建立一个不生产和不配置原子武器、火箭武器等大规模杀人武器及为这些武器服务的任何设备装置的地区。条约草案也提出了发展经济合作和交流经验,逐步消除各国经济关系方面的各种现有障碍和限制,发展和平利用原子能方面的合作,建立有关科学、文化、技术和教育方面的相互联系等问题。

苏联的这个建议,又是对维护世界和平事业的一次重大的努力和贡献。它给了欧洲各国人民以争取和平的现实目标,给了企图挑起欧洲战火的好战集团以新的打击。美国等帝国主义国家,在全世界和平人民拥护缔结这样条约的时候,却反对缔结这种条约。于是,它们就在世界各国人民面前再一次暴露了自己是和平的敌人。

在1958年,苏联政府及其人民对世界和平事业的另一重大贡献,表现在对中东人民的民族独立运动的强大支援,制止美英帝国主义对中东的侵略,给了世界殖民主义者以迎头打击。

美英帝国主义集团,一贯在中东推行它的侵略政策和殖民主义,长期蓄意武装侵略中东,使中近东的和平和阿拉伯各国人民的民族独立受到威胁。自从黎巴嫩人民展开反对帝国主义及其代理人的斗争以来,美英帝国主义一直对黎巴嫩进行干涉活动,他们给反动的夏蒙政府运送各种武器弹药,并且派遣了大批军事人员帮助夏蒙政府进攻黎巴嫩人民。还在黎巴嫩附近集结了大批伞兵、炮兵和海军陆战队,阴谋直接侵略黎巴嫩。7月15日,美国公然违反联合国宪章的根本原则,在"保护美国侨民"和"保卫黎巴嫩主权"的借口下,派遣武装部队在黎巴嫩登陆,对黎巴嫩内政进行武装干涉,镇压阿拉伯人民的民族独立运动。继美国出兵侵略黎巴嫩之后,英国政府在7月17日也捏造荒谬借口,公然出兵约旦,镇压约旦人民,并且在地中海东部和波斯湾地区集结军队,企图从几个方面侵略刚刚独立的伊拉克共和国。美国和英国的侵略行为,不但是对阿拉伯人民的公然的侵略,而且是对全世界爱好和平的国家和人民的挑衅,是对世界和平的严重威胁,加剧了世界紧张局势,带来了扩大战争的严重危险。这不能不引起全世界爱好和平的国家和人民的愤怒,到处掀起了反对美英侵略中东的斗争。

在反对美英帝国主义侵略中东的斗争中,也象在1956年反对英、法帝国主义侵略埃及的斗争一样,苏联站在全世界人民的最前列。在美军侵黎的第二天,即7月16日,苏联政府发表了关于中东事件的声明,17日英军开入约旦后,苏联政府又在18日发表了声明。这些声明严厉地谴责了美英帝国主义的侵略行动,指出"美国和英国政府干下了仇视和平的勾当,它们要对它们侵略黎巴嫩和约旦的行动负责"。苏联政府坚决要求侵略者"停止对阿拉伯国家的内政的武装干涉,并且立即把自己的军队撤出"。在7月15日,苏联代表在安理会紧急会议上要求安理会从速命令美国停止对阿拉伯国家的内部事务进行武装干涉,立即从黎巴嫩撤回它的军队。在16日,苏联部长会议主席赫鲁晓夫致电伊拉克共和国总理卡塞姆,宣布苏联承认伊拉克共和国政府,以支持阿拉伯人民的正义斗争。在苏联政府的历次声明中,都向侵略者提出了警告:"苏联不能对在他国境邻近地区造成严重威胁的事件置若罔闻,并且保留为维护和平和安全而采取必要的措施的权利"。在警告美英侵略者的同时,也警告了企图为虎作伥的土耳其政府说:"苏联政府认为,它有责任警告土耳其政府要对这个地区发生军事冲突的可能后果负严重责任"。这个警告,就使土耳其不敢对伊拉克采取军事行动。7月19日,苏联政府又向美、英、法、印度建议立即在日内瓦召开有联合国秘书长参加的这些国家的首脑会议,以便马上采取措施,停止中近东已经开始的军事冲突。这是苏联支持中东人民的正义斗争和制止美英海盗行为的又一个有力措施,这个建议受到了所有爱好和平的国家和人民的热烈欢迎。苏联的这个建议反映了全世界正义人类的共同愿望,形成了巨大的力量,这个建议立刻得到有关国家的响应,迫使美英政府的首脑也不得不在给赫鲁晓夫的回信中表示愿意坐下来谈判。而在按照苏联建议召开的联合国紧急会议上,苏联代表团把美英侵略者的罪恶面目揭露无遗,迫使侵略者灰溜溜地认输。由于苏联的主导作用,联合国会议通过了要美英从中东早日撤兵的决议。为了支持阿拉伯人民的正义斗争和维护中东和平及世界和平,苏联还采取了许多强有力的措施。当美英侵占黎巴嫩和约旦,企图进一步侵入伊拉克共和国,中东局势非常紧张的时候,苏联部长会议主席赫鲁晓夫同阿联总统纳赛尔举行了会谈,讨论了制止对阿拉伯世界的侵略以及维护阿拉伯国家独立的措施。苏联和保加利亚,沿着黑海和北高加索举行了军事演习,并且及时警告了企图进犯伊拉克的土耳其。苏联并声明要尽一切可能使伊拉克共和国得以巩固起来,苏联愿尽一切可能帮助殖民地人民获得解放和民族独立。苏联的这些行动,使美英侵略者不得不收缩它的侵略毒焰。由于阿拉伯人民的坚决斗争,以苏联为首的强大社会主义阵营的有力支持,全世界一切爱好和平人民的反对美英侵略、维护世界和平的巨大洪流,终于遏制了美英帝国主义扩大侵略的计划,给了侵略者以严重的打击,迫使它们不得不低头就范。

上面一切事实,都再一次证明了苏联是保卫世界和平的支柱,是一切和平人民的忠实朋友。它坚定不移地执行着和平政策,执行着马克思列宁主义的解放殖民地和一切被压迫者的政策。在这方面,中国人民也和苏联一样,尽自己的力量保卫着世界和平及支援殖民地的民族独立解放运动,并且做出了自己的贡献。当美英侵略黎巴嫩和约旦时,我国政府及时地向美英侵略者提出了严重警告和强硬抗议。严正地表明"六亿中国人民将同亚非各国人民和全世界一切爱好和平的国家和人民在一起,全力支持阿拉伯人民的正义斗争",坚决要美英军队立即撤出黎巴嫩和约旦。全国几亿人民抗议美英侵略中东的怒吼,以及对于美英侵略者的"中国人民绝不会袖手旁观"的警告,也迫使侵略者们不敢不正视这条"东方巨龙"的威力。中国人民给了阿拉伯人民以友好和支持,并且成为维护世界和平的重大力量。同时,从中东人民所遭到的美英帝国主义新侵略的患难中,一切争取自由和独立的民族更加看清了谁在保卫和平,谁在破坏和平,谁是朋友,谁是敌人。事实又一次证明了,以苏联为首的社会主义阵营是世界和平的有力支柱，以苏联为首的社会主义各国是阿拉伯民族和亚洲、非洲、拉丁美洲一切被压迫民族争取解放的最可靠的朋友，而以美国为首的帝国主义集团，则是和平与民族独立解放的大敌。

在保卫世界和平的斗争中，苏联除了在外交谈判上的努力之外，还采取了一系列的争取和平的措施来缓和国际紧张局势。最近三年来，苏联单方面裁减的武装部队的人数总共已达214万人，其中有九万多人是从驻扎在德意志民主共和国的军队中裁减下来的。苏联已与华沙条约缔约国一起，决定在1958年内裁减武装部队419000人，其中苏联裁减30万人。军事开支和军备也相应地减少了，今年比1955年减少了110亿卢布。苏联今年3月31日单方面宣布停止核武器的试验。此外，苏联还在征得罗马尼亚政府和匈牙利政府同意后，决定从罗马尼亚撤出苏联驻军，从匈牙利撤出一个师的苏联驻军。所有这一切，都表明了苏联对和平的真诚愿望和卓越的贡献。

然而，帝国主义国家的态度怎样呢？它们和苏联完全相反，还在继续扩军备战，以加剧国际紧张局势。美国决定在英、法、意、土等国的领土上设立美国核弹头火箭发射场和原子武器仓库；北大西洋侵略集团决定用原子和火箭武器装备西德的军队；在苏联停止核试验之后，美英两国连续大规模地在太平洋地区进行核武器试验；它们挑起侵略中东的战火，百般狡赖地不立即从黎巴嫩和约旦撤出自己的侵略军队。美国和其附佣们的这些所作所为，完全表明了它们决心与爱好和平的人民和国家为敌,蓄意破坏全世界人民的幸福生活。

苏联对保卫世界和平的重大贡献,还表现在它的经济力量的飞速发展和不断增长;表现在科学技术的进步和超过资本主义世界;表现在对经济落后的国家的无私的经济、文化、技术的援助;表现在由它日益证明的社会主义社会的无限优越性和日益增长的威力。苏联在人造卫星和洲际导弹上的成功,在对尖端科学——原子能研究方面的高深的造诣,都给了世界和平人民以莫大的鼓舞、充足的勇气和乐观的希望。

上述一切,令人信服地表明了在十月革命后的四十年中,苏联在保卫世界和平和人类进步事业中的丰功伟绩。这些辉煌的成就,有力地驳斥了帝国主义诬蔑苏联为"侵略者"的无耻谰言,也有力地驳斥了现代修正主义者诬蔑苏联也有所谓"从实力地位出发采取霸权斗争的政策"的无耻谰言。同样也有力地驳斥了我国的资产阶级右派对苏联的诬蔑和对中苏友好关系的恶毒的挑拨。

四十年来苏联在保卫世界和平事业中的卓著成就,已经成为人类历史中永不磨灭的光辉一页。这些铁一般的历史事实,向全世界人民清楚地说明了谁是真正维护和平的旗手,谁是破坏和平的罪魁;证明了苏联为首的社会主义阵营坚决维护世界和平,以美国为首的帝国主义好战势力一贯敌视和平。

苏联在保卫世界和平和人类进步事业中这些重大的成就,都是在苏维埃人民的伟大领导者苏联共产党的领导下取得的。由于党的领导,四十年间苏联已成为国际局势的决定性的因素,苏联的国际地位巩固而不可动摇。现在,苏联争取和平、争取不同社会制度国家的和平共处进行经济竞赛的斗争,已经和各国人民的保卫和巩固和平的运动相配合,完全符合全世界进步人类的意志和利益。现在,维护世界和平的愿望已深入人心,并且成为具有群众性的进步运动。和平运动的高涨,社会主义民主和平阵营的巩固壮大及其一贯奉行和平政策,严重地打击了帝国主义的新战争阴谋。如果侵略者胆敢发动战争,它们将一败涂地,以至使整个资本主义体系彻底毁灭。

后　记

　　这篇文章，原于1957年11月发表在《青年共产主义者丛刊》第二集《十月革命的道路》专辑上面，此次印成单行本时，在内容方面做了一些补充和修改。

　　关于刊行这个小册子，在作者方面是出于以下动机的：第一、以美帝国主义为首的反动侵略势力正在向世界和平挑衅，并且反而"贼喊捉贼"地诬蔑苏联及社会主义各国的和平政策，散布什么"间接的侵略""共产主义的威胁"等无耻谰言；第二、现代修正主义者也与国际帝国主义一唱一和，对苏联和社会主义国家恣意攻讦；第三、伟大十月革命的四十一周年又将来临，苏联为世界和平、进步与正义的事业又多出了一年贡献。为了揭穿和打击美国等帝国主义的阴谋，为了打击现代修正主义，为了欢呼十月革命胜利四十一周年，因此让这本小书问世，希望它能起一点良好的作用。

作　者
1958年10月，北京

访问苏联画家

前　记

　　1957年9月下旬，随着中国现代版画展览会在列宁格勒和莫斯科的展出，我国文化部派李桦同志和我访问了我们久已向往的苏联。这次愉快的出国，历时两月，是我一生中最值得纪念的日子，回国后想到苏联人民和苏联画家对我们的深厚友谊，促使我把这次出国访问的主要内容写下来。

　　由于这些纪事，多半是关于访问苏联画家的，所以本书便以此定名。它的出版，是我们归国后向我国美术家们作的一个汇报，如果能起增进中苏友谊、帮助读者了解苏联美术家的情况和交流创作经验的作用，就算达到我的希望了。

　　本书在写作过程中，曾得苏联翻译员В.Л.略托霍同志的很多帮助，某些地方参考了李桦同志的日记，特表谢意。关于苏联美术家生平方面，曾参考了朝华美术出版社出版的《苏联美术家传略》，关于苏联的美术陈列馆和博物馆方面，参考了《苏联大百科全书》，特此声明。

作者　于北京
1958年10月

列宁格勒通讯

访问苏联画家

十月的列宁格勒是十分美丽的,晚秋的季节用金色的树叶和绿色的草地装饰着全城。就在这个如画般的英雄的古典城市里,中国现代版画展览会当十月一日我国建国第八周年国庆日,于涅瓦河畔的埃尔米塔施博物馆隆重开幕了。它被选择在这一天开幕显然有着重大的意义,一方面是对于我国国庆的一种很好的庆祝,而同时也意味着中苏两国人民的深厚的友谊。

中国现代版画展览会是由中华人民共和国文化部、苏维埃社会主义共和国联盟文化部以及苏联国立埃尔米塔施博物馆主办的,开幕的那天先由埃尔米塔施博物馆馆长阿尔达莫诺夫同志致开幕词,后由李桦同志讲话,之后即同来宾一同进入会场。这是一个古典而雅致的画廊,光线充足,画框又挂得舒适,窗外是俄皇休息的花园,红色的小花,鲜绿色的草地,深绿色的树叶和白色的大理石的雕刻……与展览会场上的"百花齐放"的中国版画相辉映。人们走进这样的会场是会感到愉快的。这里悬挂着159件版画作品,包括96位中国的新老版画家。来宾和报纸的记者对于中国的版画是很感兴趣的,他们热情地提出问题,并表示他们对于某些作品的热爱。很多人在吸引他们的中国版画的面前长时停留,并互相谈论不休,这样的场面使我们看了为之感动。

我们是在祖国的反右斗争的高潮中,于9月24日晨从北京乘飞机起程,于25日到达莫斯科,后又于28日来到列宁格勒的。在我们的估计中以为列宁格勒已经是白雪盖地,树枝落叶,一片冬天景象了,没有想到它竟和北京十月的自然面貌没有两样。听说已经下过雪,可是天气并不冷,谁也没有穿皮衣。中国现代版画展览会的举办和我们的访苏都是根据中苏文化协定而进行的。这个展览会决定在十月一日我们的国庆日起在列宁格勒举行后,将于苏联十月社会主义革命第四十周年纪念日在莫斯科开幕,这样的安排是很有意思的。

"埃尔米塔施"(ЭPMNTaЖ)是从法文来的一个字,是隐者住处的意思。这个博物馆和冬宫相接,现在全部陈列着世界各国古今最宝贵的艺术品,就在我们举行版画展览会的这个画廊中今年四五月间曾举行过中国的国画展览会,轰动一时。据说近些年来中国艺术家的作品展览会在列宁格勒已经举行过四次了,但中国现代版画展览会在列宁格勒的举行还是首次。直接负责中国现代版画展览会的展出工作的是埃尔米塔施博物馆东方馆的主任克列切托娃同志,她于1956年七八月间曾同苏联画家访问过我国,我和李桦同志曾于中国美术家协会在北海公园白塔下举行的盛大招待会上和她会过面,因此她对我们一见如故,我们一到列宁格勒她就来车站接我们。她对这个展览会的布置不但注意到作家的新老次序,而且还考虑到每一间隔的壁面所悬挂的作品互相间的大小是否对称,色调是否调和,因此这个展览会布置的是使我们感到十分满意的。

  我们的展览会开幕后,列宁格勒和莫斯科的不少报纸都发表了消息,如《列宁格勒真理报》《列宁格勒晚报》、列宁格勒《接班人》报、莫斯科《真理报》《苏维埃文化报》。这些报纸一般都报导了李桦同志在展览会开幕时的讲话要点,有的也详细提到了他们认为好的作品,这些作品多半都是反映中国社会主义建设的。

  为了庆祝十月社会主义革命四十周年,全苏美术家协会列宁格勒分会和国立俄罗斯博物馆于十月三日举行了列宁格勒美术家作品展览会。开幕后我们去看过两次,其中有作品一千多件,大部是油画,此外还有不少雕刻、版画、招贴画、插画、漫画以及舞台美术。在版画部分中以石版画、麻胶版画和铜版画较多,木刻较少,我们曾问他们木刻画少的原因,他们说:因木版价格昂贵,不象其他版画的工具方便。据说像《版画》杂志封面大的一块木刻版要三十多个卢布(合中国十五元多),因此他们在正面刻了又在背面刻,有时候还刨掉再刻,可见其木刻版之可贵了。这里所指的木版是木口木刻的木版,因为苏联版画家很少刻木面木刻,他们这里没有木面木刻刀。听这里的中国留学生说,他们很喜欢中国的木刻刀。

有一个中国留学生送给列宁格勒列宾美术学院的德国留学生一套中国木刻刀,他感到非常宝贵,便把自己保存的一套很精彩的德国油画复制品送给中国留学生作为交换的礼物。

在这个展览会上的苏联版画,一般都不太大,最大的也不超过半张《人民日报》,不像我国版画家有的竟刻桌面大的。至于版画的取材,也多半是风景,此外就是书籍插图,像油画似的描绘生活情节的作品较少,这是和中国的版画有着显然的区别的。我想在这一点上,我们倒不一定要向苏联看齐。听说到十月社会主义革命节在莫斯科将要举行一个十分盛大的全苏美术展览会,现在正在从这个展览会中选取特别优秀的作品送往莫斯科。我们已从这个展览会的版画中选了一些好作品,准备向这里的美协提出,让我们能带原作到中国在《版画》上发表,使它们和中国读者见面(见图1.2)。

在这个美术展览会开幕的那天,我们会到了很多苏联版画家和油画家,其中如中国读者非常熟悉的革命历史画家谢洛夫,以及在《版画》第五期上介绍过他的石版画的魏特罗贡斯基……他们对我们都很热情,有的版画家带领我们给一一介绍他们的作品。

为了中苏两国版画家有机会见面,交换意见,列宁格勒美术家协会于十月五日晚八时半举行了一个座谈会。出席这个会的有美术家协会的党委书记卡明斯基同志,美术家协会副主席Я.Ⅱ.帕斯介里安同志,木刻插图版画家г.Д.埃皮法诺夫同志,给《静静的顿河》一书画插图的画家维列斯基的父亲——老版画家 г.C.维列斯基同志,上面曾提到过的魏特罗贡斯基同志,曾经到过中国的油画家А.И.康因斯坦金诺夫斯基同志,以及列宁格勒的艺术理论家Ⅱ.Е.柯尔尼洛夫同志,此外还有两位女雕刻家。

座谈会一开始,当主席发言后,柯尔尼洛夫同志就提议大家起立为中国著名大画家齐白石的逝世而静默两分钟表示志哀。之后即互相对两国的艺术表示意见。我们说:"中国人一向称苏联为老大哥,应当老大哥先对我们的艺术发表意见。"康因斯坦金诺夫斯基同志马上声明说:"中国应该是我们的老大哥……"终于还是理论家柯尔尼洛夫同志对中国的版画表示了意见,他说中国现代版画的水平是很高的,他曾经看了我们的版画展览会两次,非常喜欢,有很多作品他认为是优秀的,接着他就一一指出他认为优秀的作品。他提到的有二十幅之多,可见他是看得很仔细的。

俄罗斯功勋艺术家维列斯基同志是列宁格勒第一流的、很有声望的老版画家,他讲话时说:"从外文书店销售中国图画的数字来看,就可以看出我们的人民对中国艺术的热爱,特别是那些具有民族特点的东西。"并说:"我们还很少了解中国木刻的历史,相反的对日本的木刻史倒知道得多一些,总的说来,我们对东方艺术还知道的很少……"最后说,他希望以后能看到更多的中国艺术展览会。

当康因斯坦金诺夫斯基同志发言时说:"正因为我们两国的友谊太深了,倒反而影响了彼此之间提批评意见。"他说他没到中国之前,对中国的艺术了解得很差,到中国之后,有了较好的了解。他认为中国艺术的发展正经历着一个新的复杂的过程。在他看来现在中国的艺术的发展有两条路线，一是国画，这是传统的民族绘画，一是油画，这是西方的绘画。从中国画的绘画技巧来说，几乎是世界上的绝技。从他看到的一些作品而论，国画的发展是相当不坏的。而另一方面他也很惊奇年轻的艺术家们能很好的掌握了油画技法。但总的看来，中国的艺术家们丢掉了自己的民族特点，又并不十分深入的掌握了西方艺术，这总不是中国艺术发展的方向。他希望在掌握民族绘画特点的基础上，结合西洋画才是艺术发展的正确方向，如徐悲鸿和蒋兆和的艺术发展方向还是正确的，他说在这方面，中国的版画艺术也有好的情况，中国的木刻家已经作出了良好的成绩。他说："现在新中国各方面的建设及人民的生活是丰富多彩的，但在中国现代艺术中还表现得不够。我个人觉得，中国艺术家很多都是停留在自己的工作室中工作，而很少到生活中去，因此表现在作品中的还似乎缺少热火朝天的生活气息。中国艺术家非常好的表现了花草、风景，但在人物的刻画上还比较缺乏。"他最后说："以上的意见是在已经绝对地肯定了中国艺术的成就之后，相对地讲的。其目的是为了中国艺术的更加发展与进步。"

我说："我们中国古代曾经有唐僧到印度取过佛经，我们这次到苏联来，也想取一些社会主义现实主义艺术的经。"老版画家维列斯基听到马上说："学习苏联是可以的，但希望不要把近几年来在苏联发生的照像主义也学去。"大家对于维列斯基的这个意见都表示同意，他们说加里宁曾说过："如果画的像照相那么像，还干嘛要艺术呢？"

最后大家表示对中国的木版水印法很感兴趣，想定个日期到中国现代版画展览会中听取我们介绍这方面的情况。并愿在展览会上发表一些他们对中国版画的看法。此外也想请我们参观他们的石版画、铜版画、胶版画的印刷过程。至此，他们送了我们一些书籍画册就宾主告别。

10月8日我们根据了五日晚上在列宁格勒美协的约定，在埃尔米塔施中国现代版画展览会上再次和列宁格勒的版画家们见面。这次主要是由李桦同志根据黄永玉和李平凡的作品，谈中国北京荣宝斋的水彩套印法。他们对于中国的印刷方法很感兴趣，站在镜框前，不断的提出问题，很注意的倾听，这使我们深深感到民族特有的文化对于国际的意义。

在这次的会谈中，他们对于我们的作品也发表了一些意见，他们认为"吸取民族遗产不应是在表面形式上，而应在精神内容上"，例如刘旷的《滚木擂石》（约一整张报纸大小），他们就觉得太长太大，认为木刻用这样大的面积来刻，效果是并不好的。但刘旷的另一幅较小的木刻《嘉陵江畔》，他们认为就比大的效果好。我想这些意见也是很值得我们的版画家们注意的。

顺便我们也看了一下展览会的批评簿，一般都是说好的，大都写着能使他们看到中国的现代版画表示感激，同时也表示他们对于某些作品特别喜爱。有一位列宁格勒大学的学生写道："我们非常高兴的看到了中国版画展览，这次展览会的作品选择的非常恰当，观众们能够领受到民族色彩和生动的中国现代生活的结合。"另一位观众写道："能来个规模更大的中国各种艺术的展览会就更好了。"

从以上的很多意见来看，苏联人民是迫切的想要多看一些中国艺术的，而对于有民族特色的作品尤其使他们感到兴趣。

我们于十月九日去参观了列宁格勒列宾美术学院，在这个学院里有不少中国研究生和留学生，他们对于我们有很多帮助，尤其是邵大箴同志经常给我们当翻译员。这天，他们陪我们看了版画系学生的留校成绩，并听了教授关于版画教学方法的谈话。教授们对于学生最初学习单色木刻的步骤，要求是很严格的，一开始是刻静物，起稿时必须先画出一幅完整的水墨静物画，然后再根据水墨画改画成一幅很工细的用阴线和阳线画的黑白画，这样的黑白画已经和一幅刻成的木刻画没有两样了。最后再把黑白画移在木刻版上进行刻制。这种严格的学习木刻的方法，值得我国初学木刻的青年参考。

近日来列宁格勒多雨，尽是毛毛雨，有点像我国江南的黄梅天气，我们差不多每天在雨中参观、游览。现拟在本月二十号回到莫斯科，准备我们的版画展览会在莫斯科展出。

十月十三日于列宁格勒欧洲旅馆
1957年12月发表于《版画》双月刊第八期

附录：

中国现代版画在列宁格勒的展出①

普·柯尔尼洛夫

新的展览会向我们介绍了中国现代版画，其中年轻的艺术家是主要的作者。版画艺术在中国的文化中具有悠久的历史，但是，为广大人民群众服务的中国新版画则开始于本世纪的三十年代，它的创始人是伟大的中国作家、人道主义者和社会活动家鲁迅。

当前展览会中的一位版画家刻画了鲁迅的仪容。另外，李桦表现了1931年正在讲习木刻艺术的时候，鲁迅和一群版画家们在一起的情形。中国版画家们怀念着鲁迅和他在现代版画发展上的功绩。

中国的版画家们常常在自己的作品中表现不久以前为解放自己祖国，反对武装干涉者而进行的斗争，这个斗争是英勇而艰苦的。代战争的题材而出现的是越来越多的和平建设题材和解放了的中国的新生活中的人物。

通过这个展览会的许多作品,关心的观众了解到现代中国的沸腾生活的各方面的情况。

目前,他们有两种印制的办法。一种是用桃胶调合稀薄的颜色来印。颜色是用特制的棕毛刷子涂刷在版样上,然后再用另一种棕毛印具来印刷。另外一种是用色彩油墨调合白粉来印,跟我们的办法一样,用胶滚滚油墨。

我们看来,第一种好象尤其是有传统的,并且是中国版画家们在长期的实践中创造出来的办法。我们认为,这种办法比较细致地表现着中国版画艺术的民族特色。我们不隐瞒地说,我们深为重视中国现代版画中的民族传统,并不认为保持这种传统对于表现兄弟中国的整个丰富的现实生活有任何限制。我们看到大多数的中国版画的内容和形式是统一的。这种情况使我们衷心地高兴并且愿意指出这是他们的无可怀疑的成就。

在展出版画的丰富作品中,那些在表现中国的风景和人物的作品上使我们感觉到具有民族特征的版画特别吸引我们的注意。

李桦的《捕鱼》在表达早晨平静的水面的诗意上极有特色。力群的《太行山风景》,还有一幅版画《黎明》介绍了中国自然的美丽。王琦的版画《晚归》对于光的表达极为巧妙。

曹剑峰在中国少见的铜版蚀刻法上表现了著名的西湖,洪世清则在木刻中刻画了《西湖之冬》。雪景常常吸引中国的版画家,这方面的作品有李宏仁的《雪》,沈柔坚的《上海雪夜》,吴燃的《冬》等。

还应该提到柳村的《齐白石像》,古元的《祥林嫂》。赵宗藻为他的版画《开会去》找到了十分独特的构图办法。此外作品中常常可以遇到总是以特别的热爱表现出来的儿童的形象,如《心愿(彭忠定)》《我的孩子》(李平凡)等。

在刘仑的《红军过栈旷》,刘道的《滚木擂石》,关夹生的《侦察归来》等版画中反映了军事题材和近年来的英雄事迹。

新生活的建设吸引着中国的艺术家们。在展览会上,我们看到大批描写国家的巨大建筑工程的作品。在这方面,我们偶尔看到一些自然主义的做法。这是由于艺术家忘记了要进行艺术的概括,不要做感觉的记录这个自己传统指示的缘故。在这些作品中,有些意匠动人而优美的版画,主要是彩色的,如陈经纬的《建厂之前》,李少言的《向往》尤为出色。

中国的许多风景画充满了值得赞美的装饰感。中国造型艺术的民族特征在这里呈现得特别鲜明。大气、空间和色彩的问题在风景画中总是处理得很巧妙。依我们的意见,这特别适宜于用薄的宣纸有机地结合含水的透明颜色来印。

艺术家制作着平凡景物的版画充满着特殊的美,例如花卉,有力群的《瓜叶菊》,李平凡的《花》。此外,还有李平凡的《玩具窗》和周绍森的《燕鱼》等。

在展览会上,版画插图比较少。整个注意都放在作为版画的一个特别种类——独立的版画上,指望它在现代人的生活中得到广泛采用。顾炳鑫为鲁迅的作品作了几幅精致的版画。黄永玉的彩色插图在处理上特别巧妙,如《阿诗玛》插图中的《纺织女》《肖象》《杀虎》和《游戏》，都以其朴素而深刻的构图处理和高度的传统技术吸引着我们的注意。

黑白版画显然不太流行。其中可能也有生活上的原因。中国的观众世世代代习惯于具有鲜明的色彩感的形象。仅仅用黑白的处理来表现形象，可能被认为不够充分和丰富。但是，无论如何，象牛文的"康藏道旁"那样精致的黑白版画，显然可以说明中国版画家在这门版画上的高度技巧。

石版画和铜版画是中国版画艺术中的新现象。中国的艺术家迅速地掌握了这两种技术。我们已经提到过曹剑峰的描写西湖的优美的铜版画，而陈晓南的《放鸭子》也是一幅用同样的金属版画技术制成的有趣的作品。

在和现代中国版画的短促的结识中，我们看到在巧妙的形式和技术中表现出来的广泛的题材，这无疑地说明了力求扩大版画的技术领域的中国版画家们的旺盛的活力和进取心。

在国立埃尔米塔施博物馆举行的展览会向我们介绍的主要是中国版画家们近两三年来的作品。我们希望更多地知道兄弟的中国人民的艺术。中国版画的历史是世界上最悠久的，我们期待着关于中国版画历史的新的展览会。祝贺中国朋友们在这次展览会上的成功并希望他们获得新的成就！

1957年11月2日于列宁格勒

（常又明节译）

注：①此文标题是《中国现代版画在国立埃尔米塔施博物馆的展出》由著者改为现在的标题。

访问油画家梅利尼柯夫

在庆祝伟大十月社会主义革命四十周年的全苏美展中，有这么一位油画家，他的出品是《在古老的杭州》《汉口、汉水》以及另一幅很受好评的大油画《觉醒》。这就是曾经于1956年访问过中国的列宁格勒青年画家安德烈依·安德烈耶维奇·梅利尼柯夫。

我们在列宁格勒时，曾于10月8日晚和梅利尼柯夫在他的画室里进行了愉快的谈话。他是我们第一位被访问的苏联画家。

当时他的《觉醒》正出展在为庆祝伟大十月社会主义革命而举行的列宁格勒美术家作品展览会上。开幕的那天，在列宁格勒列宾美术学院学习的中国留学生就对我们说："梅利尼柯夫的这幅画大家都认为是一幅好作品。"真的，这幅取材于世界青年与学生联欢节而描绘了殖民地人民的思想觉醒的作品，从取材、构图到色调都与众不同，因而在展览会上很突出，显得很有创造性（见图3）。

梅利尼柯夫生于1919年，今年38岁了，1946年毕业于列宁格勒美术学院的油画系。他的《和平的田野》曾获得斯大林奖金，此画现在陈列在列宁格勒俄罗斯博物馆。他现任列宁格勒列宾美术学院的教授，是该院院长Б．М．奥列施尼柯夫教授画室里的实际指导者。

那天晚上陪我们去的是列宾美术学院的中国留学生邵大箴同志，他同时担任翻译员的工作，这使我们非常感激。

我们见面后，即被迎入他的宽敞的画室，在那里首先引起我们注意的是两张挂在墙上的中国姑娘的肖像画。梅利尼柯夫说这都是他访问中国时在汉口画的，这两幅油画都画的色彩鲜明，单纯简练，生动的表现了这两位中国姑娘的明朗的性格，并充分显示了作者的熟练的技巧和艺术才能。

我们就座后，梅利尼柯夫的夫人拿来了茶点。经介绍后，大家就都坐在小茶几旁一边喝茶一边谈起来。

记得首先是梅利尼柯夫谈他访问中国的印象，他说他很喜欢中国人民，他曾到过美丽的西湖，并在汉口住过较长的时间……并说他是"苏联艺术界中的中国艺术的最热心的义务宣传员"。之后，就把话题转到他在展览会上的作品《觉醒》。

梅利尼柯夫说："我曾参加过在罗马尼亚举行的世界青年与学生和平友谊联欢节，联欢节对我创作这幅《觉醒》有很大的帮助。

"关于这幅画的主题早就有了。十月革命之火在俄罗斯燃烧胜利之后，又烧遍了几乎半个欧洲，社会主义运动发展着，而同时各民族的解放运动（包括印度，印度尼西亚）也在发展着。好多民族都汇合在这一股争取自由、争取独立的洪流中。在艺术上应该表现这个重要的主题，应该表现这个宏伟的事实。

"联欢节期间，各国代表团汇集在布加勒斯特这个著名城市，这里有法国殖民地的、非洲的、南美洲等地的被压迫民族的代表。"

"他们在相互会见时都异口同声地谈到殖民制度的罪恶以及殖民主义者的惨无人道和穷凶极恶的剥削与掠夺。一个殖民地国家的黑人代表说：在他们国家里，当瘟疫流行时，一千个黑人小孩当中就要死去四百个，而在那里的白人当中，仅死去50个。一个黑人姑娘说：她在伦敦一个医学院里学习，而为了她的学习，她的全家都得进行最艰苦的体力劳动。……"

梅利尼柯夫后来把话题回到这幅画时说，他是想通过这幅画表现被压迫民族———首先是黑人的一种渴望解放的心情，表现他们的觉悟的不断提高。

谈到这里，梅利尼柯夫的夫人向我们告辞。梅利尼柯夫说：她是芭蕾舞的演员，请我们原谅，她现在要到剧院演出了。

当我们问起《觉醒》中画的不同颜色的旗帜时，梅利尼柯夫给我们解释说：在阿拉伯各黑人国家里有这样一种共同的看法，认为黑旗是代表人民的旗帜，是争取自由的象征；绿旗代表森林的财富；黄旗代表黄金。

后来，当他给我们谈到《觉醒》的具体创作过程时说："我在布加勒斯特时就画了很多小稿、头像，这对后来的创作是有帮助的。但这些小稿和头像并未能完全运用到创作中去。我在列宁格勒曾找到一个黑人姑娘，这个黑人姑娘给我做了模特儿，很有帮助。"当李桦同志问他："是否把模特儿直接画到创作中去？"他作了否定的答复。

接着说："除此之外，我还仔细地研究了黑人的斗争历史，并仔细地研究了黑人的衣服和衣服上的装饰花纹。在正式进入创作后，这幅画同时画了两三张变体画，并画了很多草稿。"他指着画室中已经涂了白粉的一幅大画布说："这就是曾经画过《觉醒》的画布，我已经把它涂掉了，以后又重新画过。"当我们称赞他的创作态度严肃认真时，他谦虚的说："我这种办法也并不值得人家学习，我是不得已而为之的。"

之后谈到《觉醒》的颜色处理，他说：采用这种色调是为了更好地揭示主题。

我们又问他："创作中的主要困难是什么？"他说：主要是构思和表达之间的距离，我所以画了几张变体画，就正是为了克服这种困难……

最后梅利尼柯夫给我们看了他很多创作的复制品，这才使我们知道他同时是苏联的新的镶嵌画的创作者。

访问儿童书籍插图画家科纳舍维奇

提到苏联的儿童书籍插图，人们就会想到住在列宁格勒的老插图画家弗拉基米尔·米哈依洛维奇·科纳舍维奇。他不仅为俄罗斯的民间故事画了很多插图，而且为俄文版本的中国民间故事也画了很多插图。他的作品在广大苏联儿童读者中留下了难忘的印象。

老人生于1888年5月20日（今年是他的70寿辰），1913年毕业于莫斯科油画专科学校，曾受教于名画家卡·卡劳温。很早就移居到彼得堡。十月革命后，在插图方面有重大成就。由于他对旧时代的了解，帮助了他为契诃夫、莱蒙托夫、普希金、谢德林等俄罗斯经典作家的作品作出了优秀插图。他同时也给苏维埃作家高尔基、费定等的作品作过插图，他的创作领域极为广泛，是杰出的插图家、版画家、水彩画家。过去曾是列宁格勒列宾美术学院的版画系教授，是最老一辈的版画家。曾荣获俄罗斯苏维埃联邦社会主义共和国功勋艺术家的称号。现在因为年纪老了，不工作了。

科纳舍维奇对于艺术的热爱，就象爱自己的生命一样，在卫国战争时期因年老不能到前线，但仍不停手的作画，直到炮弹在他的屋顶上打开时，他才迁居到巴甫洛夫城去。但后来巴甫洛夫城又成为战场，他在十分危急的时候才不得已转移，就在这次，他的大部分作品丢失了。

中国的艺术家最初访问科纳舍维奇的是已故的大画家徐悲鸿，他于1934年在列宁格勒举行中国绘画展览会时，与科纳舍维奇建立了友谊。从此中国人和中国绘画使老人发生了很大的好感和兴趣。我和李桦同志这次来到列宁格勒，当我们和他会见时，他以非常愉快的心情接待了我们。

我们是10月9号晚上去访问了这位老画家的，他家住在很高的楼上，进到室内和老人握手后，照例把帽子和大衣挂在门旁，就被迎到客室。墙上挂着科纳舍维奇的风景和静物，都是用中国宣纸和中国笔墨创作的水墨画。这些作品说明了主人的艺术兴趣。他说他是一位中国艺术的热诚的爱好者，这是使我们感到荣幸的。接着告诉我们，当1934年徐悲鸿到他家里时曾送了他很多宣纸，现在留存的许多作品都是用这些纸画的，此外他们还交换过作品，徐悲鸿送了他的一张中国画，不幸在苏德战争中从巴甫洛夫城转移时遗失了，他表示非常可惜。至于他送徐悲鸿的一幅作品听说一直保存在南京大学的陈列室里，可是现在也不知道下落了，他表示十分关心。后来他领我们从这室走到那室欣赏他的作品，并向我们介绍了坐在那里看书的他的夫人。

他的作品大都是用中国画具作的水墨画，有各种各样的静物和风景,其中也有《裸体女人①》,从人体的水墨画看,才愈加可以看出他的素描修养的优良。

我们把自己的作品和带来的中国宣纸、窗花送给他,他很感激,说:"我现在用的宣纸,没有你们的这些宣纸好。"之后,又把放在书架上的画给我们看,并给我们看他给俄罗斯民间故事作的插图,以及给苏联出版的中国民间故事选集所作的插图,中国民间故事中包括《孟姜女哭长城》《愚公移山》《梁山伯祝英台》《神笔马良》《守株待兔》《拔苗助长》等故事,他为这些故事作的插图,大都是用钢笔画的,有不少还加了鲜艳的色彩,虽然由于他对于古代中国人民和他们的生活不太熟悉,使我们看来这些插图还不够古中国的生活味,但他在竭力从中国绘画中吸取精华的精神和所塑造的人物的生动性,还是使我们感到兴趣的(见图4)。至于他给苏联儿童画的关于俄罗斯民间故事的插图却使我更加喜爱,因为比起中国的古代生活来他更了解俄罗斯,而且他画这些插图时使用了他们的传统的手法,显得特别熟练自然。但看来他对于描绘中国人民的生活极感兴趣,而且也很爱好具有民族传统的中国的绘画风味,我们深深感到他对于中国的友谊。

在内室看了一阵画,之后,就请我们到客室,在那里的桌上已摆好了很多点心、苹果、葡萄之类,请我们吃。同时并将在坐的他的女儿、女婿、外孙女介绍给我们。我们就座后,科纳舍维奇老人即把电灯光搞暗将电视机扭开。这样我们就一边吃点心一边看电视。

大约在科纳舍维奇的家里谈了有两小时就告辞了。从他家里回来,我有很多感想。我想:我们中国目前还有一些画家看不起自己的民族美术传统和固有的绘画工具,认为这一切都是落后的,"不科学的",而苏联的名画家却从我们的绘画中吸取精华,并努力掌握中国的绘画工具这真是值得这些人大加深省的事。科纳舍维奇的水墨画,虽然采用了中国的工具,并在我们中国的写意画中学习了东西,但并不因此而减少了自己作品的俄国风味和作者的创造性。他的风景、静物、以至裸体人物画,大都能很好的运用复杂的墨色,从而表现出对象的精神和美以及作者所追求的特殊意境。但在我们中国人看来,总显得这些作品"有墨无笔"。这大概和科纳舍维奇老人未曾在中国的书法上下过功夫有关。我们中国的水墨写意画,如果把"墨"比作它的血肉,那么就可以把"笔"比作它的骨头,因此不论石涛、八大,以致吴昌硕和齐白石的作品,从技术上来讲,都是用笔用墨的能手,这就与他们同时是写家有关。所以国画家中有"书画同源"之说,虽然这句话还有其值得研究的地方,但作为强调书法和中国画的关系,以及书法对于中国画的帮助来说,还是有其道理的。因此,今后的青年学生学中国画,对于学习书法这一课程,还是必须肯定下来的。

看了科纳舍维奇的作品,使我更加觉得,新的美术青年应该很好的学习中国画,他们比起外国人学我们的东西来总是要容易些,因为既有很好的传统,又有很好的环境和老师。然而可惜目前还存在着这样的现象,中国有些画家瞧不起自己的国画而把西洋画看成万能。而西方人呢,却又不喜欢看中国人画的西洋画，他们喜欢看的是中国人画的国画。更值得注意的是，列宁格勒的画家们已经把我们的齐白石看作中国的达·芬奇了，而我们的画家之间还有不承认齐白石的成就的人。我真奇怪，人们对于艺术的看法，竟有如此之远的距离吗？

1958年1月于北京

注：①他的这类作品在莫斯科特列嘉可夫美术陈列馆也有所陈列。

友谊的夜晚

10月16日下午4时我和李桦同志访问了列宁格勒青年版画家符拉季米尔·阿列克桑得洛维奇·魏特罗贡斯基。他住在第二层楼，这是一座颇为旧式的楼。我们一进去就看到他的妻子和孩子，他向我们介绍后，使我们感到真正走到苏联人的家庭中了。他的家里很简朴，工作室也很小，还安放着床，好象我一样寝室会客室工作室都在一起。

魏特罗贡斯基于1923年生于列宁格勒。在列宁格勒美术学院附设美术中学毕业后，从1942年到1945年参加卫国战争到前线。1946年进入列宁格勒美术学院的版画系，受教于俄罗斯功勋艺术家帕霍莫夫教授和鲁达科夫教授，于1951年毕业。1954年他又在美术学院的研究科毕业，毕业作品是套色胶版组画《工厂的平日》。以后，他继续从事于这一组画的工作，于1957年全部完成后，即出展于庆祝第六届世界青年学生联欢节的美术展览会上，并且在全苏美术竞赛中荣获一等金质奖章和奖金（这一组画后来出展于1957年庆祝十月革命四十周年的全苏美展中）。魏特罗贡斯基在他的创作过程中，把劳动和劳动人民的英雄主义作为他的主要主题，现在他在列宾美术学院版画系担任教员工作①。

魏特罗贡斯基对于艺术事业很辛勤，他给我们看了他很多速写，从两本厚厚的速写簿，可以看出他对于速写就象对于吃饭一样，似乎是每天都离不开的。这使我很惭愧，象我这样的画家，长年也不画速写，看了他的速写就感到难过。尤其是他在今年五月间在莫斯科举行的世界青年学生联欢节大会上画的速写，既多而又好，有的是铅笔画，有的是水彩，非常生动。从这些速写上看出他是一位很有才能的画家。看过速写后，就给我们看他的石版画，他的石版画以描写工人生活的为最多。此外还有不少胶版画，也和石版画的取材类似，而用刀豪放，色彩强烈。他曾给我们看他的胶刻版画用的刀子和胶版，并问我们："需不需要胶版？"我们说："中国木刻版方便，我们还是用木刻版刻好一些。"看过他的画，他就请我们挑选自己所喜欢的作品，要作为赠品。于是李桦同志挑了一张，我也挑了一张，都是他的胶版组画"工厂的平日"中的作品。之后他又送给我们每人一本有插图的儿童书。我们来时也带了一些自己的作品，送给他后，他表示感激。

我们和他谈了很多关于版画的问题之后，他向我们说，他的父亲和母亲住在莫斯科，现在来到他家，很想和我们见面。于是就领我们到外室去，和老人们相见。而在外室不料已摆好酒食，我们和老人们握手后就入座吃酒。主人为中国人民的健康为我们的友谊而干杯，我用不熟练的俄语也为苏联人民的健康而干杯。谈话中才知道老人已七十九岁,是莫斯科有名的专以动物为题材的大雕刻家——N·C·叶菲莫夫。魏特罗贡斯基马上把一本莫斯科1951年出版的介绍老人的书给我们看,并给我们说明他的作品的情形。我们一边吃酒,一边畅谈,老太太向我们介绍,说老人和高尔基、契诃夫、马亚可夫斯基都相识。接着叶菲莫夫老人对我们说:有一次他和马亚可夫斯墓在树林中相遇,两人都穿着很不漂亮的日常工作的衣服,马亚可夫斯基开玩笑的说:"咱们这样很不好,人家要把我们当成强盗了。"

老太太对我们说她和她的三个儿子都参加过苏德战争,问我们有没有参加过中国的解放战争?我说,抗日战争时我在延安,他儿子补充说:"就是毛泽东所在的延安",她表示很高兴。之后她问我们中国有些什么宗教,并问我们信什么教?我说我们两人都是共产党员,所以都不信教。老太太要我们吃酒,她见我们吃得很少,就笑着说:"你们男人还不如女人,你看我们女人比你们能吃。"我们说:"我们两人也不能吃酒也不会吸烟。"她说:"吸烟不好,吃点酒好,你们能永远不吸烟顶好……"魏特罗贡斯基插上说:"吃了俄国的酒有好处,能创作出好的作品来。"我们都笑了。

魏特罗贡斯基的妻子也坐在桌旁,她是已经三个男孩的妈妈了,看起来还很年轻,有一个最小的在地上走,时常叫"妈妈,妈妈",她一边吃饭一边还要看孩子。她问我们:"中国的妇女生活情况怎样?""寡妇能不能再嫁?"我们都根据中国的真实情况给作了解答。因为她看了鲁迅的《祝福》,知道祥林嫂的再嫁遭到了非难。我们说这是旧中国时代的事情，现在不同了。老太太插上来问："你们最爱俄国的什么？"我说："最爱俄罗斯的人民。"她说："中国人爱俄罗斯姑娘吗？"我说："我们很爱俄罗斯姑娘，俄罗斯姑娘很健康、很美。"她又问："中国人能不能和苏联姑娘结婚呢？"我们说："根据中国的新婚姻法是可以结婚的。"她表示满意。因为我们到苏联后知道中苏两国青年结婚的事情已经不少，有的是中国女留学生嫁给了苏联人，有的是苏联姑娘爱上了中国留学生而结了婚。

魏特罗贡斯基问我们看过些什么戏？我们说来到列宁格勒后看过马戏、巴蕾舞《天鹅湖》《七美人》《斯巴达克》《青铜骑士》，还看过歌剧《浮士德》，他们问我们觉得好不好，我们说："很喜欢，很好，尤其喜欢《斯巴达克》。"老太太听到我们说看过《浮士德》，就马上给我们讲了一个有趣的故事，说：叶菲莫夫老人的朋友，俄罗斯最著名的歌剧演员——沙略宾[②]，有一次扮演歌剧《浮士德》中的魔鬼梅菲斯托费勒，戏刚演完，他忽然想起需要马上到一位朋友家里去，但来不及换装，于是就穿着魔鬼的剧装披上大衣去上马车，待他到了朋友门口，他拿钱给马车夫，马车夫接了钱，嫌少，还向他要，他对车夫说："你还想要吗，你知道我是谁？"说着就拉开大衣，马车夫一看他穿着魔鬼的衣服很害怕，马上就用鞭使劲的打马，很快就跑走了。

后来，由歌剧谈到电影，魏特罗贡斯基对我们说："以前的中国电影，苏联人不喜欢看，可是最近中国的电影很受苏联人的欢迎。"我问:"你们喜欢什么电影?"他说:"祝福"这个电影就很好。之后他说:"在报纸上看到中国在反对右派,听说艺术界也有,究竟什么算右派呢?"我告诉他:"反对共产党,反对社会主义,反对人民的就是右派。"李桦同志补充说:"右派是少数,我们反右派也是为了改造他们。"老太太和大家听了都很愉快。我接着说:"右派基本上都在知识份子和大学生当中,工人当中没有右派。"他们说:"我们只要和人民紧密的团结在一起就有力量,就什么也不怕。"

老太太很注意我们的饮食,她问我们吃不吃茶?并象妈妈一样亲自过来给我们用小匙拿果酱。我们说:"你是我们的俄罗斯妈妈,我们很感谢你。"她听了很高兴,回过头来抱着李桦就吻了两下。她就座后问我们中国的天气怎么样?她说政府曾想让叶菲莫夫老雕刻家去中国当教师,医生不让去。我们说中国天气很好,晴天多,也不太冷,可以去。叶菲莫夫老人说:"我非常愿意到中国去,可是不敢去当教师而是去当个学生。"李桦说:"去吧,你们去了我们请你们吃中国饭,不用叉子刀子,用筷子。"魏特罗贡斯基说她的妻子很愿意用筷子吃饭,省得每次饭后洗很多刀子、叉子,大家都笑了。老太太离开桌后给我们拿来了叶菲莫夫的两个瓷塑:一匹马,一对相恋的白鹅,都很有趣,她告诉我们白鹅是最初的作品,头上本应有金色,可惜没有用上。而马是后来的作品,所以马鬃上就采用了金色。

我们将要离开饭桌时,老人提议要把介绍他的那本书送给我们。儿子给他拿来笔请他签名,他在书上写了"给我们的

中国朋友　雕刻家伊凡·叶菲莫夫"。

　　这本书上有很多非常生动的立体动物雕刻和描绘动物的浮雕。其中有山羊、松鼠、鹿、象、狐狸、野猪、熊，此外也有人。他的作品有特殊风格，敢于夸张，每一雕刻都能表现出被塑造的动物的性格，令人看了喜爱。

　　约七点来钟我们和主人告别，他们全家送出门口。当我说："再会，俄罗斯妈妈！"她过来抱着我和李桦在脸上吻，并要老人也吻我们，说这是俄罗斯的礼节（后来，苏联翻译员告我们：老太太是魏特罗贡斯基的亲妈妈，而叶菲莫夫却非亲生父亲，是继父。这才使我明白了他们住在莫斯科而来这里作客的内情）。

　　注：①魏特罗贡斯基的组画《工厂的平日》中的一部分曾发表在我国的"版画"杂志第五期。

　　②Φ·N·沙略宾生于1873年，死于1935年，是在名导演C·M·马蒙托夫培养之下成长起来的戏剧和音乐艺术的巨匠。他以表现古典的歌剧《浮士德》中的梅菲斯特费勒而出名，和高尔基、斯大尼斯拉夫斯基都是很好的朋友。

油画家尼柯拉耶夫会见记

我们于10月17日下午访问了俄罗斯苏维埃联邦社会主义共和国的功勋艺术家雅罗斯拉夫·谢尔格也维奇·尼柯拉耶夫。

尼柯拉耶夫现任列宁格勒美协的副主席，是年已五十七岁的老画家了。他身材很高，脸色苍白，看起来好象有病的样子。他的画室很宽畅，家里生着一个大火炉。我们进去和他会面后，就在火炉旁边坐下谈起来。谈的很随便，印象最深的是他给我们讲的关于伟大卫国战争期间列宁格勒被围的情形，他说当时德国法西斯包围了列城将近三年，在苦难的日子里四百万居民牺牲和饿死的将近250万人，单是画家就死了一百多个。在那些日子里他每天只能吃到125克面包，其中有一半是木头粉。此外他还吃了八公尺水胶。当时在包围情况下，煤运不进来，人们家里无法生火，温度降到零下15度。既吃不饱，又受上冻，所以有许多人冻死了，这都是德国强盗给列宁格勒人造成的苦难。但是英雄的列宁格勒人民宁死不屈,任何困难也没有把他们压倒,三年过去了,他们终于在斗争中赢得了胜利。听了他的话之后使我对苏联人民引起了无限的敬意,是他们,为了全人类的幸福和自由而付出了无可估量的代价。

我们提出要看他的作品,他说:不巧的很,大幅油画都拿到展览会上了(因为当时正在举行庆祝十月革命四十周年的列宁格勒美术家作品展览会),因而无法满足我们的要求。但为了不使我们太失望,他便拿出很多速写给我们看,大部都是在保卫列宁格勒期间画的,其中有铅笔的、水彩的、油画的、水墨的各种速写。他说他当时生病,躺在床上画了不少画。当我们提出"为什么在这次展览会上,关于保卫列宁格勒题材的作品不多"的问题时[①],他说:"现在画家都不愿画这些题材,因为这种图画容易引起列宁格勒人心上的难过,在那些日子里几乎每一个家庭都有亲人死亡。"这样的回答,使我心上也感到沉重。

之后,我们谈到了创作上的问题,他说:"作品应做到猛然一看觉得好,仔细看也觉得好。即使是使用色彩也应有思想性,即与主题应有血肉关系,而不应是自然主义的。"当我们问他这次在为庆祝十月革命四十周年而举行的列宁格勒美术家作品展览会上他有什么出品时,他说他的出品是一幅名为《沿途肃立着人们》的油画[②]。这幅画描绘在列宁逝世后的沉痛的日子里,人们所表现的那种悲痛的感情。当载着列宁遗体的殡仪车从莫斯科郊区的哥尔克村开往莫斯科时,沿途肃立着人群,他们十分悲痛地注视着远方,等待殡仪车的出现。白雪和人群形成了鲜明的对比。殡仪车的出现使等待它的人们的沉痛感情愈来愈加重,画家在这幅画中表现了不同人物所具有的共同的沉重心情。他告诉我们这个主题是好多年以前某次在电车站候车时,看到一个不时伸颈去探望行将到来的电车的人,由联想而获得的。到1940年逐渐形成腹稿,接着画了许多草图,然后于今年(1957年)7月间动手在大画布上画。李桦同志问:"你作画时用不用模特儿?"他说:"我不用模特儿,我的作画和别人不同,全部准备工作已在事先充分准备好了。"接着他告诉我们,在使用模特儿的问题上有他自己的看法,他认为模特儿是为了赚钱而工作的,他们不可能有真实感情。在这个问题上他说他和苏联某些画家的看法不同,他们认为在美术学院里就什么都好了,不需要再到街上去、农村去。尼柯拉耶夫认为这是学院派的观点。李桦同志说:"我们中国目前也有不少画家离开模特儿不能作画。但我国古代的画家却不是如此,他们都不是把模特儿摆在面前作画,而是全靠平日的观察,所以山水画家就经常要游山望水,有的甚至就住在山中。"尼柯拉耶夫说:"是呀!所以他们能画出好的画来。"

当我们把带给他的礼物——中国的民间剪纸与古版民间年画送给他时,他看了说:"苏联过去对于民间艺术不够重视,可是现在也逐渐重视起来了。"接着他就指着我们刚刚看过的他的一大堆速写道:"没有什么好送的东西,如果你们愿意就从这些速写里选一些你们喜爱的图画留作纪念吧。"于是李桦选了两张，我选了两张，并请他在速写上签了名。

李桦选的是一张他的"沿途肃立着人们"一画的构图草稿，看了这幅构图草稿，可以理解他非常重视作品整体的结构和色彩效果，这正是他对于他所说的猛然一看就要使人感到美并打动观众的追求。而为了达到这一目的，当然首先注意作品的整体给人的印象是十分重要的。

我选的是一张女人的头像速写，我问他："这是什么人？"尼柯拉耶夫说，这是他在保卫列宁格勒城时画的一个饥饿的女人的头象。他指着墙上挂的一幅他的油画作品的照片说，其中的一个女人就是根据这个头画的。这是一幅描绘德国人包围列宁格勒时苏联人民如何坚持斗争的一幅油画，画中有饥饿的人民，而其中一个女人的形象就正和这张速写一样。李桦同志对我说："可能这张画还没有画完。"我马上对尼柯拉耶夫说："如果你还需要这个头像，我就不敢拿走了。"他急忙说："已经画好了，不需要了。"这样我才放心地拿上。

我们这次访问尼柯拉耶夫同志的时间虽然不长，但谈得却很投机，临别时他表示我们的许多艺术观点和他一致使他高兴。

和尼柯拉耶夫谈话后，尤其对于如何使用模特儿的问题更坚定了我一向的看法。近些年来我曾看了不少中国画家画的油画，令人感到有些作品其中的人物形象是没有生命的，象"木塑泥雕"，而这些画却正是死靠模特儿画出来的。我和李桦同志说："根据那些画来看，画家不是在利用模特儿，而是躺在模特儿身上了。"

注：①当访问尼柯拉耶夫时，为庆祝伟大十月社会主义革命四十周年而举行的"列宁格勒美术家作品展览会"我们已走马看花地看过两次。

②这幅作品我们后来不但在列宁格勒美术家作品展览会上寻到了，而且在十一月五日举行的全苏美展中再次看到过。在我们看来尼柯拉耶夫的这幅油画是全苏美展中较优秀的作品之一。

访问吉尔吉斯画家楚伊柯夫

在莫斯科有名的特列嘉科夫美术陈列馆里,当代的苏维埃油画家中,很少有象塞敏·阿法纳西叶维奇·楚伊柯夫那样受到优待的了。一共陈列了他十四幅油画,占了陈列室的整个一面墙壁。其中有五幅风景,一幅吉尔吉斯女郎的肖像,八幅描绘印度人民生活和肖像的图画。在这些作品下,例外地在一片纸上写了说明。说明中道:

"吉尔吉斯苏维埃社会主义共和国的人民艺术家C·A·楚伊柯夫于1902年生于吉尔吉斯京城伏龙芝。他在表现吉尔吉斯共和国人民的生活方面有很大成就。用艺术工作在发展自己共和国的民族文化方面有很大贡献。楚伊柯夫对于生活经过了很好的观察和深思熟虑之后所作的作品,表现了集体农庄庄员的愉快劳动,有丰富收成的田地和具有诗意的自然风景。如他在1939——1948年创作的'吉尔吉斯集体农庄组曲'——'谷物熟了''在吉尔吉斯田地上''在祖国辽阔的土地上'和'苏维埃吉尔吉斯的女儿'(1948年)中,美术家企图表现吉尔吉斯共和国人民在文化上和精神上的提高,吉尔吉斯自由的姑娘肖像则表现了吉尔吉斯共和国人民的新的美丽的生活。

"1952年楚伊柯夫参加了苏联美术家代表团访问了印度,印度人民的生活习惯和印度的美丽的自然和建筑物,引起了美术家的注意。

"楚伊柯夫画了很多勇敢的、积极的、具有坚强的精神的善良印度工人肖像。他创作了受压迫的美丽而具有诗意的印度妇女的形象('扫地的妇女''斋普尔的回忆')。美术家在人的形象中和美丽的风景中表现了民族性格、习惯的显著特点,以及普通生活的重要意义,如'年轻的苦力'、'女学生'、'苦力之歌''孟买海滨之夜''寡妇'。楚伊柯夫的油画的颜色并不复杂,但令人感到色彩非常丰富,他的作品的尺寸不大,但它具有雄伟的特点。"

中国的读者,对于楚伊柯夫的作品并不生疏,他的右手拿着书本去上学的"苏维埃吉尔吉斯的女儿"的复制品在我国很流行。但大家过去较少知道这个画家的情况。

关于楚伊柯夫除了以上所介绍的情况外,我们知道他还是苏联美术学院的通讯院士,斯大林奖金获得者。从十岁起即在稻田上打零工,由于童年时就显示了绘画的兴趣和才能,所以伟大的十月革命后,他到塔什干去,进了那里的艺术学校。在该校毕业后,他开始在莫斯科艺术专科学校学习,1929年毕业后曾在列宁格勒艺术专科学校担任过教学工作。

我们从列宁格勒回到莫斯科后,于十月二十六日晚七时,作为第一位被访问的莫斯科画家访问了楚伊柯夫。

他是在一间宽大的画室中接待我们的,也象在列宁格勒时画家梅利尼柯夫在画室中接待我们一样。他中等身材,很热情,见面后向我们介绍了他的妻子,说她也是画家。接着就请我们脱衣就座,之后,他把他的作品一一拿给我们看。

在他的画室里有那么多大大小小的油画,放在四处,令人感到象走进一个储藏油画的仓库里一样。这可见他对于他的工作的努力。他拿给我们看的都是关于印度题材和吉尔吉斯题材的作品,多半是人像和风景。

他告诉我们自幼生长在吉尔吉斯靠近中国新疆的国界上,他的家住在有名的天山山麓下彼什彼克地区的敦甘斯科伊村镇里。村上住着很多中国人,都是回回教。因此,他的童年和中国小孩子在一起玩,成年后和中国人在一起做工,他很了解并爱好中国人。他小时会说不少中国话,可惜现在大都忘记了,现在仅记得"一个、两个、三个………""好不好"之类的简单话了,但筷子是还可以很熟练的掌握的。

我们问起他访问印度的情况,他说1952年美术家协会派代表团去印度,要他也参加,他不愿意去,但是党中央的一位同志要他去,说这对于他的创作工作会有好处,他同意去了。不料去了之后对印度很感兴趣,可惜只住了三个月。今年他二次请求去印度,又住了三个月。接着他告诉我们在印度写生有很大的困难,起先他戴着一个大草帽在大街上观察,注意那些意味深长的相貌,有趣的姿态,美丽的服装。但动手作画却没有可能,画五分钟差不多就有五千好奇的观众围上来看,因此,他所看到的美丽的街景和美的人物形象都不能静静的画,真苦恼。有一次他在街上看到一个很美的女人,请求她允许画她的像,她不作声,说画了可以给她钱,也不表示态度,使他没有办法。他说:"要和印度妇女讲话很困难,需要带着两个翻译员,一个先从印度语译成英语,而后又由另一个从英语译成俄语。要画她们也很困难,有的不愿意,而愿意了的也得有丈夫在旁边看着。本来在街上画是很好的,可是街上有人看,所以只好在旅馆里画,然而在旅馆里画却又有别种的不方便,如光线也不好了,模特儿也呆板起来了,她的脸也失去了自然的表情了。因此我所画的旅馆里的一个扫地女人的像就是在旅馆的楼顶上画的,因为在下面光线不好。"

当我们问他"为什么你的作品都以吉尔吉斯和印度人民生活为题材"时,他说:"我很喜欢东方人民,其所以喜欢倒并不因为他们是东方人,而是因为他们是勤劳而又朴素的人民。我从小住在东方,爱好他们的朴素的生活,和他们有了很多的联系,特别了解他们。"他接着说:"当然,我也很爱俄罗斯,但我不能画俄国人民的生活,因为不了解,不熟悉俄国人民的生活,例如,我在莫斯科接触的就都是些画家,城市的人民,这些生活我是不喜欢画的。"

他告诉我们他每年夏天都到吉尔吉斯共和国,那里有他自己的房子、花园、履带汽车(一种可以在任何道路上行驶的汽车),并和劳动人民有了密切的关系。在冬天他回到莫斯科,根据在那里画的速写和收集的材料而创作。

我对他说:"我很喜欢你的《苏维埃吉尔吉斯的女儿》。"

他问我："你还是喜欢吉尔吉斯姑娘呢？还是喜欢我的图画呢？"我说："两者都喜欢，是你画了这姑娘所以我更喜欢她了。"他说"姑娘是14岁的时候画的，现在她已结婚了。"我说："可是你的画里的姑娘却是永远不会结婚的，她永远是年轻美丽的。"大家都笑了。

在他的画架上摆着一幅描绘印度人吹笛的《苦力之歌》的变体画。前面已经提到过，最初的《苦力之歌》摆在特列嘉科夫美术陈列馆里。现在的这幅变体画比原来的差不多大了四倍，这是一幅意味深长的抒情画。楚伊柯夫说："这幅《苦力之歌》是以三幅作品构成的印度组画中的一幅主要的油画，是近几年来我的作品中的最大的一幅，它尚未完成，所以在纪念十月革命四十周年的展览会上，我打算只拿出一些速写。这些速写总共有四十来件，很多是为了'苦力之歌'而画的，但它们之中一个也不能使我满意。对于苦力，我想要创造一个理想的形象，一个能够表达普通印度人民的思考和梦想的形象。"李桦同志指着这幅画说："请你谈谈你这幅画的创作过程吧，创作时是否用模特儿？"

楚伊柯夫从桌上拿给我们他从印度买来的许多男女服装，他说，他画这些画是用模特儿的，莫斯科的美协有模特儿供使用。我们问："是俄国人还是印度人？"他说："是俄国人做模特儿，可是画出来的却是印度人。因为我用模特儿只作为参考，在创作时主要是根据在印度时画的速写，以及在印度时留下的印象，并凭自己的创作意图和创作思想而创造形象，不是根据某一个具体的人来作画。"

在画这幅《苦力之歌》时,他说不知经过了多少次的修改。他给我们看了三个描绘吹笛的印度人像,构图都是一样的,可是三个人的性格与表情却不相同。然而,在他的创作上,却并没有机械地采用任何一个人像,而是集中了三个人像的优点创造了新的性格。这个新的人物,使我们感到形象更美,性格更显明了,作为楚伊柯夫的作品的特色也更强烈了。在我们看来它比起陈列在特列嘉科夫美术陈列馆的那幅《苦力之歌》来,已大大提高了一步,人物形象更美了,思想性更强了,色彩也更悦目了。

楚伊科夫表现印度人民的艺术作品的特色就在于它生动地塑造了朴实坚强的、富于忍耐而决不屈服的印度人民的典型性格。他所创造的印度人民的形象令人感到他们的丰富的火一般的内心感情。与作品的主题思想血肉相关的是油画的浓重而强烈的色调和单纯而富于质感的形式。在楚伊柯夫的作品里,看不出他去追求作品的所谓戏剧情节,而特别重视人物肖像的传情和形象内涵的丰富内容。

他的作品的色彩和造型是较接近于法国后期印象派画家果更(PaNguin)在塔蒂岛上创作的油画的,然而他的作品比果更作品的思想更显明,更有倾向性。虽然他们都对被描绘的受压迫的人民表示了真实的同情,然而楚伊柯夫所表现的却更强烈,他不仅歌颂了印度人民特有的美,而且从印度劳动人民的内心里看出了他们要求解放的斗争意志,在他所塑造的印度劳动人民的形象中给我们显示了他们对于现实的不满,显示了他们的觉醒和希望。

在当代苏联画家中,楚伊柯夫的作品,令我们感到他从取材到色调,以及作品的风格都与众不同。他以自己特有的绘画题材和艺术语言表达了自己的思想,唱出了自己的独特的歌,因而他成为苏联目前最被重视的画家之一。

拉乔夫谈动物画的创作

1957年10月29日我们在莫斯科列宁格勒旅馆接见了苏联杰出的儿童书籍插图画家叶夫格尼·米海洛维奇·拉乔夫。

拉乔夫是接得苏联文化部的电话后，从奥克河上的达鲁塞市镇来看我们的，那里离莫斯科有160公里远，约四个小时才能来到，这真使我们感到万分不安。

敲门后，一个身体高大、粗壮手里带着皮包的人走进房中，我们想，这一定是拉乔夫。经翻译员略托霍介绍后，我们带着十分激动的心情和他紧紧的握手，我和李桦向拉乔夫表示我们能和他会面太高兴了，只是他从很远的地方来看我们，使我们非常抱歉。

拉乔夫说，他原来是住在莫斯科城内的，只因目前修理房子才暂时住在乡下，为了使我们不走远路所以他来看我们了。我们再次向他表示衷心感激。

拉乔夫于1906年生在一个知识分子的家庭中，父亲是工程师，母亲是医生，受美术教育于克拉斯诺达尔地方的美术技术师范学校,最先在基辅、哈尔科夫等地独立工作,从1937年起受儿童出版社的邀请来到莫斯科,开始从事儿童书籍插图工作。在卫国战争期间,他曾到前线从事于部队的报纸工作,画了很多漫画,收集了不少材料。拉乔夫现在51岁了,对于自己的插画事业很感兴趣,以能作全世界儿童的忠实朋友引以为荣。由于他在这一工作上得到了显著成绩因而获得俄罗斯苏维埃联邦社会主义共和国功勋艺术家的称号。

彼此谈过一些问候的话后,接着是互相赠送自己的作品。拉乔夫的图画我们是毫不生疏的,早在1954年10月在北京举行的苏联经济及文化建设成就展览会上就看到过他的原作。之后于1957年4月间在北京举行的苏联八位著名美术家作品展览会上又看到他更多的作品。他为苏联儿童书籍所作的生动有趣的动物插图,如"小手套"、"两只贪馋的小熊"等作品,给我们留下了深刻的印象。

我和李桦过去都一向喜爱他的作品,现在能会到拉乔夫本人自然感到十分愉快。

我们问拉乔夫:"你平常如何观察动物的生活?"

他说:"我在作画之前,经常研究动物的生活,主要是研究它们的动作和习惯。一开始研究动物,应当学会在各个动作中正确的描绘它。我画了各种的速写,经过一个较长时期的观察之后,到了后来即使没有动物在眼前也可以根据想象画动物了。"

他接着说:"给寓言和童话插图要了解作家的意图和作品的寓意,然后使动物人格化。有些儿童书籍插图画家不能赋予他画的动物以人的精神,使它们人格化,是完全错误的。因为寓言和童话作家的作品是讽刺人的,其中所说的不是关于动物的缺点,而是关于人的缺点。所以画家画的动物的形象就不能没有人的精神和心理的表现。在这方面插图画家的任务就是通过可视的形象在插图中揭示童话作品的寓意和趣味,把主要的思想以广大人民易于接受的形式表现出来。因此画家要很好的了解作品,要用自己的办法了解作家,从而帮助读者了解童话作品。插图对于儿童有很大的关系,儿童看了它可以深刻的了解作品。"

之后,拉乔夫对我们说,他很喜欢我们的国画,"我看到在国画中有很多动物,国画家不仅表现了动物外表上的形似,而且有些国画家也很好地表现了动物的性格和它的美。很可惜齐白石逝世了,我很喜欢齐白石的作品,我希望中国画家也能用国画的方法通过动物对社会主义建设中的不良现象表示批评意见。有我的插图的儿童画册在各国都出版了,而且也在中国出版了,但我还没有收到过中国出版的中国画家创作的儿童读物。苏联国家是很重视出版儿童读物的,不知中国在这方面的情况。"

我们告他,中国在开始注意这方面的工作,也出版了一些描绘动物的儿童读物,不过好的作品较少,可惜直到现在中国还没有一位有名的专门画动物的儿童书籍插图家,今后可能逐渐成长起来。拉乔夫表示很关怀。

我们问他家里养不养动物?他说他主要是去动物园观察。此外苏联美术家协会也备有一间房子,必要时可以把动物从动物园里借出来供画家使用。

后来谈到他是否研究儿童心理的问题,他说:"除了研究动物而外,当然还要研究儿童心理。我有两个孩子,经常是我研究的对象。此外,在乌克兰科学院有儿童美术工作室,我曾很好地研究了那里的作品。研究儿童应研究他们的需要和兴趣,不要用自己的爱好去代替儿童的爱好。当然,美国的,中国的,俄国的儿童也都有共同点,这就是他们对于动物都爱好。"

接着说:"我是成人,但在表现自然方面,就要用儿童的眼光、儿童的精神。有一次我看到一个男儿童画只狗,把纸也画破了,而且狗也要咬他,但他还是要画它,他很想把狗画好,可是画不好。这给与我很大启示,使我感到我一定要把动物画好,以满足儿童的喜好。"

停了一会,拉乔夫有点象作结论似的说:"但画动物,却不仅是要通过动物表现生活,而且应通过动物对生活表示态度。这困难是很多的,我要画最好的图画,但什么时候也达不到我的要求。"

最后他说:"我很喜欢齐白石,我企图用齐白石的方法作画,但还没有把握,如果你们明年来到莫斯科,你们就有可能看到我在这方面的作品了。"

拉乔夫和我们的谈话虽然时间不长,但它的内容是很有意义的,对我们说来很有鼓舞性。他不但使我们了解了怎样从事于儿童书籍动物插图画,而且也显示了他对于儿童服务的浓厚兴趣和强烈的责任感。

拉乔夫的作品，在苏联是独一无二的，人们不能够从他的作品上看出是什么人的衣钵的继承，或和谁的作风相近，他的作品是独特的。他的动物插图具有强烈的幽默感和特有的生动性。在创造正面的和反面的人物形象时，善于在彼此的联系中，在结构的互相依从关系上，使正面人物形象居于优势地位。他画的野兽并不使儿童感到害怕，善于利用衣服的特点，使动物形象所体现的人的性格格外鲜明突出，从而使儿童感到有趣，感到可爱。

寓言童话的原文对于拉乔夫不过是发展他的思路和想象力的基础。他的素描在各方面补充了原文，画出了原文中所没有的和言外之音，从而发展和加强了原文的意义。这一点，当人们看他给乌克兰童话"小手套"作的插图时，就会感到的。

看了拉乔夫的作品，我们就很容易联想到中国的画家为儿童创作的动物插图。无疑的，近些年来，我们的画家在这方面取得了一定成绩，如刘继卣在连环图画《东郭先生》中所创作的动物的形象，就是相当生动的。然而如果作进一步的要求，就会觉得其中会说话的狼，还只停留在动物的形神方面，作者未曾赋予这只凶恶的狼以人的特征，也就是说未曾在造形上人格化。因此那只狼画的虽如此逼真，但总令人感到它不过是一只狼，在它身上看不出人的影子，不能使我们从造型上感到它代表着某种人，因而它的会说话就令人感到不真实。就连刘继卣画的《西游记》也同样没有超出以上范围。这是由于画家在思想上还缺乏以上的认识，因而在创作时就不敢大胆的发挥想象,大胆的通过动物的特征表现人的心理和性格。拉乔夫说的好:"寓言和童话作家的作品是讽刺人的,其中所说的不是关于动物的缺点,而是关于人的缺点。"这话是很对的,例如西游记中的猪八戒,如果画家不把它作为人来描绘,不但不能设想他会对原文有什么"补充",而且也很难表达出原著的精神和寓意的。

愿我们的动物画家能从拉乔夫的作品中获得启示。

1958年4月于北京

"中国现代版画展览会"在莫斯科

为庆祝伟大十月社会主义革命四十周年而在莫斯科举行的中国现代版画展览会,是于11月4日下午在"东方文化博物馆"举行开幕典礼的。由于苏联文化部副部长B·帕霍莫夫同志、我国文化部部长沈雁冰同志,以及我驻苏大使馆文化参赞张映吾同志和全苏美协书记ю·皮缅诺夫等同志的到场,使这个展览会的开幕典礼显得格外隆重。

B·帕霍莫夫同志在开幕词中指出:中国现代版画展览会在莫斯科的举行,是中苏两国人民的友谊日益巩固的证明,他并感谢我国文化部竭尽全力地促使两国文化交流日益增进。

沈雁冰部长讲话时说:"应当指出,正是苏联版画曾经是中国艺术家们的老师,而现在正在开幕的这个展览会,则是拿在老师面前的学生们自己的成绩报告。我希望听到很多能够帮助我们的艺术家的宝贵批评……"东方文化博物馆是专门陈列中国、印度、朝鲜、日本、蒙古、伊朗和土耳其以及苏联远东部文化艺术品的博物馆。其中以中国的陈列品最多,现在把原来陈列年画和瓷器的一个大的陈列室悬挂了中国现代版画。由沈雁冰部长剪彩后,来宾即进入会场。中国现代版画在莫斯科的展出虽然并非首次,但并不因此而减少苏联人民对它的欢迎。

展览会开幕后,观众曾在批评簿上写下了很多意见,现择译一些写在下面,供我国版画家们参考:

我们是一群莫斯科动力学院的学生,以极大的兴趣参观了中国版画展览会。

这个展览会表明了中国美术家们很多有趣味的创作探求。虽然在这个展览会上几乎没有介绍具有民族传统的大量作品,但是中国版画家们的作品在他们的新的技术和新的主题的掌握上显示了巨大的成功。

我们特别喜欢中国版画家如洪世清、平沙的风景。同样的也喜欢赵宗藻、周绍森和李平凡的作品。

大学生们的签名
1957年11月6日

我们非常喜欢中国现代版画展览会。

在很多作品里感到了和中国优秀的古典艺术的联系,如在张漾兮的《送饭到田间》、李桦的《捕鱼》、赵宗藻的《集会》以及其他作品中。

我们喜欢李平凡的富于装饰性的色调和洪世清、莫测的抒情的风景画以及表现了在国内进行巨大建设的很多木刻。

我们祝中国美术家们获得更多的新的创作成绩。

一群工业学院的大学生

我以很大的愉快参观了中国版画艺术家们的新的作品。

高兴地看到了展览会的总的高度的水平,以及数量很大的杰出的作品。

祝美术家们在创作中有新的成就。

一位艺术家的签名 1957年11月11日

在现代中国版画展览会上所介绍的作品是令人看了感到高兴的。特别是美术家力群、平沙的作品,有趣味。祝他们有更大的创作成绩!

非常感谢向我们介绍了中国朋友们的作品的博物馆的工作人员们。

希望多介绍中国的艺术,在莫斯科举行更多的展览会。

很想看到现代中国的绘画,油画。

叶美利亚诺夫河川学校的教师
1957年11月12日

为了美妙的展览会,谢谢中国的木刻艺术家。令人高兴的是木刻艺术那样美妙地在中国发展起来而未曾丧失自己的民族传统。

向中国美术家致敬。

版画艺术家 1957年11月12日

阿普木刻家向你们致敬,

年轻的中国版画家们!

向老的中国艺术家学习木刻的色彩和技术,

请不要忘了老的中国传统。

一个爱好中国的木刻家

展览会对于我们人文高等学校的大学生们特别感到兴趣。我们经常注意到在莫斯科举办的所有的中国艺术展览会。现代版画展览会大大地扩大了我们的关于中华人民共和国的知识。

中国版画家的作品异常地吸引着我们，它们善于通过艺术的诗意的形式叙述似乎是最平常的事物。

与此有关的想举赵宗藻的作品《集会》。在我们看来展览会之有力还在于中国人民各方面的生活在这里都得到了反映。

在展览会上我们看到了表现了共和国的新建筑物的、农村生活的、中国自然的图画。

我们很喜欢古元、力群和柳村以及很多别的画家的作品。

一群师范学院的大学生

苏联人民的这些友好的意见，使我们感到亲切，这些意见值得我们重视，有利于提高我们版画艺术的水平。

全苏美展巡礼

我们于11月4号接到苏联文化部一个请帖，邀请我们参加为庆祝伟大十月社会主义革命四十周年而举行的全苏美术展览会的开幕典礼。我和李桦同志于五日下午按时到了会场，看到已经有很多人挤满了前厅，这些参加者是莫斯科的各界代表，著名艺术家，从各加盟共和国来的嘉宾，各国代表团的成员，以及为了庆祝十月革命节而来到莫斯科的外国艺术家。

宣布开会后，首先致开幕词的是苏联文化部部长Н·А·米哈伊洛夫。他说："我们，在苏联人民和一切先进人类的意义重大的节日——伟大十月社会主义革命四十周年的前夕，举行了全苏美术展览会。这个展览会是我国社会精神生活大大提高和新的社会主义文化空前发展的一个很好的证明。这里展出了所有兄弟加盟共和国的造型艺术。就在这里，也再一次体现了列宁关于各族人民友好的不朽思想。"

在听众的掌声中，米哈伊洛夫同志对展览会评价说："这个展览会是一首描写人民生活的令人激动和欢乐的诗,这是对被解放了的劳动、对苏联人民、对共产主义社会英勇建设的赞美诗,这是一支歌颂人民群众的领袖——被全体苏联人民热爱的共产党的赞歌。

"已往的先进人士曾经满怀热情地幻想过,希望有那么一天艺术家能够自由地进行创作。这种理想现在在苏维埃艺术生活中已完全实现了。这是多么高兴的事!以自己的天才全力去为人民创作是何等幸福的事!苏联美术家们作为自己祖国的真正热烈的爱国主义者,作为共产党在为共产主义思想的胜利而斗争中的忠实助手,在这个展览会上以自己的成绩向党和人民进行汇报。一切从事创作的苏联知识分子将永远和党在一起!"

继米哈伊洛夫同志讲话的是全苏美协的书记苏联人民艺术家К·Ф·尤恩同志,莫斯科市党委书记С·Д·奥尔洛夫同志,及展览委员会主席苏联人民艺术家b·B·约千松同志。

他们的讲话是对于我们关于全苏美展的一些很好的说明和介绍。

这次的全苏美展,据说是苏联美术史上规模最大的一次,将近有一万件作品陈列在五个主要会场里。在中央展览大厅陈列的是油画、雕刻、镶嵌画和民间彩塑之类;在"苏联美术学院"陈列的基本上是版画,其中包括书籍插图、宣传画、漫画、水彩画、素描、水墨画、石版画、铜版画、胶版画、木刻画等,同时还陈列了彩瓷、瓷雕等作品;在"美术家之家"陈列着实用美术,其中有木器、刺绣、瓷器、象牙雕、玻璃用品、木雕、木镶、陶器、水牛角雕、壁挂……在全苏美协展览厅陈列着戏剧电影舞台美术,其中包括舞台设计、演员服装设计、舞台布景设计、舞台模型;在工人俱乐部等处,陈列的是工人的业余美术创作。这些作品大都是近两三年来苏联美术家所创作的,是从各加盟共和国举行的庆祝伟大十月社会主义革命四十周年的美术展览会上选出来的。一万件作品选出后,还并不影响各加盟共和国的美术展览会照常进行。为什么会是这样的呢?这和苏联的美术队伍的十分强大有密切关系。据全苏美协的负责人告诉我们,全苏美术家协会一共有会员7500人,此外还联系着非美协会员的美术家6000多人。这样就可以看出全苏的美术家起码有13000人。例如俄罗斯共和国就有分会54个,会员5000人。乌克兰共和国也有分会14个,有会员900人。而我们中国,全国美协会员到现在还不到六百人。

全苏美展的油画、雕刻馆和版画馆都是以各加盟共和国为单位而划分为很多区域的。因而使我们易于互相比较,看出每个共和国的艺术特色和现有水平。当然俄罗斯的艺术水平是最高的,但这并不足为奇,因为俄罗斯在各加盟共和国中不论在经济上和文化上都是先进的。使我们感到惊异的是处在中亚西亚一带的如吉尔吉斯苏维埃社会主义共和国、乌兹别克苏维埃社会主义共和国、哈萨克苏维埃社会主义共和国,据说在十月革命以前还没有油画,可是现在乌兹别克苏维埃社会主义共和国就有三十一位油画家的作品参加全苏美展,而吉尔吉斯苏维埃社会主义共和国也培养出象C·楚伊柯夫那样著名的油画家。这些都说明了苏联各民族在经济文化上互相帮助和提高的显著成果。

在我看来,这次的全苏美展实际上是以百花齐放的面貌出现的,这不仅表现在题材内容和美术种类上的多样性,而且也显示在表现方法和风格上的多样性。总的说来,因为这次的美展是以纪念伟大十月社会主义革命四十周年为其中心内容的,所以有大量的作品描绘了十月革命的题材和伟大革命导师列宁的活动。如中国读者最熟悉的列宁格勒画家B·A·谢罗夫,入选的五幅油画作品中就有四幅是描绘十月革命的历史题材的,这些画是《在斯莫尔尼宫》《等待信号》《和平法令》《土地法令》,其中以《等待信号》最为成功。

《等待信号》的副标题是"冲锋之前",描绘了具有世界巨大历史意义的十月社会主义革命行将爆发前数分钟的情景。画面有已经全副武装的赤卫队员和革命士兵,他们仿佛于十一月七日夜正在涅瓦河畔等待"阿芙乐尔"巡洋舰向冬宫轰击的炮声。它成功地表现了满怀胜利信心的沉着的赤卫队员和久经战争锻炼的革命士兵在迫不急待地准备冲锋时的心情,形象极为生动,使我们感到他们的急速的呼吸和心的跳动。背景上,夜的天空是革命的探照灯光,它照亮了起义者的前程。画家对于这些伟大的历史的创造者以不同的性格表现了不同的英雄姿态,使我们看了为之振奋。

此外如基辅画家C·H·古耶茨基画的《斯莫尔尼》,描绘列宁看到两个献身于十月革命的士兵因过度疲劳而就地酣睡的情景,这里表现了列宁对于士兵群众的关怀与热爱。库克雷尼克塞的油画《克伦斯基的最后出路》，用讽刺的手法描绘了克伦斯基当十月革命的火焰将要烧到他的身上时，于紧急关头在冬宫化装成女护士准备逃走的狼狈情景。H·塔尔塔柯夫斯基的《休息》一画，刻划出了列宁在倾听音乐时的意味深长的形象。B·H·伊凡诺夫的《亚力克山大·乌里扬诺夫被处死刑后》一画，表现了列宁和他的母亲、妹妹的不同心情，其中列宁的形象是刻划的很好的，表现了他的内心的活动，令人感到这一形象的深刻的思想性。这些都是展览会上的优秀作品。其次如乌克兰画家A·洛普霍夫的油画《逮捕临时政府》，列宁格勒美协副主席я·C·尼柯拉耶夫的油画《沿途肃立着人们》（描绘人民等候载着列宁遗体的殡仪车的到来），莫斯科国立苏里科夫美术学院门·尼柯诺夫的毕业创作《十月》，C·格拉西莫夫的《拥护苏维埃政权》，A·纳尔邦疆的《列宁在1919年》也很受观众的注意。在雕刻方面表现列宁的作品也很多，有不少作品是很出色的，如B·平楚克的《列宁在讲坛上》，З·阿兹古尔的《列宁》，Д·凯尔别耳的《列宁》。其中阿兹古尔雕刻的列宁像构思比较新颖，他表现列宁和孩子们玩，背上背了一个十分可爱的小女孩。这里揭示了列宁的和蔼可亲和平易近人的性格，他象老爷爷似的和小孙儿在尽情地玩。除此之外，也有不少美术家描绘了国内战争时代的历史题材和卫国战争时代的可歌可泣的画面。如乌克兰苏维埃社会主义共和国基辅的画家B·B·沙达林所作的《穿过山谷越过平原……》描绘了年轻的红军对敌斗争的革命浪漫色彩。画中的人物，不论老年和青年都富于英雄气概，整个画面以乐观主义的精神感染观众,人物和背景构成了进行曲的情调,并呈现了胜利与理想的前景。列宁格勒的画家E·莫依谢延柯的《第一骑兵军》,以生动的形象和熟练的笔触表现了内战时代的红色骑兵的英姿,以很有修养的热情的色彩和激动的情调创造了他的图画。此外如Π·柯特里亚罗夫的《上前线》,H·柯尔尼延柯的《为土地,为自由》,E·拉斯托尔古耶夫的《青春》。又如列宁格勒画家B·索考洛夫的《行军途中的篝火》和A·Π·列维亭的《1942年的顿巴斯》,前者描绘了苏军在前进道路上的行军生活和坚决克服困难的心情,后者描绘了苏联人民在德寇惨害下的愤怒和仇恨。在这种题材内容方面,值得特别提到的是今年夏天在莫斯科举行的第六届世界青年与学生联欢节的美术展览会上曾经获得金质奖章的Φ·菲维伊斯基的雕塑《宁死不屈》,作者成功地表现了三位被俘苏军战士即将被德寇屠杀时的英雄形象。通过这三个形象,可以使我们感到,他们在敌人的集中营中,已经经历了可怕的折磨,有的赤身裸体,有的仅穿一条破裤,他们忍受着饥饿和凌辱,但却表现了"头可断而志不可屈"的英雄气概。这三个战士的形象引起我们无限的同情和尊敬,使人看了为之感动,对我们大家有着很好的教育意义。

全苏美展中还有一部分给人以深刻印象的作品,这就是关于十月革命以前一些革命历史题材的图画,如列宁格勒画家C·列温柯夫的《十二月党人》,E·A·索罗金的《血的星期日》,ю·屠林的《连拿·1912年……》都是展览会上特别引人注意的作品。在这些作品的前面经常挤满了观众。我们知道

1820年12月14日在彼得堡曾爆发了十二月党人的起义。这次为了推翻沙皇建立新的共和国的起义,虽然不幸被沙皇所镇压,五个主要的领袖被处死刑,其他一百多人都被判处流刑充军到西伯利亚去,但是它的影响却非常之深。列温柯夫的《十二月党人》所描绘的正是五个主要领袖人物在刑场上将被处以死刑前的情景,通过这幅图画使英雄们的崇高形象活在观众的心中。索罗金的《血的星期日》所描绘的是1905年1月9日在彼得堡发生的惊人的血的事件。当时工人们由于生活的极端恶化向着沙皇所在的冬宫去请愿。工人们带着全家眷属——妻子儿女和老弱父母——去见沙皇,他们手无寸铁,唱着祷告歌向前走去,街道上总共聚集了14万多人。尼古拉第二并没有和他们讲友爱,他下令枪杀这些手无寸铁的工人。这一天有一千多工人被沙皇军队击毙,有两千多工人受伤,彼得堡的街上染遍了工人的鲜血。画家继承了俄罗斯历史画的优良传统,以苏里柯夫的绘画色调和刻画群象的严肃精神描绘了这一惨痛的历史事件。这幅画真实地表现了历史,并给与人民群众以无限同情。屠林的《连拿·1912》描绘的是1912年4月4日发生在西伯利亚连拿工矿区的惨案。当时连拿金矿工人在英国资本家统治下的"连拿金矿公司"领受极低微的工资和恶劣腐烂的食品,于是有六千矿工因忍受不住这种欺压凌辱而举行罢工,沙皇宪兵下令开枪,工人死伤者有五百名以上。连拿事件中工人所流的血,并没有白流,它引起了当时俄国革命的高涨。画家在图画中所描绘的是惨案发生后,群众和死者的家属在棺木面前沉浸在悲奋和哀伤中的情景。

全苏美展除了以上所说的题材内容外,也有很多作品是描绘苏联人民的日常的和平幸福生活的。列维亭的"暖日"描绘一个姑娘当和暖的春天光临列宁格勒时,一天,她在做擦地板之类的清洁工作后,坐在窗台上夷然自适地休息,这时悦人的阳光从窗外射进来,姑娘尽情地享受着这可爱的自然的恩赐。这幅画使我们一看,就为其中的欢乐的暖色调子和清新的意境以及这位列宁格勒姑娘的愉快舒适的心情所感染。我们知道列宁格勒是极其靠近北极地带的,一年之中有半年是冬天,而在我们访问的期间虽然是秋天,但一个月也起码有二十三天是雨雾天气。在这样的自然条件下,我才真正懂得了列宁格勒人对于暖和的太阳的感情。这幅画很好地表现了青春时代的人和早春季节自然环境的美的意境,使我们为之神往。扎戈涅克的《红莓花开》是一幅抒情的油画,它描绘在金色秋天的湖畔,当夕阳西下时,青年人在白桦树下,小红莓林旁,唱《红莓花开》之歌。手风琴在伴奏,歌声在荡漾,一轮红日迟迟西沉,湖水平静无波,姑娘们陶醉在大自然和音乐的美的意境中。这幅画从取材到色调以及其内容所构成的诗意都不同凡响,因而在展览会场上显得特别醒目,耐人寻味(见图16)。潘考夫的《功课》用特有的色调描绘了一个初学钢琴的小姑娘。她的专心学习的精神,使我们看了感到可爱。Φ·C·苏尔平的《在摇篮旁》从日常妇女生活中表现了母爱。格夫里洛夫的《和暖的夜晚》描绘了两个在河中裸浴的姑娘,很有诗意。T·沙拉霍夫的《下班》表现巴库附近石油城的工人在风雨中下班归来的情景,这是些勇敢的人,他们从事着艰苦的带有危险性的工作(从海底取石油)。我们站在这幅画的前面就自然会被它所表现的坚强的生命力所感染。E·萨姆索诺夫的《换班》,其构图和主题思想都和沙拉霍夫的《下班》近似。作品形式都是一个长条,只是"换班"的人物比《下班》要多一些。《换班》更多地强调了苏联青年从事于劳动的快乐及集体间的友爱,这里显明地刻划出了共产主义事业的接班人的英雄形象。

  M·Ф·巴布林是斯大林奖金获得者,他的石膏雕塑《歌》还有个副标题名"在处女地的旷野上",它通过三个美丽的姑娘——新的处女地的开垦者,表现了苏联青年的乐观主义精神,表现了他们对于劳动的爱,同时也使我们感到她们生活得多么幸福自由。她们正行进在祖国的尚未开垦的土地上,唱着愉快的歌。她们是自然的征服者,是劳动人民的好儿女。这是一首赞美和平劳动的抒情诗,当我们欣赏它时,它能引起我们很多美的联想。在现在的世界上,除了苏联、中国和人民民主国家,还有什么地方的人民能够把劳动当作一件愉快的事呢?除了这些题材内容外,也有不少作品表现了外国人民的生活和斗争。如曾经访问过中国的列宁格勒画家A·梅里尼柯夫的巨幅作品《觉醒》,它取材于世界青年学生联欢节,表现了一群觉醒了的殖民地人民。这幅画具有不平凡的色调和特有的装饰性,它初在列宁格勒的展览会上展出时,就引起了人们的注意和称赞。其次如乌克兰画家Ⅱ·C·苏利缅柯的《仰光码头工人的休息》,它通过对于南洋劳动人民生活的描绘,流露了画家对于殖民地劳动人民的深深的同情。这幅画色彩强烈、富于热带情调。

在全苏美展中好的肖像作品也不少,如吉尔吉斯画家С·楚依柯夫的《牧羊人的女儿》、阿尔汉格尔斯克的画家Д·К·斯维施尼可夫的《苏联北部地区的主人》、乌克兰画家М·鲍日伊的《女护士像》以及К·М·马克西莫夫在中国画的中国青年农民的肖像……都是成功的油画。其次在大理石和青铜雕刻方面如托姆斯基的《皮克总统像》、А·Ⅱ·基巴尔尼柯夫的《马雅可夫斯基像》,充分地表现了这两位政治家和诗人的性格特征。

除此之外,全苏美展也有很多风景画和静物,尤其在版画展览馆中显得更多,这固然是画家的创作兴趣使然,但也和苏联广大人民日常生活的需要有关,如苏联的旅馆、餐厅、会客室,到处都悬挂着风景静物画,因此它们的产量多也是非常自然的。

在全苏美展的"版画展览馆"中显示着巨大成就的首先是苏联版画家为各种书籍所作的插图,其中如中国读者比较熟悉的画家Е·А·基布里克、Д·А·施玛里诺夫、Д·А·杜宾斯基、О·Г·魏列依斯基、А·М·拉普捷夫、Е·М·拉乔夫……都有好的作品展出。我特别喜欢拉普捷夫用水墨画为萧夫的小说《被开垦的处女地》所作的插图,那种清新的调子,显明的画面,活生生的形象,以及他那流利的笔触对我有很大的吸引力。这里一共有七幅插图,我尤其对其中的《给瓦达维多夫洗衬衣》《拉古尔诺夫释放鲁施卡》《达维多夫在田中》《达维多夫和沙雷姆谈话》等作品有意外的好感。此外在版画展览馆里，莫斯科画家Н·А·波诺马列夫在越南北部用水彩作的《北越》组画，也是引人注意的。在我们中国人看来，他很真实地描绘了东方人民的生活，而表现的是那么生动流利而富于诗的情调。与他有同样佳作的是莫斯科画家А·В·柯柯林的《在印度》组画，作者以其速写的简练准确而引人赞佩。此外，列宁格勒版画家В．В·斯米尔诺夫的胶版画、В·А·维特罗龚斯基的石版画和基辅美协主席М·Г·捷列古斯的独幅版画都是有较高艺术水平的。

  在全苏美展的"实用美术馆"里陈列了很多能够体现各共和国民族特色的手工艺品，种类既异常丰富，而工技又十分精巧，令人看了想要买几件作为纪念品。但可惜这些工艺品在市场上大都不易买到。在市场上出现的一般的都比展览会上的水平低。听说商店里有时也有质量高的，但供不应求，所以经常找不到，这和中国的情况也很相似。

  在工人俱乐部等处展出的工人业余的美术作品，有肖像、静物、军史画、风景画以及一些关于工人生活斗争的油画。这些作品虽然比起画家们的作品来显得水平较低，但比起中国的油画水平来，就觉得低不了多少。他们的这些画有的不但面积很大，而且其取材与构图也颇复杂，例如有两个工人С·Г·莫纳霍夫和В·Ⅱ·邦诺夫，合作了一幅名为《毛泽东参观斯大林汽车工厂文化宫画室》的大油画。就显得颇有绘画修养。而另一位工人画的《卓娅》也很好。这都说明社会主义社会对于工人文艺生活的重视和工人文化艺术水平的提高。

在全苏美展中有些展品是使我感到特别新异的,这就是镶嵌画和大型木雕,以及舞台美术作品,这些展品是在我们中国的美术展览会上不易看到的。镶嵌画在苏联有久远的传统,不论在列宁格勒、基辅和莫斯科的古代教堂里都可以看到,有的远看俨然象幅油画,可见其用色之复杂。镶嵌画的好处是具有装饰风并经久不变色,因为它都是用彩色小石头或彩色小琉璃镶嵌起来的。前面曾提到过的"觉醒"的作者梅里尼柯夫就为新的镶嵌画创作了很多画稿。这类作品在全苏美展中也有所陈列。新的镶嵌画,象大的浮雕一样,它美化了新的建筑物,并通过它表现了苏联人民的生活和愿望。

在我们中国的美术展览会上有民间艺人的小型木雕,却没有比真人高的大型木雕,但在全苏美展中,这类的作品相当多,如莫尔达维亚苏维埃社会主义共和国的功勋艺术家、苏联美术学院的通讯院士 Д·Н·杜宾诺夫斯基在展览会上展出的巨大木雕《父子三代》三部曲,第一个木雕《觉醒》表现的是祖父一代,第二个木雕《起义》表现的是父亲一代,第三个木雕《青春》表现的是孙子一代。这个三部曲是全苏美展雕刻创作中很突出的作品,它们的雄伟的气魄和英雄的形象给观众留下了深刻的印象。此外,克鲁托夫的木雕《牧羊人》也是令人非常喜爱的,我走近旁边就为其充沛的生命和慈祥的容貌所吸引,他就象我在中国农村里常见的老牧人一样,安祥地坐在那里为我们讲述着古老的故事,或关于狼的神话,是如此地令人感到亲切。

舞台布景和舞台设计在苏联十分被重视，并有很好的传统。所以在全苏美术展览会上有单独的展览馆为之陈列，而且在目录上还把戏剧、电影舞台美术家和木偶戏舞台美术家作为一个项目加以标明。我想苏联美术家之特别重视舞台美术一方面固然是人民的要求，同时也和早期的俄罗斯美术家一向重视舞台美术有关。在В·С·马蒙托夫著的《俄罗斯艺术家回忆录》里就曾提到十九世纪俄罗斯著名的大画家如И·Е·列宾、В·М·瓦斯涅佐夫、И·И·列维坦、В·谢洛夫、М·А·符鲁别尔、К·А·科罗文、А·高洛文就都画过舞台的布景和服装。当我参观全苏美展的舞台美术展览馆时，发现就有曾经于1957春间在北京举行的"苏联八位著名美术家作品展览会"的出品者之一水彩画家Ю·毕敏诺夫为Ю·契普林的戏本《春天的激流》所作的舞台布景画稿和模型，为Р列恩科瓦罗的歌剧《小丑》所作的舞台布景和服装的草图，以及为Б·伊查科夫的戏剧"在他乡"所作的舞台布景画稿。

苏联舞台美术家在创作舞台布景和服装设计的画稿时其用材和风格也是非常多样的，有的用油画颜色，有的用水彩，有的用广告颜色。一般的作品都并不拘泥，不象我们在中国所见的那些所谓舞台布景设计，苏联美术家完全象从事于一幅独幅油画和水彩画的创作一样，不但作品面积大，而且令人感到这些舞台布景画稿每一件都是完整的艺术品，有的是一幅笔触生动的很美的水彩风景画，有的是一幅情节性的油画。这些作品的特点是：一般的色调都很鲜明强烈，因为不是面对实物写生，而纯属根据构思作画，因而大都敢于夸张，富于想象,有鲜明的创造性。其中除了用笔奔放的作品外,也有一些图案风的作品,其人物和服装的工整有如日本的浮世绘。在立体的舞台设计——模型中,有灯光,有布景,有人物,使我们看起来俨然象正在进行演出时的舞台一样。其中人物有的用泥制,有的用金属,有的用木雕。

苏联舞台美术的成就,当然不能仅仅从展览会上去了解,而是必须通过大戏院和歌剧院来了解的,我们在苏期间曾观看了不少芭蕾舞和歌剧,从这些剧院的舞台布景才深深感到苏联舞台美术的水平之高。

从表现方法和作风来说,全苏美展的绘画和雕刻作品,一般都是讲究笔触趣味的,有的作品近似中国的所谓"写意"。但也有少数作品采用了古典绘画和雕刻的手法,不讲究笔触,搞得十分光滑。此外也有一些油画作品,特别讲究色彩,以近似原色的颜色织出了象显明的地球一样的油画。从这些作品的获得入选,可以理解苏联艺术的广阔天地以及苏联艺术家们的创作方法和趣味的多样性。尽管对这些作品,美术家们彼此之间可能还有争论,但全苏美展却用事实驳倒了所谓苏联艺术"单调""千篇一律"的说法。

苏联对于新生力量的培养是十分重视的,全苏美展中有九十五岁的苏联人民艺术家B·H·巴克塞耶夫的作品,也有鞑靼苏维埃社会主义自治共和国年仅十八岁的嘉桑美术中学五年级学生И·A·伍洛黑的作品。据全苏美协秘书长Д·C·苏斯洛夫同志告我们,他们发现了这个有绘画才能的学生后,就请他从嘉桑来到莫斯科,给他画室让他作画,他在这里创作了"初雪"和"古老的乡村（乡村街景）"。这两幅作品现在也展出在全苏美展了。我特在展览会上寻到了他的作品，看过之后，觉得这位青年画家的创作很可爱，既有情调，表现的又老练，给人以名家作品的感觉。

　　这次的全苏美展是如此的丰富，它真正配得上作为四十年来在苏共领导之下发展起来的苏联造型艺术的一次总检阅。这个美展通过革命历史事件的描绘，通过革命英雄人物的品质和业绩的刻划，以可视的生动的形象感染观众，向广大的苏联人民进行着共产主义和爱国主义的思想教育，并用新的艺术成果提高着苏联人民的艺术欣赏水平。这一万多件出展在莫斯科的艺术作品，正以其数量和质量之惊人，以其与人民的广泛联系并受到人民的热烈爱戴而向全世界显示着社会主义制度的优越性，以及社会主义现实主义艺术创作方法的优越性。

1958年1月于北京

施马里诺夫会见记

当中国现代版画展览会在莫斯科的东方文化博物馆展出之后,我们于11月12日上午访问了俄罗斯苏维埃联邦社会主义共和国人民艺术家杰缅契·阿列克塞叶维奇·施马里诺夫。

施马里诺夫于1907年生于喀山,他从12岁起开始学画,从1923年到1928年受艺术教育于Д·卡尔陀甫斯基教授的油画和素描研究所。

施马里诺夫是俄国古典文学作品和苏维埃文学作品的著名插图家,为普希金的中篇小说《别尔金》、莱蒙托夫的《当代英雄》、涅克拉索夫的长诗、高尔基的《玛特威·柯什麦金的生活》、А·托尔斯泰的《彼得大帝》等书画了优秀的插图。在伟大卫国战争初期,他创作了素描组画《我们决不忘记,我们决不饶恕》,在这些画中,他控诉了法西斯敌人对苏维埃人民所犯的血腥的罪恶。由于这一组表现对敌人的深刻仇恨、号召复仇的素描,画家于1943年获得了斯大林奖金。现在是苏联美术学院的院士。

我们来到施马里诺夫的工作室,经翻译员介绍后,问他:"是否参观了我们的版画展览会?"他说:1950年在莫斯科举行的中国版画展览会他曾看过,还记得当时展出的李桦的套色木刻"石景山发电厂工友抢修三号机"。他看了我们目前的展览会后,表示很感兴趣。随即拿出他的笔记本告诉我们:"我喜欢力群的《黎明》、《太行山风景,》李桦的《捕鱼》、《晚归》,顾炳鑫的鲁迅小说《药》的插图"。之后他提到古元,他说古元曾访问过他的画室,要我们回国后代为问候。接着他说:"我特别喜欢古元的《甘蔗园》,这幅作品我在一个杂志的封面上已经看到过了。黄永玉的《阿诗玛》插图,是头一次看到,他的名字我也是头一次听到,我很喜欢《阿诗玛》中《纺织》的一幅。其次我还喜欢路荑的《出海》、李平凡的《花房一角》,王琦的《晚归》……在我看来中国版画家们所走的是正确的道路。"他继续说:"在版画方面,很多国家的作品有一般性,但中国的版画是有民族形式的。"

谈到中国版画的民族形式,我们随将我们给他带的礼物《水浒全传插图》送给他,他仔细的看过之后,向我们致谢。

我们请他谈谈中国版画的缺点时,他说:"工业风景比较公式化,缺乏生活。中国的木刻还不善于表现人的性格,但在木刻上,人应该是主要的。你们的国画的构图和它的装饰性都很好,但在某些木刻上却表现的不够好。在我看来,展览会的最大成就还在风景画方面。"

提到他的插图工作,他说:"美术家作插图,是什么时候也看不到书中的主人公的，主要凭自己的想象，但我画彼得大帝不同，有他的很多肖像，死后并有他的蜡制模型。一般的说，创造书中主人公的形象，一面固然要靠想象，但一面也依靠平时从生活中的观察。如果是画历史上的人物，还需寻找当时的服装。

李桦问施马里诺夫："如何理解作品中主人公的性格？"他说："这问题很难回答，我首先是很仔细的看书，然后研究每一个主人公，画很多的速写，之后再画插图。"接着他拿出一本他和基布里克等合著的有关创作经验的书说："我的经验都写在这本书中了。可惜出版社目前只给我一本，很抱歉，没法送给你们。"接着说："画插图，小说只是起点，然后根据小说内容去调查研究。我为了给杜斯退耶夫斯基的《罪与罚》作插图，曾到列宁格勒找当时的楼房画了很多速写。大致说来画书籍插图主要就靠：一、仔细的看书。二、采用自己的生活经验。"

之后谈到画家画插图和出版社的关系，他说："在苏联画家与出版社是采取订合同的形式来彼此联系的。例如《战争与和平》，我画了三年，可是准备工作就作了五年，前后共八年。合同订立后，按合同美术家有权再在别处出版或展览。"

有人敲门，进来的是一位身材高大的中年人，经介绍知道是久已知名的A·杜宾斯基。他就座后也参加了我们的谈话。他说他很喜欢中国画，对李可染的作品很感兴趣。我们告他，中国的不少画家很喜欢他给盖达尔的小说《丘克与盖克》作的插图。并说，K·克拉甫钦柯写的《杜宾斯基》一书已由平野和我译成中文了,不久就会出版。出版后要寄给他一本①。他听了很高兴。

我们曾问起他们:"今年春天举行了全苏美术家代表大会后,创作上有了些什么新的变化?"施马里诺夫回答说:"大会总结了过去的经验,但真正发展美术创作却不决定于大会,而决定于美术家。所以现在还不可能有什么大的变化,因为时间很短。大会仅作了了解过去,并给美术家以新的任务的工作。"

杜宾斯基说:"我很同意施马里诺夫的意见,大会建立了协会,给美术家们以任务,但由于时间不长,所以还不可能在创作上有什么大的变化。目前在版画方面可以看出有较好的作品,但在油画方面,却都差不多,质量很高的作品很难说。"

我说:"从全苏美展中看,关于'冲突性'的作品不多见,是什么原因?"施马里诺夫说:"主要原因是由于这个美展是庆祝十月革命四十周年的。"

杜宾斯基问我们说:"在全苏美展中看到施马里诺夫画的油画作品没有?"我们说:"没有看到。"施马里诺夫说:"要在展览会中寻到我的油画作品,就象在草堆中寻一个针一样的难。"我们笑着说:"我们一定要寻到它"②。

后来施马里诺夫从书架上取下附有他的插图的《罪与罚》与《涅克拉索夫的诗集》赠给李桦和我(见图17)。我们向他表示了谢意。

当我们走近他的书架时,他告诉我们两个书架中摆着的满满的书,都是有他的插图的文艺作品。这些巨大的成果,令人看了深深感到他的艺术劳动的辛勤,并使我们为之钦佩。

　　当我们告辞出来后,就很自然的想到:我们需要中国的施马里诺夫和中国的杜宾斯基。愿不远的将来,在中国的美术学校培养之下,在出版机关的关怀之下,中国能有很多出色的书籍插图画家,中国的文学作品能有令人满意的插图。

　　注:①《达·杜宾斯基》这本小册子已于1958年1月由上海人民美术出版社出版。

　　②当我后来再到全苏美展中参观时,终了在成千张油画中寻到了施马里诺夫的油画《列宁阅公民的军事训练》,使我很高兴。

访问茹可夫

尼古拉·尼古拉叶维奇·茹可夫是苏联艺术家中在中国美术界享有盛名的画家之一。他为柯诺诺夫写的"《索科里尼克的枞树节》所作的关于列宁和孩子们的插图,卫国战争期间在前线画的速写《万事开头难》以及他为波列伏依的《真正的人》所作的插图等作品在中国画家的记忆中留下了难忘的印象。

当我们于1957年11月12日下午以兴奋的心情去访问我们久已仰慕的茹可夫时,恰巧正遇他刚刚访问了中国归来,他对于我们所表示的真挚的感情和热情的接待,是异乎寻常的。

我们在他家里度过了一个愉快的傍晚。

茹可夫于1908年生于莫斯科,毕业于萨拉托夫市的工艺美术专门学校。在1941年至1945年的伟大卫国战争中,从最初的日子起,茹可夫就是《真理报》的随军艺术通讯员。在战场上,茹可夫创作了许多反法西斯的宣传画和传单,他用这些宣传画和传单，鼓励了红军士兵的战斗情绪，因此茹可夫成了红军战士的最亲密的朋友。

茹可夫因为画了许多优秀的战地素描和给《回忆马克斯》《回忆恩格斯》两部书画了很好的插图，他在1943年得到了斯大林奖金。

我们和茹可夫见面后，他向我们介绍了他的妻子，之后就谈到他访问中国的情形。他说："我到过北京、洛阳、上海等地，但因中途心脏病发作，病在医院，未能充分利用时间满足我的访问要求，非常遗憾。"

谈话间他的妻子走来，问我们吃中国的绿茶还是喝咖啡？我们说吃绿茶，她就用中国的小茶杯给我们拿来绿茶和饼干。我们已好久没有吃到自己祖国的茶味了，感到特别的清香。

茹可夫拿出他在北京和毛主席握手时照的照片给我们看，觉得能和中国人民的领袖会见，感到光荣。之后又给我们看他在中国画的速写，从这些速写使我们感到他对于中国儿童就象对于苏联儿童似的深感兴趣，他真不愧为一位出色的描绘儿童的画家。

谈到中国的版画时，他认为中国版画的特点是和人民群众之间的紧密联系以及在人民群众中所具有的较大影响……

之后，他拿出一本在中国得到的小人书《马特洛索夫》对我们说："我很重视中国的小人书，这倒并不是说它的艺术水平有多么的高，而是说这种东西对于人民的教育意义很大。"

他很感叹在这一方面苏联美术界不如中国,有某种程度的脱离人民,而不象中国这样重视普及工作。他说他要在苏联很好的提倡这种形式。

接着,他批评我们给毛主席的画像不能令人满意,他说他在很多地方看到画的不够好,画家们只注意目前毛主席生活上的隆重方面,而没有注意到他是曾经经过了艰苦的。

后来提到了我们的出版社,他说中国的出版社和画家有很好的联系,有很大的成绩。但选作品不够严格,有时把不好的作品也选上了,例如齐白石的作品吧,也不可能件件都是好的,选上不好的作品是不应当的。

他说苏联美术的发展有不少错误,中国不应再重复这种错误,如在实用美术方面,中国有很好的传统,而现在人民的需要也提高了,但市场上却出现了很多低劣的瓷器、木器、和儿童玩的布娃娃。苏联在这方面直到现在也还有着这种缺点,希望中国的美术界能注意这些问题。

茹可夫在北京时曾参观了中国人民解放军建军三十周年纪念美术展览会,他觉得马克西莫夫在北京中央美术学院油画训练班工作期间,给中国美术家很大帮助,但中国画家盲目的追求苏联的油画作风和传统,而不重视自己的绘画传统是不好的,这就影响了中国画家取得更大的成绩。他指着自家墙上挂的中国画家任伯年和齐白石等人的作品说,应该象这样才是别的国家所没有的。我们对他说马克西莫夫也曾表示过,完全学得象苏联一样,也没有什么意思,应该向自己的遗产学习。

之后茹可夫给我们看了他那么多的速写，其中有关于儿童的、有关于列宁的、他所画的那些在日常生活中的儿童的形象，准确地捕捉了儿童天真可爱的一刹那间的神态，他的技巧是异常熟练的。

当我们谈到社会主义现实主义的问题时，茹可夫说："我们的社会主义国家和新民主主义国家应该坚持艺术上的社会主义现实主义道路，一定要和抽象主义进行斗争，在波兰抽象主义很流行，但我们一定要很好的发展社会主义现实主义。"

最后，当我们要求他为中国现代版画展览会写一篇文章时，他慷慨的答应了，说："当你们回国前，我的文章一定交卷"①。之后就和他告别。

注：①后来茹可夫为中国现代版画展览会写了一篇名为《我们朋友的成就》的文章交给我们，今作为"附录"载于本文后面。

附录：

我们朋友的成就①

H·茹可夫

在列宁格勒和莫斯科陈列中国现代版画的展览会上，我们看到了近两年来的作品。在题材的多样性，在对现代生活的强烈的感受上，在对新生活建设的关心上，在创造人民所需要的艺术的强烈的愿望上，包含着中国艺术家们的创作的基本优良特点。他们里面的任何一个都没有人让自己画室的墙壁把自己与新生活的紧张的脉搏隔离开来。工厂、田地和新的建筑、运河和堤坝，到处是美术家们的画室，到处有他们的关注的眼睛，这是在今天中国人民的日常劳动中看到广阔、美丽未来远景的自己国家公民和爱国主义者的眼睛。甚至一些作品的标题，如《在建设中的汽车厂》《参观联合收割机》《炼铁炉的大修》《战胜旱灾》《疏浚西湖》《谁先到校》也说明了中国版画艺术家们生活兴趣的广泛。

腐蚀版画和木刻画艺术使美术家们的创作摆脱了与世

隔阂的状况而走上和广大的观众发生联系的阳关大道,由于原作的能够大量印刷,使它具有广泛的普及性。

大家知道,在现代中国版画的发展过程中,鲁迅的培育(他是这一艺术品种的热烈的爱好者及鉴赏家)和支持具有重要的意义。鲁迅帮助中国的美术家们找到了这样一条正确的道路,这条道路把中国的版画引导到世界现实主义艺术的先进地位。

鲁迅的美学的基本原则,就在于对于艺术的人民性的确立。鲁迅认为每一个艺术家的任务是"引起人们对于普通人的关怀并争取对他们的尊重"。我深信中国造型艺术的大师们深深地记得伟大作家的遗言的。所有他们的作品的特点是构思上的新鲜和表现上的纯朴。赵宗藻的篇幅不大的"集会",观众看到正是在阴天里,几十个人于雨伞的遮盖之下,在泥泞的倾斜小道上困难地进行。这一"点滴的现实生活"很好地表达了中国人民的一致的思想,同时也简洁而意味深长地显示了他们的坚强的团结性。在中国现代版画里面,难于发现作者在选取题材时对他们不感兴趣的事情。这样的木刻,如艺术家莫测的《拿鱼》、刘仑的《红军过栈道》及张漾兮的《送饭到田间》。可以说在所有的作品中你都能找到这种艺术家的细致的观察力,这种详情细节。作品如果缺乏这些东西就象是缺乏热情站在旁边观察事件的人创作出来的。

有时候,由于作者热衷于题材,为了要使每一事物都表现的明明白白,以至使艺术家追求过多的枝枝节节,因而可能妨害了形象的广泛的概括并导致版画语言的繁琐和枯燥无味。某些作品有这种缺点,无疑要降低它们的美感作用。

我以为某些木刻具有过度的枯燥无味和照相味是很自然的,尤其是它们属于一些青年作者——这种现象是可以用经验的累积和欣赏力的提高来克服的。但更大得多的坏处是矫揉造作,好在在展览会上这样的例子仅有一幅,这幅木刻就是率平凡的《我的孩子》。看来,某些波兰艺术家的形式主义的实验曾合乎作者的心意,所以他显然在仿效他们,他表达了点什么东西呢?也许唯美主义者中有些人会说:"有味道!"但其实是成问题的"味道"。因为在这里艺术的民族基础丧失了,素描的现实主义实质丧失了,结果是含糊不清,什么也未曾表现的一些斑点。

但个别的一些缺点却为展览会的总的高度水平所遮盖了。中国的风景在力群的《黎明》、沈柔坚的《上海雪夜》、路羽的《出海》、邵克萍的《月夜看社戏》等作品中是表现得美丽的。艺术家黄永玉在为传说《阿诗玛》一诗所作的插画里面,在《纺织》《杀虎》等木刻中用实例证明了高度的技巧和艺术发源地的真正民族观点相结合。每一个苏联观众看到陈维楹的一幅小木刻《夜晚北京的苏联展览馆》是感动的。在作品里表现了中国人民对于苏联人民,和对于苏联展览馆尖顶上在夜的天空中发光的我们的五角星的深深的爱。在这幅小小的亲切的作品中,艺术家用自己的木刻语言意外地倾吐了我们两国人民友谊的全部实质。

鲁迅论到中国艺术发展中的某些问题时写道:"我们有艺术史,而且生在中国,即必须翻开中国的艺术史来……这些采取,并非断片的古董的杂陈,必须溶化于新作品中,那是不必赘说的事,恰如吃用牛羊,弃去蹄毛,留其精粹,以滋养及发达新的生体,决不因此就会'类乎'牛羊的。"

中国现代的艺术家,一面在研究自己古代艺术的传统,一面在细心地研究现代世界版画艺术中的一切先进的东西。他们有很多的作品和苏联艺术家们的创作原则上相同。他们在自己艺术的新形式的形成时期积极地寻找而且终于找到了联系人民的正确道路。当艺术面向生活(这是使创作能力经常革新的唯一取之不尽的源泉)时,这样的艺术家是幸福的,而他的艺术也是美好的。正因为如此,看到了中国艺术家的作品,我们就象是看到了我们的战友的成就一样地高兴!

注:①此文系根据茹可夫交给我们的打字原稿翻译的,原文发表于苏联《创作》杂志1958年1月号,标题为《中国的版画》。我们这里用的是原稿的标题。——译者。

力群译　平野校

访问基布里克

叶夫盖尼·阿陀利法维奇·基布里克是在我的心目中具有深刻印象的苏联画家之一。他的名字最初留在我的记忆中是因为有一次在一个有关十月革命的苏联艺术展览会上，他的《列宁在地下工作》异乎平常的吸引了我。由于这幅作品给与我的深刻感动，使我在1954年"美术"创刊号上写了"谈基布里克的素描"列宁在地下工作"①。

基布里克1906年生于瓦斯涅辛斯克城（敖德萨省），1922年—1925年受教育于敖德萨艺术专科学校，1925—1927年进列宁格勒美术学院。作为画家、版画家的基布里克是因为画了果戈里的《塔拉斯·布尔巴》，罗曼·罗兰的《柯拉·勃雷恩》和柯斯吉尔的《季尔·乌林舒比格留》等作品的插图，受到了苏维埃读者的热烈称赞而出名的。他于1947年创作的素描组画《列宁在1917年》，其中的《有这样的党》和《列宁在拉兹里夫》曾荣获斯大林奖金（上面提到的《列宁在地下工作》也是这一组画之一）。

1957年11月13日我们访问了这位久已仰慕的版画家。彼此问候之后，他首先告诉我们他已参观过在东方文化博物馆里举行的中国现代版画展览会了。接着说："我很喜欢你们的版画作品，最喜欢的是赵宗藻的《集会》、黄永玉的《阿诗玛》插图中的《纺织》，这里可以看出中国美术的传统有很高的艺术水平。除此之外，还有其他的作品我也喜欢。"又说："我在展览会上看到两种倾向，一种是企图继承中国民族美术传统的，另一种是倾向西欧作风的，中国人民和美术家是很有天才的，这两种倾向都有好的成绩，我希望将来能够得到更大的成就。在第二种倾向方面我很喜欢古元的《春天》、顾炳鑫为鲁迅小说《药》所作的插图、王琦的《晚归》、李桦的《晚归》、莫测的《拿鱼》、路荑的《出海》。李桦的作品是多种多样的，我也很喜欢他的《夏日》，夏天的天空刻得很好看，只有两个颜色，很富于生活性地表现了这个季节的自然情调。他的《晚归》构图很好。此外，李平凡也有很美丽的作品，他的木刻很有装饰性，我很喜欢他的《秋天的小花丛》。"

当我们提出希望他谈谈中国现代版画作品的缺点时，他说："我已经说过有两种倾向，很多的版画作品都表现了不同的丰富的美术形象，从这方面来说是有很高的创作水平的。但也有一些作品有这样的情况：象照片，如描绘扬子江建筑桥梁的作品，虽然在技术方面是好的，但令人看了仅仅知道这是桥梁，这是人物，和照片一样，没有艺术性。这类的作品苏联也有，我不喜欢。而与此相反，另一种却是有诗意的作品，一般的说你们的版画展是有天才的展览会。"停了一下说:"我认为有诗意的作品是最好的,如赵宗藻的《集会》决不是能用照相机拍出来的,这张作品除了开会,还能引起别的东西,不象桥梁只看到桥梁而已。"

后来基布里克谈到他的作品《列宁在地下工作》,我告诉他,这张画我曾写文章向中国读者介绍过,但不能肯定究竟列宁在什么时候什么地方写作。他说这张画是描绘1917年7月列宁在彼得格勒老布尔什维克工人阿里鲁也夫家里匿居时候的情形。我说:"在我看来,你把桌上摆的钟表,画作深夜三点四十分钟,是很有意思的。"他说:"你看的很仔细,我在创作时是特别注意到了这个问题的,因为这幅画的主题是描绘列宁的辛勤艰苦的工作。"之后,他说他在1947年创作了《列宁在1917年》这套组画,一共画了一年半的时间……

当我们细看挂在墙上的他的油画和他收藏的别的画家的作品时,他向我们介绍了他的妻子齐莫慎珂的作品。由于他的妻子的姓使我们知道她是乌克兰人时,因而顺便问到了基布里克是什么地方人,他说,他是犹太人。

注:①《谈基布里克的素描〈列宁在地下工作〉》一文,现收集在拙著《苏联名画欣赏》一书中,文后还附录了基布里克写的《历史与画家》一文,在这篇文章里基布里克详细叙述了《列宁在地下工作》一书的创作过程。

难忘的友情

访问苏联画家

当我还在国内时,就从曾到过莫斯科的朋友们那里听到过关于苏联木刻家A·克拉甫钦珂夫人的情形,大致是说她是一位从事于美术理论工作的老太太,对中国画家很热情,并说她的女儿也是从事于木刻工作的。

为什么要谈到克拉甫钦珂夫人呢?这是因为为鲁迅所介绍的克拉甫钦珂的木刻作品对中国早期的版画界曾发生过很大的影响,而直到现在我们也还是非常喜欢他的作品的,那种工细的技巧,热情的刀法,富于浪漫色彩的画面始终对我们有着魔力。鲁迅在《苏联版画集》的序文论到克拉甫钦珂时曾说:"他的浪漫的色彩,会鼓励我们的青年的热情,而注意于背景和细致的表现,也将使观者得到裨益。"大约在抗战初期吧,突然在中国的杂志上登载了关于这位木刻家因病逝世的消息,我当时看了很难过。虽然后来不能再看他的新的作品了,但对于他的敬仰却并不因此而减弱。正因为这个原因,所以还很想知道我们所敬仰的这位木刻家的夫人的情况。

1959年11月23日上午我和李桦到莫斯科美术家协会去会见木刻家A·冈察罗夫等人。一来是为了要把中国木刻家写给莫斯科八位版画家的回信带给他们,二来是为了代表版画月刊送给他们一大批礼物,原因是他们曾在《版画》七期上发表了作品,由于不便给稿费,所以买了一些精美的中国古典艺术画册赠送。

我们按时来到楼上,看见已经有四五个人等待着我们,入座后,经介绍才知道其中除了冈察罗夫外,一位热情的老太太就正是克拉甫钦珂的夫人,名字是克塞尼雅·斯捷帕诺夫娜·克拉甫钦珂,已有六十来岁的光景了。在另一边坐的一位胖胖的妇女是她的女儿林娜·克拉甫钦珂——父业的忠实的继承者。她为鲁迅的小说《一件小事》和《明天》作的木刻插图,曾于1954年十月在北京举行的苏联经济及文化建设成就展览会上展出过,我们对她的作品是熟悉的。这真是意外的相会,没有想到在这里看到了我们曾经怀念的人。于是这才知道克拉甫钦珂夫人是莫斯科美术家协会的学术秘书,并弄明白了我和平野合译的《杜宾斯基》一书,就正是她的著作。这样一来,我们之间的关系好像又多了一层,因此我征求老太太是否可以允许我们访问她的家庭。老太太和她的女儿听到后表示极大的欢迎,于是约定在11月24日中午到她家去访问。

第二天,我们在雪花飘舞中寻到了克拉甫钦珂夫人的住宅。上了五楼就受到全家人的迎接,与老太太和她的大女儿握手后，经介绍认识了她的大女婿鲍利斯·普列奥布拉任斯基，二女儿娜塔莉娅·克拉甫钦珂等人。

接待我们的这个客室就正是Ａ·克拉甫钦珂在世时的工作室，壁上挂了很多画，其中并有徐悲鸿1934年访问时赠送的齐白石的作品。老太太领着我们首先参观靠窗户摆着的她丈夫工作过的台子（现在是大女儿林娜的工作台了）。台子上还像当年一样的陈设着他的用具，有他刻木刻时用过的扩大镜，各种各样的木口木刻刀，有像圆形枕头似的刻木刻时垫木版的垫子和手印木刻的骨板，并给我们参观了克拉甫钦珂的木刻原版，使我们很感兴趣。老太太叫林娜给了我们一块木口木刻板，要我们坐在丈夫经常坐的椅子上来试用那些木刻刀，我们试刻了几下，觉得这种工具还不能一下掌握，因为我们一向使用的是木面木刻刀。我顺便问起，这些木刻刀是从那里买来的？她说有德国的，有法国的，有英国的。没听说有苏联的，可能苏联当时还未曾制造这种工具，我们在列宁格勒时，听说现在虽有，但供不应求，经常在商店里买不到。

之后，克拉甫钦珂夫人领我们看摆在窗户下的丈夫当年印麻胶版画用的印刷机和印钢板画用的印刷机。前者较灵巧，后者较大，像在印刷厂常见的那么笨重。老太太说，克拉甫钦珂不但从事于木刻画，他同时还从事于彩色铜版画、油画、水彩、炭画和麻胶版画。他是一位多才多艺的美术家。

之后她热情地带领我们去看她的女儿林娜和娜塔莉娅两家所住的家室和她自己住的家室，在她女儿们住的房子里，墙上挂着克拉甫钦珂的富于创造性的油画和水彩画。之

后老太太给我们看克拉甫钦珂的作品。单是他的版画创作就有那么多,真使我们吃惊。我们问起关于他的生平,老太太告诉我们:

克拉甫钦珂于1889年2月12日生于伏尔加河流域的沙拉托夫省,1940年5月31日因病逝世于莫斯科,他的朋友们把他生前喜爱的一个意大利石雕象(母子)放大后,竖立在他的墓前。他的祖父原是农奴,后来到当时不为贵族地主所约束的伏尔加河地带谋生,成为自由民。克拉甫钦珂出世后,在这样的农民家庭里成长起来,有一天,当地乡村教堂来了一位壁画家,他第一次看到画家作画,给予幼年的克拉甫钦珂以深刻印象,使他幻想着自己将来也成为一位画家。后来到莫斯科投考美术中学时,在300人当中,以第11名被录取了。从此做了当时俄罗斯著名画家赛洛夫的学生。离开学校后即以大部时间从事于版画工作,于1925年在巴黎举行的世界美术展览会中,以其作品的出众得一等奖。1932年在华沙举行国际版画展览会时,他被选为评审委员。他的作品不仅给予中国版画以影响,而且也给与波罗地海各加盟共和国和波兰的版画家们以显著的影响。他生前很喜欢旅行,曾经访问过法国、意大利、波兰、印度、日本、美国等地,他在各国的旅行中曾经画了不少的画……

我们一边欣赏克拉甫钦珂的作品,一边倾听老太太的关于他的叙述,据说克拉甫钦珂生前创作的图画单单木刻就有1000多件,而且是那么的精细多样,在小型的木口木刻中,他甚至刻过邮票。我对老太太说:"排刀在木刻上是十分难用的,用得不好就会弄得庸俗不堪,但克拉甫钦珂的排刀却用得十分成功,既生动而又与整个画面调和。"老太太表示同意我的话,她说:"正因为如此,所以克拉甫钦珂活的时候就告诫他的女儿,嘱咐她不要使用排刀。"她继续说:"克拉甫钦珂的作品,保存在世界各国的博物馆里,现在经常还有不少人想向我收购他的遗作,我都没有答应,朋友们认为我把他的作品能完整地保存下来是一种很有意义的工作。"我说:"我们以克拉甫钦珂能有这样好的夫人而感到高兴。"她大声地笑了。

克拉甫钦珂的木刻虽然大都是书籍插图,但风格是多样的,在这里我除了看到鲁迅编的《苏联版画集》上发表的那些木刻的原作外,还看到许多没有见过的作品,这次算有很大的眼福,把克拉甫钦珂的全部木刻创作看过了,这儿我们看到了他一生的辛勤劳动和美丽的劳动成果。

我们看完作品后,又让我们看克拉甫钦珂生前的照片,之后老太太便选了克拉甫钦珂的木刻作品和相片以及一块木口木刻板送给我们作为留念,并热情地摆出午餐请我们吃饭。一再地为中国人民的健康为中苏友好而举杯祝贺之后,老太太告诉我们苏联政府将要派她带一些版画和书籍插图到北京举行展出,可能在月底就要起程,我说:"如果你能和我乘同一飞机到中国,那就太好了。你到了北京我一定要很好的接待你,请你到我家吃山西饭!"她听了很高兴①。吃饭后老太太和她的女儿们要我们写中国字留念,她们说中国字很好看,它本身就是艺术,于是我们在碟子内磨墨,在图画纸上题字,并用水彩朱漂画图章,写了又写,几乎每人都有一块。她们说我们写的这些字将要装在镜框中悬挂起来,这使我们感到很不好意思,老实说我们的字实在配不上享受这样的待遇。

当李桦写字时,我请求老太太的大女婿鲍利斯·普列奥布拉任斯基拿出他的作品给我看。在谈话中了解到他是共产党员,曾参加过苏德战争,是一位军事画家,属于有名的军事画家M·格列珂夫学派,他给我看了他很多的作品,有风景、军事画和插图,其中的油画固然不坏,但我尤其喜欢他的书籍插图,这些插图比起他的油画来显得没有拘束,感情奔放而人物生动。他对人真挚、诚恳、热情地给我们照了很多像。

老太太的二女婿是一位地质学家和工程师,娜塔莉娅把她丈夫在远东海参威一带找到的一块陨石给我看,并告诉我她的丈夫在这个家庭里是孤立的,因为大家都是艺术家,只有他一个人是工程师,我说工程师也很好,我对工程师很尊敬。娜塔莉娅是从事图案工作的,她曾给我看她的书籍装帧和封面设计,使我很感兴趣。

当林娜的孩子萨莎和娜塔莉娅的孩子阿辽沙知道我有很多孩子时,就问我他们收集不收集邮票,我说收集,他们就拿来很多苏联邮票和俄罗斯的古代铜币送给他们,我很感动,连忙代表我的孩子向他们致谢。

这天的访问太高兴了,从12点一直进行到晚上6点多钟,还不觉得时间长,克拉甫钦珂家庭的盛意的接待使时间过得如此迅速。当我们告辞走出,她们全家人的可亲的面容还一直萦绕在我的头脑中。

注：①1957年11月底，克拉甫钦珂夫人带《苏联版画、招贴画、书籍插图、复制画展览会》的展品到北京后，我曾邀请她到我家里作客，并陪她参观了古长城、十三陵等地。

木刻大师法服尔斯基

弗拉基米尔·安德列叶维奇·法服尔斯基是最早被介绍到中国的苏联木刻家早在1930年鲁迅编的《新俄画选》中就刊载了法服尔斯基的一幅木口木刻《莫斯科》,到1934年他编的《引玉集》和1936年他编的《苏联版画集》的出版,就有更多的法服尔斯基的书籍插图和中国读者相见。

早期的不少木刻家对于法服尔斯基的作品的爱好,简直达到了热狂的程度,他那谨严而富于装饰趣味的风格,他那整洁而有力的刀法,他那黑与白的巧妙的安排,处处都对我们具有魅力。因此当时的爱好木刻的青年们,有不少人学习他的作品,有的简直是在模仿。总之,他和他的学派的作品,对中国早期很多木刻家的影响是十分巨大的。

法服尔斯基于1886年生于莫斯科,父亲是沙皇时代的律师,母亲是画家,他于1905年毕业于莫斯科第五古典中学,随即到了德国的慕尼黑。

在童年时代他就喜欢画画,母亲是他最初的教师,当他进了中学后,每天晚上和礼拜天到尤恩的画室,向杜定学画。在慕尼黑进入了霍洛士教授的私立专科学校学习了三年。在此同时到大学听了富尔特温格列尔、卡尔·佛尔和别人的课。于1908年到莫斯科,进入了莫斯科大学的艺术理论系。

在慕尼黑时,曾三次去意大利,很迷恋于乔托。

曾在巴黎和意大利的展览会上得过奖。自1910年在莫斯科美术家协会开始把作品出展在展览会上,后来曾加入了四种艺术协会。参加过历届全苏美展和很多在国外举办的展览会。

1917年以后没有去过外国,由于给江格尔作插图,曾到过卡尔梅克,由于给曼纳斯作画曾到过吉尔吉斯,到过高加索的兹哈耳土波,在战争期间曾到过埃瓦库阿齐亚,到过撒马尔汗。

在特列嘉科夫美术陈列馆、列宁格勒俄罗斯博物馆和美术博物馆都陈列着他的木刻画,在国外博物馆内也有他的作品。

他曾参加过第一次帝国主义世界大战。1919年后在红军中工作,后来在印刷专科学校任教直到1938年。从1941年到1948年在莫斯科工艺美术专科学校任教,主要教素描、版画、书籍装帧等。由于他在创作上的成就,曾荣获俄罗斯苏维埃联邦社会主义共和国功勋艺术家的光荣称号。

很遗憾的是,全国解放以后简直没有再看到过他的作品。直到1957年春间在北京举行的苏联八位著名美术家作品展览会上,才令我们十分满足的欣赏了他多至二百余幅的木刻原作。其中不但有往年常见的"木口木刻"，而且还有他近些年刻的"木面木刻"。在体裁上也不仅只是书籍的插图，而且还有直接来源于生活中的作品。就其风格来说，也有了新的变化，如其中的《小驴》就是一例。从这些作品里，可以看出法服尔斯基在艺术发展中所走过的道路是十分曲折的。

1957年11月25日，当我们即将回国时，在一个落雪的日子里，在莫斯科的郊区访问了多年敬仰的法服尔斯基。我们走进了他的工作室，看到了一位白发苍苍的老人，心里想这一定是法服尔斯基。经介绍后，宾主坐下来，知道我们是中国来的木刻家，表示很高兴。在谈话中知道老人已71岁了，身体多病，但近来好一些。室中温度不高，老人在膝上盖着一块毛毯。他有一部雪白的长胡须，戴着眼镜，看到了他的胡须就使我们联想到了托尔斯泰和斯塔索夫老年的形象。

我们送给他一本中国出版的《伟大的艺术传统图录》，他细看了半天，向我们表示谢意，接着告诉我们，前些时有中国的木刻家马达和画家杨秋人访问过他。

之后老人给我们看他的作品，从早期给梅里美、雨果、狄更斯等人的作品所作的插图一直看到他最近的作品，作为一个书籍插图家的法服尔斯基，其作品的数量之多是令人惊讶的。我告诉他，我很喜欢他给梅里美作的插图，后来他就要我从梅里美的插图中挑选我所喜爱的，作为他赠送我们的礼物。我选了五张，其中有《爱特鲁利亚瓷瓶》《不满意》《查理九世时代的记事》《古斯里琴》《奥卡神父》等作品。我能得到这些宝贵的有法服尔斯基签名的原作，感到十分的高兴。

我们看了法服尔斯基的作品，深深感到是富于创造性的,他不用别人的艺术语言而用自己的艺术语言讲出了他心里要说的话。他的风格是多样的,但不论哪一种风格,正如鲁迅在《苏联版画集》序言中所说的,"没有一个是潇洒,飘逸,伶俐,玲珑的";"个个如广大的黑土的化身,有时简直显得笨重"。

我问起法服尔斯基,他的关于中亚西亚人民生活的作品是在什么时候创作的,他告诉我,卫国战争时期内,由于年老,他离开莫斯科,到乌兹别克苏维埃社会主义共和国的中心城市撒马尔罕居住,因而有机会了解当地人民的生活。他在这期间创作了《小驴》《歇息的牧群》《骆驼市场》等作品。这才使我知道他所以能创作这些作品的原因。看到这些木刻,使人想到了东方绘画的风味。

因为还想趁便去看叶菲莫夫老人,所以和法服尔斯基谈了一阵就告辞了。

苏联动物雕刻家叶菲莫夫

伊凡·塞缅诺维奇·叶菲莫夫是苏联当代最老的雕刻家之一，是动物雕刻的大师。可惜，中国的读者对他的作品还不熟悉。我和李桦同志于1957年10月间在列宁格勒青年版画家符·魏特罗贡斯基的家里意外地认识了这位老人，当我们回到了莫斯科后，又特意到他家里进行了访问。这位老人的可敬的形象和他的独特的艺术给我们留下了深刻的印象。今年2月24日是叶菲莫夫的八十寿辰，我以极其愉快的心情写下这篇短文，一面为了向大家介绍这位卓越的老雕刻家，一面作为对他的寿辰的庆祝。

叶菲莫夫生于1878年，受艺术教育于莫斯科绘画、雕刻建筑学校。从1906年起，他的作品就在各展览会展出。叶菲莫夫的早期作品是用瓷、洋磁、赤陶土作成的，稍后又用木头、熟铜和玻璃制作。这位雕刻家在其作品中力求表达野兽的性格和特征，在《伏在球上的猫》《母熊》《豹》《海豚》这些雕刻中，他表现了野兽的敏捷、力和美。除雕刻外，他同时是铜版画家、石版画家和为儿童图书作装帧的书籍装帧家。

在二十年代,叶菲莫夫曾是他自己所组织起来的傀儡剧和皮影剧的艺术设计师和演员。

叶菲莫夫的作品也有许多尺寸不大的,以苏联现实生活为题材的雕刻作品,如《筑路》《五一节》等。在伟大的卫国战争年代,雕刻家为莫斯科地下铁道巴维列茨卡娅车站和斯大林工厂车站完成了以战争与和平为主题的两组纪念性浮雕。

在1947年,雕刻家以浮雕装饰了雅罗斯拉夫斯基车站的过厅和儿童室,在1950年为列宁格勒车站完成了以克雷洛夫寓言为题材的浮雕。

在这同一年,雕刻家参加了茨哈尔杜波的旅馆和温泉治疗院的装饰工作,以镂空浮雕形式作了一些用铜片做成的雕刻,这种雕刻是他的一种创造,叶菲莫夫把它称为"版画雕刻"。

现在,叶菲莫夫的作品陈列在苏联各大博物馆中。

当我们在列宁格勒遇见他的时候,虽已是七十九岁的高龄了,但身体魁梧、健壮,雪白的胡须,红润的脸色,给人以精神焕发之感。经他夫人的介绍,使我们知道叶菲莫夫和高尔基、契诃夫、马雅可夫斯基都曾相识。夫人并告我们,苏联政府曾想让叶菲莫夫来中国当教师,但医生不让来。我们说:"中国天气很好,晴天多,也不太冷,可以去。"叶菲莫夫老人说:"我非常愿意到中国去,可是不敢去当教师,而是去当个学生。"

他告诉我们,他和木刻家法服尔斯基住在一起,要我们回到莫斯科时,去看他们。

当我们从基辅回到莫斯科后,访问了法服尔斯基再去看望叶菲莫夫夫妇时,他们以热情的接待迎接了我们,我们象老朋友相会似的,度过了一个愉快的下午。

叶菲莫夫的家里俨然是一个小型的美术陈列室。在这里我们亲眼看到了他的瓷塑名作《伏在球上的猫》《豹》《羊羔》《斑马》《一对天鹅》、用熟铜作的《海豚》、演剧用的傀儡《普希金》等作品,以及他搜集的许多俄罗斯民间玩具。并在墙上看到了他已去世了的前妻西莫诺维奇·叶菲莫娃生前的作品,其中有素描和油画。据叶菲莫夫老人说,她是十九世纪名画家B·赛洛夫的学生,和他结婚后成为他从事傀儡戏和皮影戏的得力助手。自她死后,叶菲莫夫就再没有在傀儡剧舞台上演出了。后来又给我们看了两本他的剧照之后,又给我们看了他创造的版画雕刻——鹿的照片,使我们深深感到他的精力的丰富和多才多艺。

叶菲莫夫的创作活动横跨了十月革命前和苏维埃政权建立后俄罗斯艺术和苏联艺术发展的两个时代,但比较起来,他还是把大半的岁月献给苏维埃建立后的人民时代了。叶菲莫夫之受到苏联人民的敬重,不仅在于他是最老一代的雕刻家,而且在于他的艺术是苏维埃时代的、具有独创性的艺术。

叶菲莫夫的艺术兴趣非常广泛。他的创作道路的开始是作为一个油画家出现的,画了很多画。后来才从事于雕刻和傀儡剧。他热情地致力于傀儡剧的工作,其实是在创造一种能够活动的雕刻。

在叶菲莫夫的作品里鲜明地显示着他的个性、特有的风格和才能。他的作品是别出心裁的,是自成一家的。叶菲莫夫的天才的基本内容,就在于他的目力的敏锐和无穷的艺术创造的想象力。他的作品是富于形式美感的,如《猫》《羊羔》《豹》《长颈鹿》……,为了体现自己的思想,他善于找寻适合于表现对象的材料。从来也不采取照相似的表现手法来复写动物,而是在创造兽类的能够揭示其体质、癖性和精神特质的形象。换句话说,叶菲莫夫是在活生生的自然的最典型的现象中摄取动物的形象,显示其最自然的实质。

为了叶菲莫夫创作活动50年举行雕刻展览会而召开的晚会上,画家索柯洛夫曾这样说:

"你是一位火一般的艺术家,是一位从事于很多艺术作品创作,具有巨大独创性和巨大热情的,永远具有自己的特色,永远有趣,永远令人难忘的艺术家。

"伊凡·塞缅诺维奇是和很多法兰西的大师们很近似的,但他的雕刻的根深扎在俄罗斯艺术之中。他的戏剧创作的根深扎在俄罗斯傀儡剧中。所以人民的伊凡·塞缅诺维奇是当代卓越的艺术家。"

曾经参加过叶菲莫夫所经营创造的傀儡剧院的当代苏联最有名的傀儡戏剧家奥布拉兹佐夫说:

"你是动物画家,但这未免把你说的太窄狭了,因为当人们画或者塑造,不论他怎么塑造,他永远是在表现人。为了塑造那个'小羊羔'就需要理解人。

"你塑造的《一对天鹅》,这是件大作品,这是罗密欧和朱丽叶。"

"艺术,为了使它活起来,应当具有很多特性,应有女性的心和儿童的天真。如果艺术家没有这个,那么他就不是艺术家。你具有女性的心和儿童的天真,也就是那种只有两岁的小孩子才有的力量,他们不知把力气往哪儿使,由于天真而直叫喊。"

"我来到了人间,就遇到了一些了不起的人,他们如此使我羡慕,即使稍微仿效一点也是好的,这样的人就象斯坦尼斯拉夫斯基,象你。

"你传给我们傀儡剧,亲自传给我们接力棒,于是我们把它接受了。你是苏联的第一个傀儡制造人。你开辟了这一门艺术。谁都知道,它是由于你而存在的!你是我们的家长,是我们所尊敬的人。我们将要象你那样真诚天真的努力于我们的艺术。"

直到现在我们还没有动物雕刻家,我们需要中国的叶菲莫夫。

1955年2月于北京

补记:叶菲莫夫老人不幸1959年1月7日于莫斯科病逝,享年81岁。

著者1959年4月

注:①本文有关叶菲莫夫的评论部分曾参考叶菲莫夫本人所供材料。

不朽的遗容

访问苏联画家

当我们在照片上看到建筑在莫斯科红场上的列宁、斯大林陵墓时,总难免要想:安放在陵墓内的这两位伟大革命领袖的遗体究竟是怎么样子的呢?能不能有一天荣幸地去瞻仰他们的遗容呢?

我们这次趁访问苏联的宝贵时刻,敬谒了久已向往的列宁、斯大林墓。

当苏联翻译员略托霍同志通知我们敬谒的时刻时,我们是多么的高兴呀!来苏联的一般外宾,在庆祝伟大十月社会主义四十周年的期间,要敬谒列宁、斯大林墓须要先到红场附近的莫斯科旅馆登记集合。这样就可以不必和苏联公民一起排队,而优先按时进入红场。听说苏联公民要敬谒列宁、斯大林墓,于开放之日,即使在最冷的冬天,因为排队,也得在克里姆林宫右侧的阿历山大洛夫公园站立三四个钟点。可见他们对于瞻仰领袖的遗容之心诚了。

11月二26日上午12时,我们在雪花飘舞中来到了莫斯科旅馆，看到已经有越南和英国及其他国家的外宾在等候，约十二时半从莫斯科旅馆出发，有三十多位外国来宾，由一位苏联女同志带领前往。到进入红场的街窗就看到苏联公民敬谒列宁、斯大林陵墓的漫长的行列已在阿历山大洛夫公园冒雪等候。我们走进红场后即停下来，等候苏联人民的漫长行列和我们的队尾相接而后前进，这时红场上除了扫雪的姑娘在活动外，不见行人，显得广场上静洁而严肃。

我们的大队行列是双行，由于警察的帮助，排得很整齐。在行列前面有一位警官带领，他走的很慢，队伍徐徐前进，象一条在流动的河流。

列宁、斯大林墓的上半部，用赭红色的大理石修建，顶端是检阅台。下半部和室内都用黑色的大理石建筑。在墓门的顶上，于赭红色的大理石上有列宁、斯大林的名字。

我们到了墓前，看到有持枪的苏军站于门旁，一动也不动，十分严肃，像两个威严的大理石雕像。行列停于墓前，警察划出队伍的前列约五十人先进入墓门。我们是最先进去的，人们一到门口即自行脱帽，然后走入墓室，沿着右边黑色大理石的石阶下去。地下室内十分肃静，只听到人们的脚步声。走过转弯，忽然听到孩子叫妈妈的声音，这才使我知道，有人把他们的孩子也带来了。

在墓道下，于黑色大理石的暗室中，并排地摆着列宁和斯大林的水晶棺。左边是列宁，右边是斯大林，四角有持枪肃立的苏军仪仗兵守卫着。两个淡红色的日光灯从水晶棺顶上照耀着列宁、斯大林的头部，使我们看得非常清楚。我们怀着至高无上的敬意首先走近列宁的水晶棺,看到了久已在绘画、雕刻和照片中所熟悉的他的遗容。列宁于1924年1月21日6时50分逝世,享年54岁。他离开我们到现在已有三十三年了(指我们瞻仰时),然而在我们看来,他并没有死,而是安详地睡在那里,因为露在外面的他的脸和握拳的右手以及平放着的左手,都有血色和光彩,好像活人的皮肤一样,使我们感到似乎有热血在他的血管中奔流。列宁穿着黄绿色的制服躺着,眼睛闭着,他的遗容是那样慈祥,令人感到亲切。他的前额是那样的大,使我们感到在那里潜藏着无限的智慧,使我们感到他是真正伟大的思想家。

瞻仰过列宁的遗体,接着就走近斯大林的水晶棺旁,在日光灯的照耀下,我们看到斯大林穿着大元帅的服装躺着,胸前佩着勋章,两手平放在腹部,几乎一切都和生前一样。他于1953年3月5日逝世,享年74岁,离现在的时间还不算太长,当然他的遗容更不会有任何变化。

我们觉得瞻仰的时间实在太短了。但由于敬谒的人是这么多,只好很快的从右边的墓门走出。可是离开了几步,就想再回过头去多看一眼。

在列宁、斯大林的墓后,克里姆林宫的高墙下青色的枞树林中,还有许多革命领袖的墓碑,其中在斯维尔德洛夫、捷尔任斯基、奥尔忠尼启则、日丹诺夫和加里宁的墓上树立着他们的大理石胸像,使我们看了肃然起敬。

翻译员告我们,当卫国战争期间,为了慎重起见,苏联政府曾把列宁的遗体运到别的地方保藏起来,待战争胜利后才运回到原处，据说经常要在遗体内注射药品，使他不腐，保持原样。

伟大的列宁和他的杰出的学生斯大林的形象，多少年来就活在我们的心中，鼓舞着我们前进，给予我们克服一切困难的力量，现在亲眼看见了他们的可敬的遗容，使我们感到无限的温暖和幸福。

苏联的小型版画印刷工厂

　　中国的版画界，目前还存在着一个重要问题没有很好解决，这就是版画原作和广大群众经常见面的问题。当然，举行公开的展览会是和群众见面的一种办法，但这仅仅是一个方面，而在另一个方面，如在商店大量出售版画原作就有不少困难。一来版画家大都怕印木刻，尤其印套色木刻，因为自己印起来很慢，费时太多；二来即使印出来，拿到商店出售，群众也总嫌太贵。因此直到现在这一问题还没有顺利解决，因而或多或少影响了版画的繁荣和更好的满足人民群众的需要。

　　我们为了寻求解决以上问题的办法，这次趁访问苏联之际，参观了很多苏联的版画印刷工厂。我们觉得他们的措施很可以供我们参考。

　　我们在列宁格勒、莫斯科、基辅三个城市，都参观过由美术家协会直接领导的小型版画印刷工厂，这些工厂的特点就在于它们不是生产艺术的复制品，而是在生产版画的原作，因此产量不大。例如一个女工八小时只能印十五幅左右的铜版画，一个男工八小时只能印一百五十张单色石版画，这就是说如果是一张三色套版的石版画，那么他平均八小时只能印五十张成品。但即使如此，也比版画家自己来印大批作品要好的多。这样的工厂，它一方面是为版画家服务，而同时也是为广大人民群众服务。它使版画应有的普及性很好地实现了。这种工厂所印的作品，比起版画家自己来印，大大提高了印刷数量，因而降低了原作的成本，使版画原作在广大群众中流布创造了很好的条件。可惜中国的美协不论北京和地方都还没有建立这样的工厂，今后是可以考虑的。

苏联的这些小型版画工厂，主要是印刷石版画、铜版画、胶版画和木刻画的。有的工厂有编委会，画家把初稿交来后，经负责人批准后，即可订立合同，进行印刷。石版画需要艺术家亲自在石头上执笔描绘，三色版描绘三次，五色版描绘五次。然后和工人一起研究调色、印的浓淡等问题。铜版画也需要艺术家在工厂作出样品，交给工人印刷；木刻和胶版画，需要把原版交出，让工人代印，由艺术家本人监制。这些工人都是艺术家训练出来的技术工人，他们印制的质量是能使版画家满意的。

如合同规定初版印五百张，印好后，作者可以从五百张中选择质量好的在作品上签名。之后，工厂即装订画册，或装入玻璃画框，交给美术出版社或交给美术商店发售。

这种工厂，我们在莫斯科曾参观过两种，一种是由全苏美协领导的，它属于全苏美协版画工作联合企业部。另一种是政府所领导的,名"国立版画印刷工厂"。这种属于国立的版画印制工厂在苏联有两个,一个在列宁格勒,一个在莫斯科,属文化部系统,它的产品上交政府的出版社。在政府领导的版画印制工厂里,印制机较多,规模较大,除了印制石版、铜版、木刻、胶版画原作的车间外,还有一个装潢车间,专门为工厂印出的版画作品做镜框,成百成千的做好后,把版画装入其中即上交政府领导的版画出版社。这里的出品,一幅作品每次印的份数也大都不超过500张。但价格很低,一张带镜框的版画其价格从25个卢布到50个卢布(约合中国四元到八元)。

据他们的负责人告诉我们,他们的企业共有编辑2人,印刷工人8人,装潢工人10人,他们没有专为企业工作的美术家,都是以合同的形式与企业外的版画家发生联系,因而他们要经常去了解版画家们的创作计划。在平时,当编辑人员在展览会上或参观版画家的工作室时发现有好的作品就和画家订立合同,因此编辑人员就必须同时是美术家,否则他就难于识别作品的好坏。

我们曾访问过全苏美协领导的版画工作联合企业部的负责人,他告诉我们,他们这个出版企业,有25位画家作为内部工作人员,专给本部门创作,按薪金形式付酬,同时还以合同制形式与企业外的300个版画家保持联系。此外与油画家和水彩画家也订立合同,在门市部代卖他们的原作(我们曾看到陈列在他们橱窗里代售的各种作品)。

这些小型的版画印制工厂,出品的作品基本上是风景和静物。为什么是这样的呢？因为这类的作品在苏联有广大的市场，不仅在公共场所挂风景静物的版画，就是私人的家里也喜欢挂这类作品。

莫斯科近郊的旧日王宫

在莫斯科近郊有很多沙皇时代的王宫，这些王宫大都是当时农奴建筑艺术家们的作品，十分美观。

我们在莫斯科期间曾参观了库斯科沃庄园——博物馆（建于1769—1775）、奥斯坦庚斯基宫——博物馆（建于1792—1797）、阿尔罕格利斯柯耶乡村博物馆（于1878年建成）。其中的奥斯坦庚斯基宫就是农奴H·N阿尔谷诺夫创作的，他是当时有名的农奴建筑家，他的弟弟是当时很有才能的农奴画家。这些王宫都是伟大的十月革命后才改为博物馆的。我们去参观的时候，天已很冷，但这些博物馆却不生火，也没有暖气，因为它们当初都是夏官，是为了当年的贵族夏天避暑而用的。

我们每到一处进门后必须先穿为来宾准备的胶套鞋，而且当说明员讲话时，也不许手里拿钢笔做记录，只许拿铅笔。原因是怕皮鞋磨坏地板，也怕钢笔墨水滴下弄脏了地板，因为这些王宫的地板都是用宝贵的木块镶成的图案，是当时的工艺美术家们的创作,所以苏联政府对它备加爱护。

在这些王宫里都陈列着很多希腊罗马时代的和俄罗斯时代的有名的大理石雕刻。其中有的是模制品,有的是原作,都是很美的。此外,每个王宫里也有当年的王所收藏的名画,形成一个小型的美术陈列室。其中有肖像、风景、宗教画、风俗画,大都是意大利、法兰西、西班牙以及尼德兰大画家们的作品。肖像画多半都是给王和他的妻子儿女们画的。有的是农奴画家的创作,也有为当时优等的农奴女演员画的肖像,因为有的王宫,如奥斯坦庚斯基宫,就有自己的戏班和舞台,经常演出很好的有名节目,据说这里的演员比当年莫斯科大剧院的演员的质量都高。但这些演员都是王的农奴,所以他们的演出并不是给一般群众看的,而只是给王的家族和亲戚朋友们看的。奥斯坦庚斯基宫的剧院仅有200个座位,舞台却很大,舞台里的十二根圆柱和天花板都可以随意移动,以便安置布景,演出时可以有下雨打雷等效果。演神话剧,神可以从天空飞下来,可见其设备的完善。这个剧院的特点是演员比观众多,当年有名的女演员有热姆楚戈娃.(ЖеМЛуГОВа)有名的女舞蹈家有什吕科娃(ЩЛЬIKOBa)有名的作曲家有洛马庚(ЛOMakИН·是柴可夫斯基的老师)巴托夫(БaTOB)等人。

此外,我们所参观过的这些王宫,还有很讲究的舞厅、客厅、餐厅。在这些地方除了大理石雕刻外,还陈列着很多华美的瓷器,这些东西也是当年的王所收藏的,其中有很多是中国和日本的产品。这说明中国的瓷器很为当时的俄国贵族所珍重。但馆内的女服务员往往不能识别日本瓷器和中国瓷器,当我们参观阿尔罕格里斯柯耶乡村博物馆时,女服务员曾请我们鉴定哪个是中国的,哪个是日本的,根据图案的风格我们表示了我们的看法。

当时的很多王,都在王宫附近设立了自己的陶瓷厂,专为王服务。这些陶瓷厂的出品也是很名贵的,其中有些瓷器塑造了当时农民的形象,如吃醉酒的人,打水的妇女,跳舞的姑娘……都很有趣。

此外有的王宫还有自己的纺织厂,织品有很精彩的图案。从这些图案上,体现了俄罗斯艺术的高度水平和民族特色。

很有意义的是,在奥斯坦庚斯基宫——博物馆里同时陈列了十八世纪农奴生活的用品和拷打农奴的刑具,其中有一种在农奴额上烙字的刑具,令人看到为之愤恨,所有这些都给观众以很深的印象和教育。这个宫的王名叫舍烈美捷夫(ЩеРеметеВ),他在乌克兰有21万农奴,这座华丽的王宫就正是这21万农奴的血汗的结晶。当时每个农奴平均一年的收入为13个卢布,但却要交给地主五个卢布,所以这些王可以生活的如此豪华,用各种颜色的大理石、最珍贵的木材、闪光的锦绣来建筑宫殿,而农民却用的是草鞋,粗劣的木碗、木杓……过着象乞丐一样的生活。

很多宫也有图书馆,但其中大都是一些精美的法文书。这些书,与其说是王者读的,还不如说是装饰书架摆样子用的。其中仅有阿尔罕格利斯柯耶乡村博物馆的原主—戈利津王是个真正喜欢藏书的收藏家，在他的图书馆里收藏了有五万册图书。这对于苏维埃国家来说，是很可贵的遗产。

戈利津王是十八世纪帝俄的驻法大使，他请了法国建筑师在阿尔罕格利斯柯耶乡村建筑了王宫，于1780年建成。俄法战争时，拿破仑的军队曾驻在此地，对行宫有很大破坏，后经修复，到19世纪时，内部有所改变。他的宫是我们所参观过的王宫中风景最好的一个，四周是遮天的松林，宫前是明亮的莫斯科河，在庄园的当中有一块大草坪，四周用大理石雕刻装饰。我们于11月11日去参观时，草坪还呈现着绿色，象一块绿色的天鹅绒地毯铺在那里一样，显得非常美观。已故的苏联木刻家A·克拉甫钦珂曾取材于此处刻过一幅木刻画。

我们在这个博物馆参观后，临去时女服务员说：这里来过多少外国客人，但还没有来过中国的画家，所以要求我们在意见簿上题字。我们写道：

"劳动人民的创造归劳动人民所有，这是伟大的十月社会主义革命的功绩之一。我们参观了这座王宫，看出了古代俄罗斯人民的智慧和艺术天才，这座宫园是如此地美丽，虽在严寒的冬季，我们也为它和周围的自然环境的美所陶醉，我们中国的艺术家来此参观，分享了革命的恩惠，十分愉快，并深为感激，感激苏联文化部让我们来参观，并感激博物馆派说明员给我们作了详细的解释。"

苏联的著名美术陈列馆

苏联政府对于美术陈列馆的工作是十分重视的,通过各种美术陈列馆,显示了国家对于世界古今内外人民精神财富的真正重视。这些陈列馆成为了增进人民艺术历史知识,提高人民艺术欣赏水平,用爱国主义、国际主义和共产主义精神教育人民的学校,也是美术史家对于世界艺术和俄罗斯艺术进行科学研究并培育现实主义艺术家的学校。

当我们访问莫斯科、列宁格勒、基辅三大城市时,都把参观美术陈列馆当作一项重要任务。苏联的一些著名美术陈列馆当我在国内时也知道一些,但它在哪一个城市,它的特点如何,始终没有弄清楚。这次的亲身访问使我在这方面有了明确的概念,并获得丰富的艺术知识。

我们在莫斯科参观了著名的国立特烈嘉科夫美术陈列馆、国立普希金造型艺术博物馆和东方文化博物馆;在列宁格勒参观了著名的国立埃尔米塔施博物馆、国立俄罗斯博物馆;在基辅参观了著名的国立基辅西方东方艺术博物馆。现分别介绍如下：

特烈嘉科夫美术陈列馆

特烈嘉科夫美术陈列馆的特点是：专门陈列俄罗斯时代和苏维埃时代的著名美术家们的绘画雕刻等作品。是苏联规模最大的造型艺术的国家民族宝库，也是世界最著名的美术陈列馆之一。创始人是莫斯科的著名富商、艺术爱好者和收藏家巴维尔·米哈依洛维奇·特烈嘉科夫，他自19世纪中叶开始从事收藏俄罗斯画家的优秀作品，此后又收藏了很多著名的巡回展览派画家的作品，对当时进步美术的创作活动起了推动作用，通过这些作品对俄罗斯人民曾进行了启蒙性的民主主义的思想教育。因此列宁和高尔基都给予这个美术陈列馆以很高的评价。陈列馆建立于1856年，这一年随成了该馆创始的一年。1892年特烈嘉科夫把这个陈列馆赠给莫斯科市，当时的作品总数不到3500件。伟大的十月社会主义革命后，特烈嘉科夫美术陈列馆开始了它的历史的新阶段。1918年列宁签署了人民委员会关于将特烈嘉科夫美术陈列馆收归国有的法令，过去的鲁缅佐夫博物馆、茨维特科夫陈列馆、H·C·奥斯特罗乌霍夫博物馆的收藏品，以及许多私人收藏品，都合并到特烈嘉科夫美术陈列馆里来。现在，特烈嘉科夫美术陈列馆拥有俄罗斯艺术自起源（11世纪）到现代的最丰富的收藏品。在苏维埃的造型艺术方面，不仅陈列了俄罗斯苏维埃联邦社会主义共和国艺术家们的作品，而且也陈列着许多加盟共和国艺术家们的作品。目前陈列馆收藏品的总数已增加到革命前的15倍，据统计，1915年全年观众总数也不过25万人，而现在每年都达到一百数十万人。

我们在莫斯科期间曾先后参观了特烈嘉科夫美术陈列馆三次，最初一次由该馆的女说明员给我们解释，她说：俄罗斯美术家的作品，起初也象西欧各国的美术家们的作品一样，18世纪以前多采取宗教的题材，18世纪以后，即彼得大帝后才有了描绘生活的作品和肖像画作品。到俄国现实主义肖像画的创始人伊凡·马克西莫维奇·尼基丁（约1688/90—1741）的肖像画，已能描绘出人的特征。费多尔·斯杰潘诺维奇·罗科托夫（1736—1808）所作的肖像画已能极深刻的表现人的内心世界和最细微的感情，他所创作的妇女肖像，具有抒情诗的情调，对于衣服的描绘已作到柔和而细致的地步。而同时代的18世纪俄国杰出的肖像画家季米特利·格里果利耶维奇·列维茨基（1735—1823）所作的肖像，已经可以看出所属阶级的色彩，早期的作品以描绘的有力和真实性，以及高度的技巧而出名。当走到俄国伟大的现实主义肖像雕刻巨匠和创始者费多特·伊凡诺维奇·舒宾（1740—1805）的作品面前时，女说明员说，他的肖像的细致有如油画。说他死后，人们在他墓石上写着："在舒宾手下，石头也在呼吸。"这是对于这位伟大雕刻家的作品的很好的评价。舒宾是从俄国农民中产生的天才，他的雕刻反映了爱独立、自由的市民阶级的精神。当走近农奴出身的杰出的俄国画家瓦西里·安德烈维奇·特罗皮宁（1776—1837）的《编织女工》时，我感到极大的兴趣,这幅画的复制品已经在我的室中挂了三年了,现在能亲眼看到原作是多么的高兴。看起来苏联的复制品比起原作的色彩来能打个八折。与此像挂在一起的还有他的有名的作品《普希金像》。他的这些作品简明而亲切,由于他出身于劳动人民,因而他善于描绘劳动者。来到了19世纪天才画家亚历山大·安德烈耶维奇·伊凡诺夫(1806—1858)的名作《基督向人民显灵》的前面,真使我吃惊,这是我有生以来看到的一幅最大的油画,女说明员说,也是特烈嘉科夫美术陈列馆中的一幅最大的油画,约80平方公尺。为了挂这幅画,把楼顶特别改建的高了些。此作共创作了25年,画了600个肖像等画稿。1825年沙皇镇压了当时十二月党人的起义,画家想通过作品表现他对于人民追求新生活的同情,画中的预言者施洗约翰在圣水河边向贫苦的人民说:耶稣出现后你们就能翻身过幸福生活,贫苦人听了都高兴;而有钱的人却不高兴,他们对耶稣的出现不表示欢迎。看到了康斯坦丁·季米特利耶维奇·弗拉维茨基(1830—1866)的名作《公爵女儿塔拉卡诺娃》时,我请求女说明员给我解释,她说作者是当时的学院派画家,画中的主角塔拉卡诺娃公主是18世纪下半纪的女政治冒险家,她是凡女,认伊丽莎白·彼得罗芙娜女皇为干妈,她为了篡夺俄罗斯王位,曾奔走数载,谋求欧洲各国政府和要人支持她,1775年在意大利被A·Γ·奥尔洛夫伯爵逮捕,押解到俄国,关在涅瓦河畔的彼得保罗要塞监狱中,后遇涅瓦河水涨,水从监狱的窗孔进来,把她淹死。这幅画是弗拉维茨基的艺术向现实主义转变的证明,当时的人由此画的内容中看到了对专制暴政的抗议。看到B·E·马科夫斯基(1846—1920)的《林荫道上》,她说此画表现了青年农民从乡村到城市后变成了工人,妻子刚从乡下来,感到生活变化的不习惯,感到丈夫性格上变化的不易接受……当我们和女说明员谈到希施金和列维坦时,她说希施金只是写生,而列维坦则集中、概括,因此他的作品更有创造性,更有自己的情调,这种说法是正确的。当我们看到了B·A·赛洛夫的作品时,首先就为他的《女孩与桃》所吸引,这幅画我在国内时,曾多次看到它的复制品,但这次在原作面前,才看出作者在用色上的创造性。赛洛夫是列宾的学生,作品有印象派的成分,但他不是印象派,如"女孩与桃"虽在色和光的表现上有印象派作品之所长,但对人物性格的刻划很注意,不马虎,整个作品的形象色调给人以清新艳丽之感,这是在复制品上看不到的。他的风景画《杂草丛生的池塘》真是一幅绝妙的作品。赛洛夫的这幅画令人感到他在列维坦的基础上发展起来,吸收到法国画家塞尚的一些优点,不但有很美的自然情调,而且是如此的用笔熟练,用色深沉,真是所谓一气呵成。它令人感到空气的润泽和林阴的清凉,魅惑力是很大的。当我们来到列宾作品的陈列室时,女说明员说,这时正举行列宾生平的作品展览会,不仅把列宁格勒俄罗斯博物馆收藏的列宾的作品借来了,而且,把捷克斯洛伐克共和国博物馆中收藏的列宾的作品也借来了。这对于我们是一个很好的学习机会。在这里我们看到了列宾的名作《新兵离家》。当他创作这幅画时是1877年,当时正值俄罗斯和土耳其打仗,此作描绘了一个刚结婚的农民接到动员令后要离开妻子时的情形。从这幅画里可以看出列宾对于农民的深刻的同情，与他的反战的思想感情。

列宾的《库尔斯克省的宗教行列》是一幅比较大的作品，表现求雨的情形。当时天旱，有各种阶级的代表人物参加了这一宗教行列。为什么会天旱呢？画中对此有所暗示：在道路旁边的山上，表现出此地原有很多森林，商人买了森林后把它们都伐掉了，商人赚了很多钱，但把此地的山变成了荒山，现在，山上仅留下伐木后的遗痕，由此雨量减少了，道路上飞尘增多了。据说画中求雨的人中就有伐掉森林的商人，然而天下雨不下雨对于他们来说是没有多大关系的，可是对于农民就不同了。评论家认为列宾的这一作品表现了当时俄国资本主义在农村中开始发展而形成的阶级矛盾，一边是一群美衣足食的卑鄙虚伪的特权阶级，一边是一些穷困而纯洁善良的农民。这是一个很明显的活生生的现实生活的写照。列宾的《恐怖的伊凡和他的儿子》共画了四年，据说是伊凡雷帝要统一小国，而各小国的地主贵族不赞成，地主与伊凡的儿子有了联系，影响了他，所以儿子就反对父亲，因而他们时常发生争执。有一天儿子与父亲又吵起来，父亲在动怒之下，打死了儿子。列宾在这里要表现父亲不是预谋杀子，而是出于偶然，因此儿子在临死之前，伊凡在惊慌中吻他，现在让我们看到的不是王，而是人类的父子关系。1913年有个疯子叫伊凡·巴拉舍夫用刀在此画上划了三刀，破坏了这幅作品，画从墙上落下来，列宾听了很难过。当时正值形式主义者和浪漫主义者进行斗争。列宾听到以为是形式主义者来破坏他的画，后来才弄明白是个疯子。画破坏后,特列嘉科夫陈列馆请列宾亲自来修补,他重新画过了儿子的脸,但不如以前好。因为列宾这时已老,精力不足了。陈列馆的负责人不满意,又请画家格拉巴里和巴格斯拉斯基用各种办法洗去加上去的油画颜色,后用放大镜研究,才修复到现在这个样子。目前的情况是很令人满意的,如果不是知道内情,不是细看,是根本看不出痕迹来的。在《恐怖的伊凡和他的儿子》一画之旁挂着有关此画的许多肖像画,列宾根据巡回展览派画家协会领导人之一Г·Г·米亚索耶多夫和作曲家勃拉拉姆别尔格的肖像,结合了自己的想象创造了伊凡的形象,根据他自己的儿子——画家明克(МЕНК)和作家加尔兴(ГАРщИН)的肖像创造了伊凡的儿子的形象。

  列宾画的他们的这些肖像画陈列出来对于观众研究列宾创作《恐怖的伊凡和他的儿子》的过程和方法很有帮助。在特烈嘉科夫美术陈列馆的苏维埃部分中看到了А·А·雷洛夫的名作《晴空万里》、亚·盖拉西莫夫的《列宁在讲坛上》、В·В·约千松的名作《在旧时的乌拉尔工厂中》《共产党员的受审》·Г·Г·列日斯基的《女主席》《女代表》、Т·Н·雅勃隆斯卡亚的《粮食》、С·А·楚伊柯夫的《苏维埃吉尔吉斯的女儿》、Ю·涅普林采夫的《战斗后的休息》……等久已熟悉的名画原作。从这类作品中使我们感到随着伟大的十月社会主义革命划时代的历史的出现,在苏维埃的造型艺术中出现了许多新的题材新的主题的作品,这些作品表现了人民的新的思想感情和新的面貌,再没有马科夫斯基《林荫道上》的和列宾

《伏尔加河上的纤夫》《库尔斯克省的宗教行列》中的人物形象了。所有这些都是使参观者感到兴奋愉快的。这些作品提高着我们的精神,鼓舞着我们的斗志,引导我们去为更新更美的生活奋斗。

普希金造型艺术博物馆

国立普希金造型艺术博物馆是世界最大的艺术博物馆之一,在苏联处于第二位,仅次于国立埃尔米塔施博物馆。它收集了古代世界和西部欧洲以及古代东方的艺术纪念物。这个造型艺术博物馆是在19世纪中期莫斯科大学美术陈列室的基础上发展起来的,原陈列室具有不少世界最好雕刻作品的石膏摹制品,并且还收藏有一些钱币和奖章。经古典语言学教授Н·В·茨魏塔耶夫的倡议将陈列室改成模型博物馆。后来才用向私人和社会征集来的资金建筑了现在的普希金博物馆(1898—1912由建筑师Р·И·克林所建),并购买了大批保存在世界各大博物馆中的名贵艺术的摹制品,结果普希金博物馆就成为了世界第一流同类性质博物馆之中的一个。那些古代东方的真正文化艺术的最丰富的收藏品是向埃及学者В·С·戈列尼雪夫购买来的。大厅的建筑样式是力求适应收藏品的陈设而设计的。普希金博物馆在1912年正式开幕。但这个真正世界艺术纪念物宝库的成为人民群众所有,则是在伟大的十月社会主义革命之后。其中西欧大画家的油画、版画、素描以及丛书是由Б·鲁棉采夫斯基博物馆转交来的，另一部分图画和雕刻则来自国立埃尔米塔施博物馆、特烈嘉科夹美术陈列馆、列宁格勒的各王宫以及莫斯科附近的贵族庄园。在伟大卫国战争开始时，《普希金博物馆》的收藏品曾加以疏散，建筑物于1941年秋季曾受德国法西斯飞机的轰炸而大遭破坏。直到1944—1945年才进行了修复工作。

普希金造型艺术博物馆陈列品的修复和保存，基本上是按照新的科学方法经营的。所进行的科学工作，是为了研究世界艺术遗产以及组织参观团、讲演会、学习小组……并收集和研究各人民民主国家的艺术纪念物。除此之外，该馆还经常举行由私人收藏的作品和从别的博物馆借来的作品的展览会。

参观了普希金造型艺术博物馆，给我们留下最深刻印象的是其中的埃及和前亚细亚的古代艺术纪念物，古代希腊罗马以及文艺复兴时代的雕刻和西欧古代及近代的油画。

在古埃及和"前亚细亚"国家的艺术陈列厅里，我们看到了纪元前24世纪亚述王萨尔恭王宫门前摆的怪异的人首牛身雕像。看到了纪元前1792—1750年的刻着巴比伦国王汉莫拉比王法典的石柱。看到了纪元前14世纪古埃及刻在石灰石上的《哭泣者》的浮雕。这里保存的是该浮雕的一个断片，表现了一群紧跟着死者尸体的哭泣者，这一场面有很大的戏剧性。浮雕的手势和面部姿态具有特殊的表现力，是非常动人的。构图也是富于旋律感而美观的。普希金造型艺术博物馆是古代埃及历史艺术纪念物收藏最多的世界大博物馆之一，除了浮雕外，它还收藏了很多雕刻、实用美术、宗教仪式物品、彩绘的石棺和埃及科普特人的编织品。最使我感到兴趣的是《法雍画像》，这种画像是最早发现于埃及法雍绿洲的一种古代用蜡画技术绘制的肖像，所以称为《法雍画象》。其中一个《戴金花冠的青年像》是很美的，它单纯朴实，具有很高的绘画技巧。据说这是埃及11世纪中期用蜡画在木板上的绘画作品。在前亚细亚的历史纪念物中还保存了楔形文字的摹制品和根据外国博物馆最好的原作制的摹制品。

在古代艺术部分中除了一切最著名的希腊罗马雕刻作品的摹制品外，还有地下墓窖中的庞贝壁画的摹制品，并有真正古代希腊的和爱特鲁利亚人的陶器和花瓶。普希金造型艺术博物馆所收藏的古代希腊的艺术品真是非常的多，计有爱琴艺术和古风时期艺术的陈列厅，奥林比亚艺术陈列厅，帕德嫩神殿艺术陈列厅，柏拉西特列斯雕刻陈列厅，留西坡斯雕刻陈列厅，希腊文化末期的艺术陈列厅。除此之外，在古代罗马的艺术陈列厅里所收藏的雕刻品也是很多的。这对于研究古希腊、罗马艺术的人真是一个最丰富而又最好的资料室，对于我们一般的艺术爱好者也真是大开眼界。此外，在文艺复兴期的雕刻复制品中有很多米开朗基罗（1475—1564）的作品，如《大卫》《摩西》《暴动的奴隶》……这些都是和原作一样大的。在19世纪的雕刻家中有罗丹（1840—1917）的原作《雨果像》《夏娃》。有麦尼埃（1831—1905）的原作《骑马的渔夫》，这些作品都是十分宝贵的。

在绘画方面，普希金造型艺术博物馆所收藏的都是很珍贵的原作，除了最丰富的拜占庭的、意大利——克里特的和意大利的圣像外,还收藏了文艺复兴时代的艺术大师C·菩提彻利(1445—1510)、培芦基诺(1447—1523)、罗曼诺(1492—1546)、Л·未罗纳塞(1528—1588)等人的作品;有十七至十八世纪意大利艺术巨匠们的作品;有十六至十七世纪西班牙学派的大师格来科(1541—1614)、李比拉(1591—1652)、Б·穆里略(1618—1682)……的作品;有十五至十六世纪尼德兰学派的作品;有十七世纪荷兰和佛拉蒙的大画家林勃朗(1606—1669)Я·雷斯达尔(1628—1682)Г·特博尔赫(1617—1681)、鲁本斯(1577—1640)范—德克(1599—1641)等人的作品;有十五至十九世纪德国学派Л·克兰纳赫(1472—1553)、A·门采尔(1815—1905)等大画家的作品;有十八至十九世纪英国学派AЖ·雷诺德斯(1723—1792)AЖ·康斯特布尔(1776—1837)等大画家的作品。普希金造型艺术博物馆很好地介绍了十七至十九世纪法兰西大画家们的作品,其中有H·普逊(1594—1665)、A·华托(1684—1721)、Ф·布谢(1703—1770)、A·大卫(1748—1825)、T·热里科(1791—1824)、З·德拉克罗亚(1798—1863)、O·杜米埃(1808—1879)、K·科罗(1796—1875)、Г·库尔贝(1819—1877)、)Ж·米列(1814—1875)等人的油画。印象派和它以后的欧洲大画家们的作品有K·莫奈(1840—1926)、K·毕沙罗(1831—1903)、З·德加(1834—1917)、O·雷诺阿(1841—1919)、Л·果更(1848—1903),B·凡高(1853—1890)、Л·毕加索等人的作品。

从历史发展上看了这些绘画作品,给了我一个鲜明而深刻的印象,这就是从印象派起,欧洲的绘画在色彩形式上诚然是有了很大的发展,很大的创造性,但画家们对于古典艺术所追求的思想内容逐渐抛弃了,他们以绘画的色彩形式的美作为唯一追求的目标,而且这种形式的美也逐渐走向了仅为少数人所理解。因此把这些作品基本上叫做为艺术而艺术,叫做形式主义的艺术是非常恰当的,这是资产阶级的绘画走向末路的必然结果。我想我们社会主义的绘画虽然应当向古代近代的艺术学习,但它既不能走资产阶级近代绘画的道路,又不能走古代绘画的道路,这是毫无问题的。我们必须从内容到形式在群众的普及的基础上,在群众欢迎的条件下,创造出又新又美的绘画。所谓新是指它应有共产主义的思想内容,共产主义的精神气魄,所谓美是指它应有民族的独创的形式风格。这样,我们的新时代的绘画将来摆在博物馆里,才能有新的面貌,才能比历史上任何时代的绘画艺术作品显得更高。

东方文化博物馆

东方文化博物馆,是收藏苏联东部地区和苏联国外东方人民造型艺术的一个国立中央博物馆。创始于1918年。博物馆收藏了并不断补充着很多意义巨大的,说明了东方人民文化艺术历史的艺术陈列品。在苏联艺术部分中陈列了中央亚细亚各共和国和外高加索等地区的油画、雕刻、版画和民间工艺美术等作品。其中包括乌兹别克斯坦、塔吉克斯坦,土库曼、吉尔吉斯、哈萨克斯坦、格鲁吉亚、阿尔明尼亚、阿塞拜疆等共和国。在苏联国境外东方艺术部分中,广泛地介绍了中国从古代到现在的艺术,并介绍了蒙古、朝鲜、越南、印度、日本、伊朗、缅甸、印度尼西亚、土耳其、黎巴嫩等国的艺术。

由于中国现代版画展览会在东方文化博物馆举行,所以我们和该馆有较多的接触。比较起来,中国艺术收藏品是最丰富的,所占的陈列室又大又多。最古的有商殷时代的铜觚、周代的带粉红斑点的灰色玉彝、汉代山东嘉祥武氏洞画像石拓印图、唐代石刻昭陵六骏之一——"青骓"的摹制品、唐周昉的《贵妃出浴图》和唐俑、宋代的铜碗、明代仇英的仕女图、清代任伯年的《荷花》和很多木版年画,更多的是明清的瓷器、丝织品等实用美术。其中周昉和仇英等画家的作品虽未必是真品,但我觉得就算是伪造和临摹品对于一个外国博物馆也还不是毫无意义的。

在现代中国的艺术品中,东方文化博物馆收藏了很多新中国用胶版机印的新年画,此外也有齐白石的国画和北京荣宝斋印的国画复制品。尤其是中国新兴木刻的原作收藏的最多,他们曾给我们看了保存在仓库中的中国抗日战争前后的很多木刻原作,我们曾帮助他们注明了作者和创作年代。这些作品都是当时在苏举行展览会后最后收藏在这里的。有的作品在中国也很难找到了,这正说明了这些收藏品的历史意义。

除了中国陈列室外,印度陈列室陈列的艺术品也是较多的,其中有印度古代的雕刻、浮雕、绘画、工艺美术品,也有印度的现代馆画、木刻。如目前在中国流行的印度套色木刻复制品哈廉·达斯的《一对鸽子》的原作就保存在东方文化博物馆。总的说来,从这些陈列品可以看出印度从古到今有着高度的文化,他们的很多艺术品所具有的浑厚、朴实的美,有力地吸引了我。日本陈列室里除了一些小型的民间雕刻外,最多的是木版彩色浮世绘。此外,其他国家的收藏品都是很少的,例如蒙古、朝鲜、越南都寥寥无几。

东方文化博物馆有许多研究中国语文和中国艺术的男女同志,他们曾编辑出版了《中国艺术》和《徐悲鸿画册》,在这些画册的前页都有该馆负责人O·格卢哈烈娃写的序。她是研究中国艺术的专家,由于她介绍中国艺术有功,于1957年荣获了功勋艺术活动家的光荣称号。当我们在莫斯科时,他们正在准备出版新的中国美术选集,作为对我国建国十周年的庆祝。

参观了普希金造型艺术博物馆,然后再参观东方文化博物馆,看了希腊罗马的雕刻,然后再看我们唐代昭陵六骏之一的"青骓",就不能不引起我很多感想。正因为我们东方的艺术有其独特的风格,因而把它们摆在世界艺术的花园里才能别具异彩,引人注意,才能显出它们的存在价值和西方艺术"分庭抗礼"。因此我更加感到艺术的民族形式的重要性。其次,如果把我们唐代的"青骓"和希腊罗马雕刻中的马作一比较,也可显明的看出两者的不同。一般的说来,希腊罗马的马,是很注意马的细部解剖和细部肌肉的准确、变化、突出的,然而中国的"青骓"却宁肯放弃对于那些细部的追求而更突出地表现马的大的运动,更突出地表现马在飞奔时的一刹那的感觉,因而我们的"青骓"就显得更单纯,更概括,更有神采。在我看来,这样的作品不但不比希腊罗马低,而且比他们高。如果中国雕刻家要学习民族传统的话,这种真正现实主义的表现方法难道不是最值得接受的民族传统吗!

国立埃尔米塔施博物馆[①]

国立埃尔米塔施博物馆,不仅是苏联最著名的一个美术历史文化博物馆,也是全世界最大的艺术博物馆之一。它的建筑物是非常著名而珍贵的。现在博物馆占有五座大厦,其中包括冬宫。冬宫的楼房是18世纪中叶俄国巴罗柯式建筑艺术最伟大的纪念物,1754—1762年由建筑师В·В·拉斯特列里所建。各厅都用各种名贵的大理石建成。据传说,彼得大帝在世时曾下令:凡来彼得堡的人都必须带一大块大理石,否则不准进城,就这样积累了很多大理石,而后建筑了冬宫。

埃尔米塔施博物馆约创始于1764年,是在宫廷收藏品的基础上成立的。现在,馆内收藏有很多杰出的艺术作品和历史遗物,它们完善地表现了几千年间许多国家和人民的艺术发展的历史。

埃尔米塔施博物馆最初具有宫殿场所所特有的与世隔绝的特点,当时准许参观的只有很少的一部分人和一些外国旅行家,甚至那些经常出入于皇宫的人也未必都能走进去。十八世纪末,馆里收藏的艺术品陈列在衔接着冬宫的两座特辟的大厦里,在安置着艺术品的大厅里,常常举行晚会和其他宴会。这两座新的大厦就取名为"埃尔米塔施"。

1852年,在特地为收藏埃尔米塔施艺术品的大厦里,成立了一个"面向群众"博物馆,然而许多年间,参观票还是发得很少,因为限制条例订的很严。直到19世纪末和20世纪初,由于俄国社会上进步团体的压力,限制条例逐渐取消,参观比较容易了些。

伟大的十月社会主义革命之后,埃尔米塔施的大门为劳动群众大开。苏联共产党和苏维埃政府非常注意保存过去的艺术遗产和展出新的艺术品,马克西姆·高尔基积极地参加了这些工作。自从苏维埃政府成立之后,该馆的收藏品增加了三倍,现在展出的超过了两百万件。俄国文化、古代文化、东方人民的文化和艺术是该馆新开辟的三个部门。在整理陈列品的时间,博物馆的工作人员依据马克思列宁的社会发展史来进行工作。这样一来,参观者就能对过去的文化和艺术有一个全面而详尽的认识。这个博物馆现在每年都有一百多万参观者,参观的组织有数万个旅行团体、讲演小组和学习小组。艺术家、建筑师、雕刻家、作家、剧院和电影院的工作者,大学生和小学生都充分地利用了它作为他们的课堂。

战后年代里,人民对古典艺术遗产的兴趣显著地提高了,参观者更加踊跃。"埃尔米塔施"这个字深入了文艺界,丧失了它"隐者住处"的原意,变成世界文化艺术的宝库。

参观者在埃尔米塔施博物馆里能从石器时代、铜器时代的遗物中,充分地了解斯拉夫族文化艺术的高度水平和独创性。从西西亚古坟和阿尔泰依的巴西里克古坟挖掘出来的珍贵的材料，能说明位于现在苏联馆领土上最早的国家——乌拉都的文化，通过这些展品能了解苏联的遥远的过去。

埃尔米塔施博物馆现在开放的有下列部门：

Ⅰ、俄国文化

1．9世纪至12世纪中叶的俄国文化史馆。

2．17世纪末和18世纪上叶的俄国文化史馆。

3．18世纪中叶和下叶的俄国文化史馆。

4．17世纪至20世纪初的俄国银器馆。

5．展出19世纪上叶俄国大师所作孔雀石作品的孔雀石厅。

6．俄国人民英勇的军事史馆。

7．1812年爱国战争绘画陈列馆。

8．展出用乌拉尔半珍贵宝石镶嵌而成苏联地图的格奥尔格叶夫斯基厅。

Ⅱ、上古的文化

在苏联领土上发现的上古文化的遗物馆。

Ⅲ、苏联东部民族的文化和艺术

1．中亚细亚民族的文化和艺术馆（公元前6世纪至公元19世纪中叶）

2．高加索的文化和艺术馆（公元前10世纪至公元8世纪）

Ⅳ、东方外国的文化和艺术

1．古埃及馆（公元前第4000年至公元6世纪）

2．巴比伦、亚述和比邻的地方馆（公元前4000年至1000年）

3．中国馆（公元前2000年至公元20世纪中叶）

4．印度馆（公元17—20世纪）

Ⅴ、古代的文化和艺术

1．古希腊馆（公元前8世纪至公元2世纪）

2．古罗马馆（公元前1世纪至公元4世纪初）

3.北黑海区的古城市馆（公元前7世纪至公元3世纪）

4．古意大利馆（公元前7世纪—2世纪）

Ⅵ、西方欧洲艺术

1．中古时代欧洲的实用艺术馆（11—15世纪）

2．意大利艺术馆（13—18世纪）

3．西班牙艺术馆（16—18世纪）

4．尼德兰（即现在的荷兰和比利时）艺术馆（15—16世纪）

5．佛兰德艺术馆（包括目前的比利时、荷兰南部、法国北部）

6．比利时艺术馆（18—19世纪）

7．荷兰艺术馆（17—18世纪）

8．荷兰艺术馆（19世纪）

9．德国艺术馆（15—19世纪）

10．奥地利艺术馆（18—19世纪）

11．法国艺术馆（15—19世纪）

12．瑞典和丹麦艺术馆（18世纪）

13．芬兰艺术馆（19—20世纪）
14．英国艺术馆（17—18世纪）
15．西方欧洲盔甲史馆（15—17世纪）
16．西方欧洲银器馆（17—18世纪）
17．西方欧洲装饰性瓷器馆（18世纪）

我们参观埃尔米塔施博物馆，共有三次，但三次也只能是走马看花式的，因为陈列品实在太多了。它比起莫斯科的普希金造型艺术博物馆来，不知要大多少倍。这里所收藏的很多希腊罗马的雕刻大都是原作，不象普希金造型艺术博物馆收藏的是摹制品，因此是很珍贵的。此外有很多古希腊时代的花瓶，在这些花瓶上，能使我们看到很多反映古希腊人生活、战争的图画。埃尔米塔施博物馆欧洲艺术部分的绘画陈列品是负有世界盛名的，从拜占庭最古的宗教画直到马蒂斯、毕加索，都应有尽有。这个博物馆最值得骄傲的是，所收藏的文艺复兴期的绘画作品中，有两张达·芬奇的原作，一张是约1478年创作的《拈花的圣母》，一张是约1485—1490年创作的《李塔圣母》。这两张画的幅面都不大，但它们是十分引人注目的，博物馆的说明员也要特别向参观者介绍。《拈花的圣母》是达·芬奇26岁时创作的一幅成熟的作品。虽然采取的是宗教题材，但实际描绘的是人间的生活和真正的人的感情。他生动地表现了母子的爱和用花逗着婴儿玩的年轻母亲的幸福。"李塔圣母"是用卵黄或胶等所调成的颜料画的。玛利亚正给婴儿喂奶，孩子的左手拿着金翅雀在玩，母亲满意地欣赏着自己的宝贝；在背景上，通过两个窗户，达·芬奇描绘了令人神往的窗外的朦胧的风景。这幅画是作者28岁时的作品,它是一幅最富人情味和最有诗意的绘画之一。

除了达·芬奇的作品,这个博物馆还有两幅拉斐尔的油画,其中一幅名《圣母圣子》,另一幅名《圣家族》,前者创作于1502—1504年,当时拉斐尔才只有19岁,后者创作于1506年,当时他才23岁,这些画都是博物馆的宝物。除此之外还有意大利大画家丁托莱托(1518—1594)、未罗纳塞、提香(1477—1576)……西班牙大画家格来科(1541—1614)、委拉斯开兹,佛拉蒙大画家鲁本斯、范——德克,荷兰大画家布莱盖尔(1525—1530)、林勃朗、哈尔斯,法国大画家普逊、布谢、华托、德拉克罗亚、安格尔、米列、科罗等人的作品。其中林勃朗的名作《浪子回家》《丹娜埃》《坐在靠臂椅上的老妇》《大卫与约拿丹分别》《红衣老人像》《司花女神》等都收藏在这里。米列的名作《背柴的妇女》也收藏在这里。

在雕刻方面除了希腊罗马的,还有文艺复兴期及以后的。如:米开朗基罗、培尼尼、凯诺瓦、托瓦尔生、哥东、法尔康奈等人的作品。

实用艺术方面也有丰富的藏品,如壁毯、织品、象牙雕、陶器、瓷器、水晶、金银器、家具等都是很名贵的。

此外,在埃尔米塔施博物馆内的钱币馆里,收集有世界各国的硬币、钞票、奖章,可谓集其大成了。

在中国馆里,也有极其丰富的收藏品,其中有很多古画、瓷器,在现代的作品中有我们的年画、木刻……

在埃及馆里,我们看到了古代的石棺和"木乃伊",那些在古棺中发现的织品,具有很高的艺术价值。

这些世界各国人民文化和艺术的珍藏,受到了苏联和世界各国人民的热爱和重视,它体现了苏联尊重各国人民对于人类文化进展的贡献和苏联对于世界各国人民的平等友好的精神。这些收藏品给学者研究各个国家文化艺术的最高成就提供了最可贵的材料,并大大有助于巩固世界各国人民的和平友好的国际关系。

注:①关于埃尔米塔施博物馆的史料,曾得林缤华同志所译材料的帮助,特此致谢。

国立俄罗斯博物馆

国立俄罗斯博物馆,是苏联较大的收藏俄罗斯艺术的国立博物馆,仅次于莫斯科特列嘉科夫美术陈列馆。它创始于1895年,是作为一个艺术的和文化历史的博物馆成立的。从1898年在建筑家K·N·罗西设计的具有古典主义风格的米哈伊洛夫宫中开幕,后来这座大楼就成了俄罗斯博物馆的馆址。

俄罗斯博物馆是苏联主要的科学艺术机关之一,它有系统地补充着自己的收藏品,并经常研究俄罗斯艺术历史的各种问题。俄罗斯博物馆的油画陈列品大都来自埃尔米塔施、艺术院和各个王宫中。博物馆的收藏品是在1898—1917年用购买和捐赠的办法加以补充的。在苏维埃时期,博物馆变成了真正人民的博物馆,担负了用共产主义精神教育广大劳动群众的责任,并有了大加发展的可能性,根本改变了博物馆的整个面貌和工作性质以及参观者的成份。在伟大十月社会主义革命后的最初几年,博物馆依靠收归国有后的基金补充了很多的收藏品。在后来的时期内,作了更有系统的补充。如果说俄罗斯博物馆在1917年以前不能系统地介绍俄罗斯艺术的发展,那么1917年之后就充分地介绍了俄罗斯文化艺术从11—12世纪到现在的发展过程。在革命后的时期内,博物馆开设了新的苏联艺术部、民间艺术部和实用美术部。在俄罗斯陈列品的成份中,有很丰富的俄罗斯的油画、雕刻、版画,在版画部分中有很多名家的素描。此外有很完备的实用美术和民间艺术,如木器,青铜、瓷器、玻璃、纺织、雕刻、刺绣、花边等艺术作品。

当德国法西斯进犯期间,俄罗斯博物馆的部分陈列品曾加以疏散,它的建筑物也曾遭受了很大的破坏。但已在1944年进行了修复工作。到1946年,为了供人参观,主要陈列厅即已开放,到1949年苏联艺术部分亦已开放。俄罗斯博物馆在一年之内(1954年)约有580000观众,该馆有专门的图书馆和修理工作室等设备。

当我们参观时,在古代俄罗斯艺术部分中看到了很多杰出的油画纪念品,如安德烈·鲁勃辽夫(约1360—1430)和西蒙·乌沙科夫(1626—1686)的作品"三位一体"。俄罗斯博物馆特别充分地介绍了18世纪到19世纪上半纪的俄罗斯艺术,如画家H·M·尼基丁(1688/90—1741,有他的《彼得大帝肖像》等)、Ф·С·罗科托夫(1736—1808)Д·Г·列维茨基

(1735—1822，有他的斯莫尔尼宫贵族子女学校的女教师们的肖像)、和雕刻家Ф·И·舒宾(1740—1805，有他的А·Г·奥尔洛夫、М·В·罗蒙诺索夫的半身像)、画家Ф·Я·阿列克塞耶夫（1953—1824），雕刻家И·Л·马尔托斯(1754—1835)。俄罗斯风景画家М·Н·沃罗比约夫(1787—1855)、雕刻家中И·Л·托尔斯泰(1783—1873)画家О·А·吉普林斯基(1782—1836)А·Г·维捏齐亚诺夫(1780—1847，有他的《打谷场》等)、К·Л·勃留洛夫(1799—1852，有他的名作"庞培的末日"等)、中．А·勃鲁尼(1799—1875)、Л．А·费多托夫(1815—1852)有他的《日丹诺维奇弹钢琴的肖像》)、А·А·伊凡诺夫(1806—1858，有他的Н·В·果戈理像和《基督向人民显灵》一画的速写和草稿等)、И·К·艾瓦佐夫斯基(1817–1900,有他的《第九个大浪》)的作品。

十九世纪下半纪美术家们的创作，标志着俄罗斯民主主义现实主义艺术的空前繁荣，这里介绍了В·Г·彼罗夫的《修道院的食堂》等作，Н．Н·克拉姆斯科依的《艺术家希什金肖像》等作，此外还有А·К·萨夫拉索夫的作品，并介绍了В．Е·马科夫斯基的《被判罪的人》，К·А·萨维茨基的《作战去》Н·Н·希什金的《造船用的树林》В·М·瓦斯涅佐夫的《武士在十字路口》等作。此外还有В·В·魏列夏庚、В·Д·波列诺夫的作品，有Н·Е·列宾的《伏尔加河上的纤夫》、《查波罗什人》《1901年5月国务会议》《批评家В·В·斯塔索夫肖像》以及这些作品的很多草稿，有В·И·苏里科夫的《攻陷西伯利亚雪城》《叶尔马克征服西伯利亚》《苏沃洛夫越过阿尔卑斯山》《斯杰潘·拉辛》等作。

在19世纪末期和20世纪初期艺术家的作品中介绍了И·И·列维坦的《湖》B·A·赛洛夫的《儿童》等作品,此外还有Н·А·卡萨特金、А·Е·阿尔席波夫、К·Ф·尤恩,И·Э格拉巴尔等人的作品。

在苏维埃艺术的部分中包括了很多革命初期到1950年的一些杰出的作品,这些作品证明了社会主义现实主义艺术的发展是一往直前的,这里介绍了雕刻家Н·А·安德烈耶夫、画家М·Б·格列柯夫、И·И·勃罗德斯基、М·В·涅斯杰罗夫、А·М·格拉西莫夫、雕刻家И·Д·沙德尔、风景画家А·А雷洛夫的作品。此外还有М·И·阿维洛夫的《别列斯威特与杰鲁别的决斗》、Б·В·约千松的《共产党员的受审》(作者根据原作的复制品)、В·И·穆希娜和别人合作的《我们需要和平》、库克雷尼克塞的《德寇从诺夫戈罗德窜逃》、А·А·布拉斯托夫的《牧童——维嘉》和В·Л·叶法诺夫、В·М·奥列施尼科夫、Ф·Л·列舍特尼科夫的作品,以及С·А·楚伊柯夫的《在我们祖国和平的田野上》等作。

在俄罗斯博物馆看了俄罗斯古典画家的作品,令人颇有感想,首先是他们比起西欧的画家来,特别爱画变体画,如费多托夫的《少校求婚》,这个博物馆有一幅,莫斯科的特列嘉科夫美术陈列馆也有一幅,特列嘉科夫美术陈列馆的《少校求婚》中的少校形象画的大一些,而画幅的面积却和俄罗斯博物馆的差不多,据说特列嘉科夫美术陈列馆的是后来画的,当然质量要更高些。其次如他的《寡妇》,在俄罗斯博物馆有一幅,在莫斯科特列嘉科夫美术陈列馆就有两幅,据说这三幅画是他的姐姐死了丈夫之后他得到感受画的。费多托夫的作品一般都很小,象我们的套色木刻画的大小一样,但他在陈列室中颇有异彩,这就因为他的作品特具时代精神,并显明地表现了他对于现实的批判。他的出名的作品大都在特列嘉科夫美术陈列馆。

此外如列宾的《查坡罗什人写信给土耳其苏丹》,在俄罗斯博物馆有一幅(这是最后完成的一幅)而在特列嘉科夫美术陈列馆就同时挂着两幅。又如维列斯卡金的《什布卡—歇依诺伏》一画,在俄罗斯博物馆有一幅(人物较大)而在特烈嘉科夫美术陈列馆也有一幅,大同小异。这种情况是非常普遍的,说明俄罗斯的画家对于他们的创作是多么严肃认真,对于其中的人物形象的刻画是多么的要求严格。

国立基辅西方东方艺术博物馆

国立基辅西方东方艺术博物馆是1919年在 Б·Й 和В·Н·罕年科私人收藏品收归国有后的基础上建立起来的。在苏维埃政权年代中,博物馆的陈列品曾大加补充。为了很好地精通陈列品,该馆的工作人员曾进行了巨大的科学研究工作。现在国立基辅西方东方艺术博物馆是乌克兰保存了最宝贵的外国艺术品的一个很大的共和国的艺术博物馆。

博物馆的陈列品,按照历史年代的顺序陈列在两个部分——西欧和东方的艺术部分中。

在西欧的艺术部分中介绍了奴隶社会时代古希腊罗马的和伊持特斯坎人的艺术，中世纪的、拜占庭的艺术，14—18世纪的意大利艺术，15—18世纪尼德兰、法兰德斯的、荷兰的艺术，15—19世纪西班牙的、和15—18世纪法兰西的与德国的艺术。

在国立基辅西方东方艺术博物馆中，著名的西欧画家的原作，有意大利威尼斯画派大画家蒙坦尼亚（1450—1523）的《圣母圣子图》，有佛拉蒙的大画家鲁本斯的《些耳德河河神基贝拉和安特卫普城市女神》、范—德克的《男子像》，有荷兰画家哈尔斯（1580—1666）的《杰卡尔特的肖像》、林勃朗的《女人像》，有西班牙大画家委拉斯开兹（1599—1660）的《英芳特·马尔加莉特的肖像》、戈雅（1746—1828）的《妇女像》，有法国画家Л·大卫的《拉机尔·戈什肖像》，有法国伟大的雕刻家罗丹的《巴尔扎克铜像》。

在东方部分中介绍了苏联东部地区——中亚细亚和高加索人民的艺术以及中国、伊朗的艺术，此外还有个别的埃及、叙利亚、日本、土耳其、印度支那，印度尼西亚的艺术。总的说来，在博物馆的东方部分中较充分地介绍了我国周代、汉代、唐代、五代、宋、元、明、清等朝代的铜器、玉器、雕刻、陶器、绘画、瓷器、木版年画，以及新中国的版画和新年画复制品，此外还收藏了西藏的佛教艺术……

我们参观了这个博物馆后，感到作为一个加盟共和国的博物馆，能收藏到如此丰富珍贵的外国著名画家的艺术品，是难能的，唯在中国的部分中显得介绍新中国的艺术作品较贫乏，我们曾向该馆馆长—画家B·Ф·奥夫钦尼科夫同志表明回国后帮助收集些新的版画原作寄给他们，他表示非常欢迎（回国后，我和李桦同志以中国美术家协会版画组的名义给该馆寄去新版画作品共三十余幅）。

除了国立基辅西方东方艺术博物馆外，基辅市还有专门收藏乌克兰古代和现代艺术作品的国立基辅乌克兰艺术博物馆，当时因正在该馆举行纪念伟大十月社会主义革命四十周年的美术作品展览会，所以平日陈列的作品暂时收起来了，未能看到。因此这里只能介绍国立基辅西方东方艺术博物馆的情况。